AtV

BARBARA FRISCHMUTH wurde 1941 in Altaussee (Steiermark) geboren. Sie studierte Türkisch und Ungarisch und von 1964 bis 1967 Orientalistik in Wien. Lebt als freie Schriftstellerin und Übersetzerin in Altaussee.

Wichtigste Werke: Die Klosterschule (1968); Das Verschwinden des Schattens in der Sonne (Roman, 1973); die Trilogie: Die Mystifikationen der Sophie Silber (1976), Amy oder Die Metamorphose (1978) und Kai und die Liebe zu den Modellen (1979); die Trilogie: Herrin der Tiere (1986), Über die Verhältnisse (1987) und Einander Kind (1990); Hexenherz (Erzählungen, 1994); Die Schrift des Freundes (Roman, 1998); Fingerkraut und Feenhandschuh. Ein literarisches Gartentagebuch (1999), Das Heimliche und das Unheimliche. Drei Reden (1999); Die Entschlüsselung (2001) und Löwenmaul und Irisschwert. Gartengeschichten (2003). Zahlreiche Kinderbücher (zuletzt »Alice im Wunderland« nach Lewis Carroll), Hör- und Fernsehspiele.

Amy ist eine moderne Frau, die sich nicht mehr in ein Zusammenleben drängen läßt, selbst wenn sie ein Kind hat. Auch Klemens findet, daß sie den Umständen gemäß recht gut miteinander leben. Die Umstände sind getrennte Wohnungen, ein gemeinsames Kind, das Amy versorgt, weil Klemens Karriere machen will. »Getrennte Wohnungen, dann hast du keine Schereien, und das Herz ist geborgen«, meint eine Freundin bewundernd. Aber ist das noch Liebe, was Amy und Klemens füreinander empfinden? Gibt es diese Geborgenheit? Amy findet, daß Männer wie Klemens sich nur geschickt darum herumschwindeln, Väter zu sein. Die Frauen lassen sich zu einer Art Stärke zwingen, die nicht nur aufreibend ist, sondern auch einsam macht. Immer öfter denkt sich Amy Modelle aus, wie man auf andere Weise miteinander leben könnte.

»Verwandelt und zurechtgeknetet von den Umständen«, ist die ehemalige Fee Amaryllis Sternwieser, die man bereits aus den Romanen »Die Mystifikationen der Sophie Silber« und »Amy oder Die Metamorphose« kennt, nun endgültig auf der Erde und bei den Menschen angekommen.

Barbara Frischmuth

Kai und die Liebe zu den Modellen

Roman

Aufbau Taschenbuch Verlag

ISBN 3-7466-1914-9

1. Auflage 2003

Zuerst erschienen 1979 im Residenz Verlag Salzburg und Wien
Einbandgestaltung Torsten Lemme
unter Verwendung einer Illustration vonAlma Davenport
Druck Nørhaven Paperback A/S, Viborg
Printed in Denmark

www.aufbau-taschenbuch.de

Der Marktplatz, überschwemmt von Früchten, zur Stunde der Fülle, die noch alles bereithält für das essende Auge. Die Düfte sind frisch, und der Geruch nach Schweiß wird überlagert von dem Duft der Nektarinen, der Melonen und der Eierschwämme, des jungen Lauchs und der Paradeispaprika.

Mehr und mehr verstopfen sich die Gänge zwischen den Marktständen, verkeilen sich Einkaufstaschen ineinander. Ware, die der Hitze nicht standhält, wird Blatt für Blatt entfernt werden, in Kisten landen als Kleintierfutter zur freien Entnahme. So geht es Salat- und Kohlrübendeckblättern, Radieschengrün und Porreehülle. Den gebündelten Spargeln läßt man die Haut, wendet sie nur von Zeit zu Zeit und legt sie nach Möglichkeit in den Schatten. Die Kiwis werden stückweise abverkauft, überaus teuer, inklusive Flugtarif, so wie die Avocados, cellophanverpackt, die man zu Hause in eine alte Zeitung wickeln und ausreifen lassen muß, wo sie, nicht rechtzeitig beachtet, zu schwarzem Schimmel zerfallen. Nur die Kresse bleibt frisch, in der kleinen Wasserbox, daneben liegt Schnittlauch, von Gummiringen in kleinen Büscheln zusammengehalten, für jene, die ihn noch nicht in einem Topf auf dem Fensterbrett ziehen.

Die großen grünen Äpfel aus Australien sind einzeln in violettes Papier gepackt, was für ein Aufwand, bis endlich ihr Saft zwischen irgendwelchen Zähnen hervorspritzt. Die Krönung von allem aber sind kleine Plastikkörbchen voller Walderdbeeren, händisch gepflückt, verlesen und in die Stadt geschickt, wo der hohe Preis sie beim Warten auf einen Käufer in sich zusammenfallen läßt.

Während ich mir Zwiebeln einfüllen lasse, taucht neben mir eine Gruppe von türkischen oder jugoslawischen Kindern auf. Lachend fuchteln sie mit den Armen, bitteschön!

Schon wieder ihr ..., die Marktfrau schlägt die Hände zusammen. Da ..., und schon schließen sich Finger um das, was sie gerade erst zur Begutachtung, ob es schon alt, faul, welk genug sei, angehoben hat. Ihr Lachen klingt wie gespielte Empörung über die eigene, äußerst befriedigende Mildtätigkeit. Sie hätte es ohnehin bald wegwerfen müssen.

Die armen Fratzen ... auf einmal gibt es wieder Gassenkinder. Sie werden lachen, auch von den unsrigen finden sich welche dazu. Dem Reden nach kennt man sie kaum mehr auseinander, gescheit sind die Kinder schon. Den ganzen Tag so ohne Aufsicht, da müssen sie was lernen, wenn sie nicht umkommen wollen.

Ganz ohne Aufsicht? Ich denke, da sind auch größere Kinder dabei, die auf die kleineren achtgeben.

Schon, sagt die Marktfrau, wenn keine Schule ist. Und während sie mir die Pfirsiche abwiegt: Woanders sind die Kinder auch auf der Straße, und es werden Leute draus. Im Urlaub, wenn man weiter nach Süden fährt, was man da alles sieht. Der Verkehr halt ... da müssen sie aufpassen.

Ja, um das geht es.

Unsere Kinder werden alle Trottel, weil man sie nicht mehr rauslassen kann. Nicht einmal allein von der Schule dürfte man sie nach Hause gehen lassen, heutzutage. Aber wer soll sie denn holen? Sie zupft den Blattspinat locker auseinander.

Das ist das Problem. Dann sehe ich, wie drei von den Kindern, die eben noch da waren, sich an der Hand gefaßt haben und bei Grün über die Straße gehen. Das älteste kann höchstens vier sein.

Und da kommt Kai, das Kind meiner Nöte und Träume. Er hat beim nächsten Stand Brot geholt und freut sich schon über diese kleinwinzige Selbständigkeit.

Siehst du, sagt er, während wir nach Hause gehen, du könntest mich wirklich allein einkaufen gehen lassen.

Ja, das könnte ich schon. Aber ich trau mich nicht. Ein unbedachter Schritt, und es ist passiert. Das begreifen sie erst mit acht, sagen die Psychologen.

Können wir nicht gleich in den Prater gehen? fragt Kai. Nein, sage ich, wir warten auf Klemens.

Klemens, immer noch Klemens. Wieder Klemens. Unser gelegentliches Miteinanderleben. Und darüber hinaus geht alles, was ich mir vorstellen kann, von einem Leben in den Bäumen, das höchstens nachts einmal in einem tiefen Traum noch vorkommt, bis zu einem Leben hier, unter den gegebenen Bedingungen, in dem Klemens versuchen würde, etwas für uns zu erfinden. Denn es geht nur mit Klemens, wenn auch er mitspielt. Ich gebe zu, daß ich manchmal gedacht habe, ich könnte es allein. Es würde genügen, wenn ich mir ein neues Modell ausdenke und dann Klemens dazu überrede, seine Rolle nach diesem Muster zu spielen.

Einmal habe ich Klemens vorgeschlagen, er möge sich doch vorher jemanden ausdenken, als der er dann zu uns käme, und Kai und ich müßten herausfinden, wer er sei. Wir wären dann dazu gezwungen, uns, vom ersten Augenblick seines Besuches an, so auf ihn einzustellen, daß wir einander ganz nahekämen und die wenige Zeit, die wir füreinander hätten, wirklich erlebten.

Doch dieser Vorschlag erinnerte Klemens an ein Theaterstück, das er vor Jahren in England gesehen hatte. Was du da mit uns vorhast, ist ein Plagiat, meinte er lachend. Ich schreibe doch kein Stück, sagte ich, ich will, daß sich an unserem Leben etwas ändert, an unserer Verhaltensweise. Aber die Idee war gestorben, und wir redeten über den Autor des Stückes, über englische Dramatik und über die Möglichkeit, solche Stücke auf dem Kontinent nachzuspielen, ohne daß dabei vor lauter Outrieren das Ungewöhnliche gewöhnlich wird. Mit dem Erfolg, daß Klemens und ich uns heißredeten und darüber Kai vergaßen.

Am Anfang hatte ich Klemens manchmal gefragt, wie er es sich denn vorstelle. Ich wollte wissen, was er von uns erwartet, inwieweit *seine* Vorstellung über das hinausgeht, was wir so an Gemeinsamkeit zuwege bringen. Aber er hat nur mit: Ich bin froh, daß es euch beide gibt, geantwortet. Du mußt mir Zeit lassen, ich habe viel zu wenig Spielraum.

Und so neige ich von Mal zu Mal mehr dazu, nach Lösungen zu suchen, die nur mehr Kai und mich betreffen. Denn Kai spielt mit. Ob wir uns nun vorstellen, mit dreizehn Waisenkindern in einem Hausboot zu leben, oder ob es darum geht, eine *radikal persönliche Organisation* zu gründen. Und selbst wenn aus unseren Modellen nichts wird, so gehört es doch als wichtiger Bestandteil zu unserer Art von Leben, daß wir sie tagtäglich in Erwägung ziehen.

Die Liebe, die ein Objekt braucht. Man müßte sich selbstgenügsam lieben können. Doch wir sind so für die Berührung eingerichtet, daß wir uns notfalls selber streicheln. Andererseits die Empfindlichkeit, die uns zurückschrecken läßt vor Berührung, die wir nicht erwidern möchten.

Wie wir es uns bequem gemacht haben in der Einsamkeit des Komforts. Und wie wir darum wissen, was wir verloren haben, und doch nicht imstande sind, auch nur zentimeterweise zur Seite zu rücken. Ich sage wir, und das heißt, daß auch ich angekommen bin, hier in Mitteleuropa, und in diesem Jahrhundert, verwandelt und zurechtgeknetet von den Umständen, denen auch ich mich nur mit halbem Herzen widersetzt habe.

Ich will nicht Klemens die Schuld geben. Er hat mich nur gelehrt, das zur Verfügung Stehende als zur Verfügung stehend zu nehmen, ohne viel zu fragen, warum und für wen alles es zur Verfügung steht. Wie utopisch, um nicht zu sagen lächerlich, muten auch mich oft die Vorschläge zum anderen Leben an.

Noch kann ich mir so vieles vorstellen. Aber wann immer ich über eine dieser Vorstellungen rede, werden mir triftige Gründe entgegengehalten, warum ihre Verwirklichung nicht möglich ist.

So wie die Zukunftsforscher immer unrecht haben werden, sagt Klemens, weil sie nie alles berücksichtigen können, sitzt auch in deinen Vorstellungen der Wurm, weil du nur von deiner Situation ausgehst.

Darauf kann ich nur sagen, daß ich meine Situation am besten kenne.

Was mich trifft, ist die Poesie in der Beschreibung nicht funktionierender Beziehungen. Wir sind der Eitelkeit so anheimgefallen, daß uns für unser Unvermögen die schönsten Sätze einfallen.

Was du immer willst, sagt Klemens. Wir leben doch, den Umständen angemessen, recht gut miteinander. Die Umstände sind getrennte Wohnungen, ein gemeinsames Kind, das ich versorge. Eine Karriere, die Klemens machen will, ein Studium, das ich abgebrochen habe. Leidliches Auskommen. Erzwungene Organisation, um den Alltag halbwegs in den Griff zu bekommen. Sich die entscheidenden Dinge doch nicht leisten können. An der Vielfalt kranken, aber nicht auf sie verzichten wollen. Der Anpassung an das, was ist, bereits andächtig zuschauen, weil man blindlings an die eigene Kritikfähigkeit glaubt.

Wie sich der Blick schärft, je weniger mir vor die Augen kommt. Die Stunden, in denen ich so dasitze und nachdenke oder schreibe, in denen ich mir Zeit nehme, ein Bild mit Worten festzuhalten, sind fast die einzigen, in denen ich meinem eigenen Rhythmus nachgehe. Und es ist wie vor dem Einschlafen, ich kann alles mit allem in Beziehung setzen.

Ich möchte ein Clown sein, ein Spaßmacher, und etwas so darstellen können, daß man es begreift und trotzdem darüber lachen kann, weder hämisch noch zynisch noch schadenfroh. Eher so, daß das Würgen in der Kehle einen anderen Ausweg findet.

Wenn ich mich entscheiden müßte, Trapezkünstler oder Verkleidungskünstler zu werden, würde ich mich für letzteres entscheiden. Bei einem Trapezkünstler warten alle darauf, daß er sich schließlich doch zu Tode stürzt. Einen Verkleidungskünstler aber will man lebendig hinter all seinen Verkleidungen hervorkommen sehen. Es ist eine sehr unterschiedliche Art von Vergnügen, die sie bereiten.

Manchmal stelle ich mir vor, daß Klemens bei uns wohnen würde und daß es gut ginge.

Und dann treibe ich die Vorstellung noch weiter. Angenommen, Kai ist mit Rosa, Pembe und deren Brüdern im Stadtpark, und Klemens muß erst viel später weg, und ich habe mich hingesetzt, um zu arbeiten.

Klemens sagt, er wisse nicht genau, ob er ins Kino gehen, etwas lesen oder sich hinlegen wolle. Jedenfalls werde er mich nicht stören, er verstehe das schon, wenn jemand bei der Arbeit seine Ruhe haben möchte. Ihm gehe es genauso.

Ich hoffe, daß Klemens ins Kino geht. Wenn niemand in der Wohnung ist, kann ich, während ich nachdenke, aufstehen, in die Küche gehen oder mir die Hände waschen, ohne damit rechnen zu müssen, daß mir jemand begegnet. Schon ein fragender Blick würde mich sehr irritieren.

Ich kann mir denken, daß sich aus dieser Situation in einem Roman eine Art Hölle entwickeln ließe. Wenn ich zum Beispiel damit fortführe, zu beschreiben, wie ich Klemens durch die ziemlich dünne Wand hindurch mit einer Zeitung rascheln höre. Was meine Hoffnung, er möge ins Kino gehen, sinken, aber nicht völlig schwinden läßt. Solange er noch in einer Zeitung und nicht in einem Buch liest, kann er es sich überlegen. Dann höre ich, wie er sich auf der gefederten Couch herumdreht, gähnt, sich aufrichtet – also doch – und sich wieder fallen läßt.

Ich würde mir gerne aus der Küche Kaffee holen, wage es aber nicht, aus Angst, Klemens könne mein Aufstehen als Aufgeben mißverstehen. Ein Satz von ihm würde im Augenblick soviel wie Mord an meinen Gedanken bedeuten. Er hat doch gesagt, daß er weggeht – oder sich hinlegt. Selbst wenn er schläft, besteht die Gefahr, daß er in dem Augenblick aufwacht, in dem ich an dem anderen Zimmer vorübergehe. Ich höre, wie er sich noch einmal herumdreht. Kann denn ein Mensch nicht einfach ruhig liegenbleiben?

Ich klammere mich an einen Satz, aber der Satz läßt mich fallen, und meine Gedanken sind bei Klemens. Ich höre ihn laut gähnen und sich plötzlich doch wieder aufrichten.

Ja, flüstere ich, tu es nur, es ist die letzte Chance. Du gehst jetzt für ein paar Stunden weg, und ich kann mich bewegen, ohne daß du dir einen Reim darauf machst. Ich komme darum herum, dich als störend zu empfinden. Ich kann es mir sparen, unsere ganze Beziehung anfallsartig in Form von Streitgesprächen in mir toben zu lassen. Jetzt komme ich um den Groll noch herum, den gerade das Nichthandgreifliche in mir auslöst.

Ich höre, wie Klemens aufsteht. Dafür werde ich dich heute abend entschädigen, dich und Kai, denke ich. Ich werde euch mit einer Liebenswürdigkeit empfangen, die ihresgleichen sucht. Von mir aus koche ich euch sogar etwas Besonderes. Verfügt über mich.

Von meiner eigenen Euphorie überwältigt, überhöre ich beinah, wie Klemens nach seiner Hose sucht. Ich merke es am Klirren der Schlüssel, daß es die Hose ist. Die Art, in der diese Schlüssel klirren, überzeugt mich davon, daß er die Hose anzieht. Oder ... Er sucht etwas, nimmt es aus der Hosentasche und hängt die Hose wieder über den Stuhl. Ich sehe nur mehr die Anstrengung, die es mich kosten wird, darüber hinwegzuschreiben, daß Klemens da ist, im anderen Zimmer, dessen Tür nicht abgeschlossen ist. Fehlt nur noch, daß er das Radio andreht, ganz leise natürlich, er will mich ja nicht stören. Aber zumindest so, daß ich weiß, daß er es laufen hat, und wissen möchte, welches Programm er hört.

Ich weiß auch, daß als nächstes in einem Streit oder auch nur in einem Geplänkel die alte Frage wieder auftauchen würde, ob es denn einen Sinn hätte, zusammen zu wohnen, wenn man sich gegenseitig nur bei der Arbeit stört.

Und da wünsche ich mir dann, eine große Zauberin zu sein. Nicht um Klemens wegzuzaubern, sondern um ihn zu verwandeln. Um meine Wahrnehmung seiner Anwesenheit auf eine andere Ebene zu versetzen. Anstatt auf diese Weise nervös zu werden, könnte ich den Stab in die Hand nehmen und mich in seinen Kopf hineindirigieren. Ich könnte mir seine Gedanken ansehen, die er zu einem Theaterstück hat, das es noch gar nicht gibt, und mit Spannung verfolgen, was daraus wird. Vielleicht könnte ich sogar die eine oder die andere Regieanweisung unbemerkt dazwischenfunken, jedenfalls hätte ich meinen Spaß daran.

Ich könnte mich verkleiden, an Klemens' offener Tür vorübergehen, seinem fragenden Blick abwinken, dabei sogar den Finger auf den Mund legen, mir in der Küche zu schaffen machen, das heißt den Kaffee eingießen, die Tasse mit mir nehmen, mit geheimnisvoll abgewandtem Gesicht wieder an der Zimmertür vorübergehen und mir dann vorstellen, wie das alles auf Klemens gewirkt haben mag, beziehungsweise mich dieser Vorstellung bemächtigen und sie, im Einklang mit mir selbst und seiner Anwesenheit, niederschreiben. Und wieder hätte sich gezeigt, wie uneindeutig der Weg vom Leben zur Literatur ist.

Manchmal wünsche ich mir ein Schicksal mit folgender Tücke, nämlich den Verlauf der eigenen Gemütszustände nicht so genau vorherwissen zu müssen. An einem Schnupfen nicht vierzehn Tage zu schneuzen. An die Intensität einer Liebe glauben zu können, auch wenn alle Welt das Gegenteil beweist. Es *gibt* Beispiele; diese Wahnsinnigen, die sich nach fünfzehn, nach zwanzig Jahren noch immer lieben, die gar nicht ohne einander können. Im dreiundzwanzigsten Jahr haben wir eine Krise gehabt, hörte ich einmal jemanden sagen, aber wir sind darüber hinweggekommen, wie man sieht, und am Leben. Und so wie er *wir* sagte, wußte man, was an der Sache dran war.

Klemens und ich. Manchmal fällt es mir schwer, dazu *wir* zu sagen.

Die Zähigkeit, mit der wir nicht voneinander lassen, kann nur negativ umschrieben werden. Dieses Nie-ganz-auseinander-auftauchen-Können. Manchmal reduziert sich unsere Beziehung auf die Art von Trotz wie: Es wäre gelacht, wenn wir es nicht schafften.

Und da ist Kai. Kai, dem ich ausgeliefert bin, wie er mir. Ich habe gelernt von ihm. Die zwei verschiedenen Dinge, zu denen er fähig ist, während er einmal einatmet. Weinen und lachen, beides hat seine Richtigkeit.

Und daß man nie lange aufeinander böse sein darf. Daß man einander berühren muß. Daß man ein Verhältnis ruhig strapazieren kann, wenn man sich von einer Mimikry in die andere zaubert.

Kai wächst und ist immer anders, und ich bin jedesmal überrascht, wie die Stunden außer Haus ihn verändert haben. Einmal bin ich heimlich hinterhergegangen, als er mit Rosa, Pembe und deren Brüdern zum Stadtpark ging. Und wie ich ihnen so aus einiger Entfernung mit den Blicken folgte, war mir mein eigenes Kind mit einemmal so fremd, daß mir die Tränen aufstiegen. Auch hatten sie Kai ein Kleid angezogen, ich weiß auch nicht warum. Aber selbst von dem Kleid abgesehen, war er zum Mitglied einer Gruppe geworden, einer Gruppe von *Gassenkindern,* die eigenen Gesetzen gehorchte. Während sie über die Straße gingen, hielt Rosa Kai an der Hand, und Pembe scheuchte ihre zwei kleinen Brüder vor sich her.

Auf der anderen Straßenseite sausten die beiden Brüder zwischen den Passanten dahin, an Frauen mit gefüllten Einkaufstaschen vorbei, und schon schwenkte einer eine Semmel, wie eine Trophäe, die er bei einem Wettkampf gewonnen hatte. Rosa blieb mit Kai vor dem Spiegelgeschäft stehen, damit Kai sich in seinem Kleid anschauen konnte, und die Art, wie er Rosas Hand hielt und zu ihr aufschaute, zeigte deutlich, daß er sie, zumindest in diesem Augenblick, als Ersatz für mich akzeptierte.

Der ägyptische Zeitungsverkäufer vor der Markthalle, an dem auch ich täglich vorübergehe, lächelte Rosa verlegen zu, und sie nahm ihm ein paar Zeitungen ab, die sie sofort verkaufte.

Kai war inzwischen vor dem Werkelmann stehengeblieben, so wie er es auch mit mir immer macht, und obwohl ich zu weit weg war, um etwas hören zu können, wußte ich, daß er Rosa um Geld gebeten hatte.

Rosa gab ihm etwas von dem, was sie für die Zeitungen bekommen hatte, und Kai steckte es in den Geldkastenschlitz des Werkelmannes, der lächelnd an seiner Melodie weiterdrehte.

Sie gingen an der Ladenstraße des Einkaufszentrums vorbei, und dann sah ich, wie sie alle drei, die beiden Mädchen und Kai, in einen wippenden Gang verfielen und durch die Drehtür ins Hilton verschwanden.

Ich wußte nicht, was sie vorhatten, aber als ich ein paar Schritte weitergegangen war, konnte ich gerade noch sehen, wie ein livrierter Hoteldiener sie durch die Drehtür auf der anderen Seite wieder hinauskomplimentierte. Es sah so aus, als würde er husch, husch! sagen.

Ich schaute ihnen noch zu, wie sie von neuem die Straße überquerten, dann verlor ich sie am Rande des Stadtparks aus den Augen. Und während ich zurück nach Hause ging, um endlich zu arbeiten, versuchte ich mir auszudenken, was sie so den ganzen Tag machten. Ich hatte ihnen etwas Geld für Wurstsemmeln und Apfelsaft mitgegeben, denn sie wollten erst am späten Nachmittag wiederkommen.

Manchmal wünsche ich mich auf eine Wiese, in ein Holzhaus, zu freundlichen Leuten, mit denen man sich unterhalten kann. Ich möchte in einer Landschaft sein, in der man von weitem aufeinander zukommen kann. Ich möchte, daß das Haus, in dem ich wohne, einen großen Hof hätte mit Bäumen und Bänken. Vielleicht sogar mit Schilf, das man rauschen hören kann, wenn man den Abfall zu den Mülltonnen trägt. Man könnte abends runtergehen und mit den Frauen reden, die sich aus ihren Küchenfenstern beugen, während auf dem Gasherd der Pudding bei kleiner Flamme zwei Minuten lang wallen muß. Ich habe Sehnsucht nach Freunden, die in der Nähe wohnen, die man ebenerdig treffen kann. An all den Abenden, an denen Klemens im Theater sitzt und ich mit Kai allein in der

Wohnung bin, habe ich oft den Wunsch zu tanzen. Im Hof unten, zusammen mit den Leuten, die hier wohnen.

Ich habe Sehnsucht nach Wasser. Nach einem Fluß, einem Bach, einem Tümpel. Und wäre er noch so klein. Man müßte das Wasser wittern, ja riechen können, spüren, wie es verdunstet.

Ich stelle mir vor, wie das Donauweibchen durch die Wasserleitung bis in unsere Wohnung heraufkommt, sich an den Rand des Spülbeckens setzt und eine Zigarettenlänge mit mir plaudert. Endlich könnte ich es danach fragen, ob die landläufigen Geschichten über Wassernixen auch richtig kolportiert werden.

Am nächsten Morgen würde ich Kai davon erzählen, auf dem Weg zum Kindergarten, wenn Rosa und Pembe in der Schule sind. Ich könnte ihm vom Donauweibchen erzählen und ihn dabei in die Geschichte miteinbeziehen, indem ich sage, das Donauweibchen sei bei dem Versuch, sich eins seiner Spielzeugautos vom Küchentisch zu greifen, unglücklicherweise aus dem Spülbecken geplumpst. Doch er, Kai, sei, von dem Geräusch geweckt, in die Küche gekommen und habe das Donauweibchen ziemlich hilflos auf dem Boden liegen sehen. Nachdem er das Donauweibchen gefragt habe, wer es sei, habe es ihn gebeten, Wasser in die Badewanne zu lassen und es hineinzusetzen, damit es sich mit ihm unterhalten könne. Das habe er auch getan, und das Donauweibchen habe ihm vom Leben in der Donau und all ihren Seitenarmen erzählt.

Und dann? würde Kai fragen.

Und dann bist du eingeschlafen. Und am Morgen hast du gedacht, es sei alles nur ein Traum gewesen. Aber da hat es ein wenig nach Fisch gerochen, und das Wasser war noch in der Badewanne, und du selbst bist davor gesessen und hast ganz dumm geschaut. Vielleicht würde der ganze Tag mit dem Donauweibchen hingehen.

In unserer Sehnsucht nach einem Wasser, wenn schon nicht klar, dann zumindest fließend, würden wir gewiß auch auf die Wassermänner beziehungsweise den Wassermann kommen. Wir würden versuchen uns auszudenken, wie einem Wassermann heutzutage in der Donau zumute ist. Mit welcher Art noch nicht vergifteter oder bereits ausgestorbener Fische er es zu tun hätte, und wie er denn all den Dreck und die Abwässer fände, das Öl, das die Schiffe ablassen, oder die Rückstände der Industrie? Ob es ihn denn überhaupt noch litte da unten? Neulich, als wir von den Delphinen redeten, die von der Ölpest betroffen sind, hat Kai gesagt, sie müßten eben eine Gasmaske aufsetzen, dann bekämen sie nichts von dem Zeug in die Nase.

Vielleicht aber würde Kai sagen, der Wassermann kann sicher zaubern. Warum zaubert er sich das Wasser nicht rein? Warum läßt er die Schiffe nicht untergehen und die Abflußkanäle zustopfen, wenn sie ihn ärgern? Und ich müßte zugeben, daß jeder Zauber sich einmal verbraucht und daß selbst ein Wassermann sich in unserer Zeit etwas Neues einfallen lassen muß. Daß die Zeiten vorbei seien, in denen er am Grund seines Meeres, Sees oder Flusses habe sitzen können, ohne sich ins Leben der Menschen notwendigerweise einzumischen. Ein heutiger Wassermann würde schön schauen, wenn ihm der *ganze* schwimmende Dreck in kürze alle Maschen seines zeltförmigen Schlingpflanzenunterwasserpalastes verstopfen würde wie der feine Staub die Poren unserer Haut, so daß er ständig mit einem unter den Arm geklemmten Schwertfisch, den er sich noch dazu extra aus einem Meer würde kommen lassen müssen, die Luftmaschen seines Palastes zu durchstochern hätte.

Aber, ob wir nun an die Allmacht des Wassermannes glaubten oder nicht, schon indem wir über ihn redeten, würde uns das Wasser wieder näher sein. Und gewiß würden wir demnächst an den Kanal gehen, zu dem alten Fährhaus, in die Fähre steigen und übersetzen. Und während das Fährboot an seinem Drahtseil über den Fluß getrieben wird, würden wir aufmerksam in die bräunliche Flut starren, ob wir nicht doch eine – und sei es die geringste – Spur von unserem Wassermann zu sehen bekämen.

Vielleicht ist er ausgewandert, würde ich zu Kai sagen. In sauberere Gewässer.

Oder? würde Kai fragen.

Oder er rächt sich und wird ein ganz anderer. Wie anders würde er dann werden?

Ganz anders, müßte ich sagen und versuchen, mich aus dem Gespräch zu retten, solange ich mir nicht genau überlegt hätte, wie anders.

Wie anders würde er wirklich werden müssen? Würde die Metamorphose seinen Charakter verzerrt haben, oder wäre er immer noch liebenswürdig? War er das überhaupt? Wäre er im Kampf ums Wasser nicht schon früher aufsässig geworden?

Die Vorhänge in Kais Zimmer sind nicht dick genug. Wenn Vollmond ist, wacht er manchmal auf und ruft nach mir. Ich setze mich zu ihm ins Bett, und wir reden miteinander, ohne Licht zu machen, bis er wieder einschläft. Wir haben uns den Mond als Mann und den Mond als Frau vorgestellt, der Mond – die Möndin, und uns für beide Geschichten ausgedacht. Einmal hat Kai mich gefragt, ob ich denn wisse, wie das Kaka vom Mond ausschaut. Wir haben uns darauf geeinigt, daß es wie Sternschnuppen sei. Dann hat Kai seinen großen Hasen zum Mond geschickt und ihn gebeten, zu Ostern wiederzukommen und viele Eier mitzubringen.

Ich frage mich, ob das, was Klemens und ich füreinander empfinden, Liebe ist. Ob die zeitweise Gleichgültigkeit, der Trotz, die Zähigkeit, mit der wir uns gegenseitig zu etwas bringen wollen, diesem Begriff unterzuordnen sind. Es gibt Abende, an denen ich den Gedanken allein schon hasse, Klemens könne kommen, zu spät natürlich, um noch mit Kai zu spielen, aber kommen und es sich gemütlich machen, während ich mir gerade vorgenommen habe, ein Buch zu Ende zu lesen. Wenn er nur käme und wirklich da wäre! Aber kaum bin ich von dem einen Wunsch auf den anderen verfallen und habe mich darauf eingestellt, daß wir uns zueinandersetzen, Wein trinken und reden, als er gewiß sein Notizheft hervorzieht und sagt, er müsse noch etwas aufsetzen, es werde nicht lange dauern, ich könne ja inzwischen auch noch was tun. Und da weiß ich dann schon, wie der Abend sein wird.

Immer wieder falle ich darauf herein und sage, hol es dir doch selbst! wenn er mich bittet, ihm ein Bier zu bringen. Er steht dann wortlos auf, holt eine Flasche, klirrt mit den Gläsern im Schrank, wühlt nach dem Öffner in der Lade, wobei ich während all dem keine Zeile lesen kann.

In diesem Augenblick möchte ich dann auch etwas zu trinken, bin aber zu stolz, ihm zuzurufen, er möge mir etwas mitnehmen. Kaum hat er sich wieder an den Tisch gesetzt, stehe also ich auf und komme ebenfalls mit einem vollen Glas aus der Küche zurück.

Hättest du bloß was gesagt ... Klemens schaut mich vorwurfsvoll an. Ich hätte dir etwas gebracht.

Du hättest mich ja auch fragen können, wenn du schon in der Küche und beim Eisschrank warst.

Er schaut mich an, beinah flehentlich, aber ich bin nicht gewillt, es gelten zu lassen.

Du weißt, daß ich nie an so was denke. Mir muß man alles sagen, wirklich ...

Dann wirst du es lernen, sage ich, wobei ich meine Stimme so tief wie möglich mache, um ja nicht in einen auch nur entfernt kreischenden Ton zu verfallen.

Ich habe mich doch schon gebessert. Du mußt Geduld mit mir haben.

Ich weiß, daß ich jetzt aufhören müßte, daß es nur so eine Wirkung hätte. Ich müßte mit einer großzügigen Geste darüber hinweggehen. Mit einem ist *schon gut* vielleicht. Statt dessen sage ich, meine Geduld ist am Ende. Du hast noch nicht einmal gelernt, Kai und mich richtig wahrzunehmen. Wir sind nützlich, weil wir dich davor bewahren, in eine andere Bindung hineinzugeraten, aber wirklich zur Kenntnis hast du uns noch immer nicht genommen.

Du bist ungerecht. Klemens richtet sich auf und nimmt die Brille ab. Das ist der Gong für die erste Runde.

Was heißt ungerecht?

Du weißt, daß es nicht stimmt.

Wenn es nicht stimmte, wärst du früher gekommen, hättest mit Kai gespielt, wärst vielleicht sogar mit ihm weggegangen oder mit uns beiden. Oder du hättest angerufen und gefragt, ob ich dich überhaupt sehen will. Du kannst dir gar nicht vorstellen, daß mir einmal nicht nach dir zumute ist?

Ich verstehe dich nicht.

Du kommst der Wahrheit näher.

Du beklagst dich darüber, daß ich so selten da bin. Wenn ich dann aber einmal nicht ins Theater muß und komme, so rasch ich kann, ist es dir auch nicht recht. Soll ich gehen?

Bleib.

Warum soll ich bleiben, wenn es dir nicht paßt? Du bist unfair.

Warum müssen wir streiten?

Weil du sonst gar nichts sagst.

Und er senkt die Augen wieder und will die Brille aufsetzen. Er glaubt, das Manöver durchschaut zu haben und sich in aller Ruhe wieder seiner Arbeit zuwenden zu können. Aber auch ich habe seine Absicht durchschaut, und bevor er sich wieder in seine sogenannten Notizen vertiefen kann, habe ich sie ihm weggenommen und halte sie über meinen Kopf. Er versucht, sie zu erwischen, da bin ich aber schon aufgestanden und um den Tisch herumgelaufen.

Sei nicht kindisch, sagt Klemens, ich bin sowieso gleich fertig.

Gib her.

Ich denke nicht daran.

Laß das Theater.

Ausgerechnet das Theater?

Woran denkst du?

An dich.

Ist nicht wahr. Schon hat er mich am Handgelenk gepackt und will mir das Notizheft entreißen. Ich möchte mich freimachen, aber es geht nicht, und schon liegen wir auf dem Teppich und balgen uns um die mittlerweile aus dem Leim gegangenen Notizen. Ich werfe mit der einen, freien Hand ein Blatt in die Luft und gleich noch eins, aber Klemens kann ohnehin nicht mehr zurück, ohne sich vollends lächerlich zu machen. Und wieder einmal ist es gelungen, uns für kurze Zeit ineinander zu verkriechen, uns zu beißen und zu lieben, mit einer Hingabe, die die Gewöhnung auslöschen möchte. Auf diese Weise beruhigt und vom Tag erlöst, können wir nachts reden. So befrieden wir einander, aber es gelingt nur selten.

Am besten ist es, wenn wir von Anfang an Spazierengehen. So als würde das Gehen es nicht zulassen, daß wir uns voneinander abwenden. Klemens' Arm liegt auf meinem Nacken, und durch die Bewegung scheint sich uns gegenseitig etwas mitzuteilen, das mit Worten viel schwieriger zu sagen ist. Wir gehen am Kanal entlang und an den Schrebergärten, und der Geruch, der aus all dem Blühen aufsteigt, stimmt die Sinne.

Wir reden miteinander, und die Nacht rückt uns näher zusammen. Wenn wir dann gegen Mitternacht nach Hause kommen, sind wir manchmal so müde, daß wir einschlafen, ohne uns zu lieben. Aber wir halten uns an den Händen. Und wenn Kai am Morgen zu uns ins Bett kommt, um mit Klemens zu toben, hat die unerfüllte Sehnsucht mich die Seite wechseln lassen, und die Kumpanei besteht auf einmal zwischen Klemens und mir.

Da aber sind die vielen Tage, an denen Klemens keine Zeit hat. An denen er ins Theater geht, um darüber zu schreiben. Tagsüber sitzt er dann in der Redaktion, und es zahlt sich überhaupt nicht aus, daß er auch noch vorbeikommt. Seine Wohnung, das heißt die seiner Mutter, liegt in der Innenstadt. Es ist dann viel *praktischer*, wenn er gar nicht kommt, anstatt uns durch seine *Hetzerei* nervös zu machen.

Manchmal denke ich, daß wir es uns ganz gut eingeteilt haben. Doch Kai und ich wachsen zusammen.

Wenn ich mit ins Theater gehe, sind Klemens und ich uns selten einig über das Stück. Mich empört die Art, wie er in Gedanken mitschreibt, während des Spiels. Wie er jede Blöße, die sich jemand gibt, dankbar registriert, als bestätige sie ihn persönlich.

Oft sind die Fronten bereits verhärtet, wenn wir nach der Vorstellung miteinander essen gehen. Ich trete zur Verteidigung an, noch bevor Klemens mir erklärt hat, was an diesem Stück nun wieder unter aller Kritik sei.

Wie ratlos er im Grund ist, wenn ein Stück sich an keine seiner Erwartungen hält, wenn es immer wieder Haken schlägt, ohne daß er genau sagen könnte, was ihm daran mißfällt. Oder wenn er gezwungen ist, mit den Leuten im Publikum mitzulachen. Manchmal sieht er mich dabei von der Seite an, so als würde vor allem mein Lachen ihn am Mitdenken hindern.

Am anderen Morgen muß ich Kai das ganze Stück erzählen. Seine stereotype Frage, was wäre, wenn der oder die das oder jenes nicht getan hätte? Er ist süchtig nach Berichten. Die

Sache mit Diogenes, Alexander und dem Faß, die ich ihm neulich erzählt habe, hat ihn besonders beeindruckt. Warum hat nur der Diogenes nichts wollen? Und nach einigen Erklärungen, vielleicht hat er früher etwas wollen? Und als letzten Ausweg, ein paar Sätze später, vielleicht hat er sich das Faß einmal selber gekauft, von seinem eigenen Geld. Und als ich den Kopf schüttle, ich meine früher, noch lange bevor er wirklich nichts mehr hat haben wollen.

Manchmal sind seine Fragen für mich unbeantwortbar, so wenn er mich fragt, und was ist, wenn du das nicht machst?, sobald ich mich an den Schreibtisch setze und sage, ich müsse jetzt arbeiten. Was ist wirklich, wenn ich es nicht mache?

Vor der Wohnungstür begegnet mir ein junger Mann. Er stottert und drückt mir eine Broschüre in die Hand, die er gerade in den Türspalt klemmen wollte. Dafür brauchen Sie nichts zu bezahlen, sagt er. Wir wollen Sie einladen. Wir sind eine Gruppe junger Christen, katholische und evangelische, und wir machen Musik. Sie sind herzlichst eingeladen. Er deutet noch einmal auf die Broschüre in meiner Hand. Dann geht er zur nächsten Wohnungstür. Bevor er dort die Broschüre einklemmt, dreht er sich mir noch einmal zu. Wir sind bestimmt keine Sekte. Nicht daß Sie das etwa glauben.

Leben Sie wirklich? steht auf dem Faltblatt, und darin ist viel von Jesus die Rede und vom Sinn des Lebens.

Ich muß als Kind an einigen Mai-Andachten teilgenommen haben. Ich erinnere mich an das Dunkel des hölzernen Kirchenstuhls, in dem ich fast unterging, und an das zunehmende Licht gegen den Altar hin. An die erotischen Melodien der Marien-Gesänge – Liebe, hier sind deine Höhen ... Meerstern ich dich grüße ... – und an die Statue, die sich vor meinen Augen an der Wand des kurzen Kreuzarms des Kirchenschiffes befand, Maria auf dem Halbmond stehend, im Sternenschmuck als Schutzmantelmadonna. Darunter eine Art Lindwurm, der aussah wie eine Midgard-Schlange und sich um die Erde wand.

Ich erinnere mich an die milde Luft draußen, an die Maikäfer, die an die Straßenlaternen klatschten, und an den Blick zum Himmel, an dem die Sterne mit einemmal wirklich waren, ebenso wie der Mond, und ich fragte mich, wie groß die Madonna wohl sein müßte, wenn sie auf diesem Halbmond stehen sollte.

Wenn wir sie längere Zeit hindurch nicht besuchen, kommt Klemens' Mutter zu uns. Beladen mit Dingen, von denen sie annimmt, daß wir sie brauchen können, steigt sie bedächtig, damit es ja nicht so aussieht, als keuche sie, die vielen Treppen bis zu uns herauf. Sie liebt Kai, aber er macht sie nervös. Ich habe den Verdacht, sie liest heimlich Bücher über Kindererziehung, ihre Fragen und Vorschläge sind ganz danach. Auch mit Kinderpsychologie befaßt sie sich, wobei die einzelnen Richtungen ziemlich weit auseinanderklaffen. Sie hat sich mir mehrfach zum Babysitten angetragen, aber es ist keine gute Lösung. Ihr Beruf als Schauspielerin ist anstrengend. Wenn sie Kai einmal zu sich nimmt, lädt sie eine Menge anderer Leute ein, um ihn vorzuführen. Wenn er sich dann nicht so benimmt, wie sie es möchte, beginnt sie Theorien darüber aufzustellen, was an seiner Erziehung nicht stimmen könne. Und sie versucht diese gleich in die Tat umzusetzen. Meist wehrt Kai sich erfolgreich dagegen.

Besonders anstrengend ist es, wenn Klemens und seine Mutter zusammen sind. Klemens sagt einfach, du hast keine Ahnung von Kindern! Worauf seine Mutter ihn Lügen strafen möchte.

Amy, sagt Klemens' Mutter dann zu mir, du hast doch nichts dagegen, Kai heute etwas später ins Bett zu bringen? Ich würde mich so gerne noch mit ihm unterhalten. Und sie zwinkert zu Kai hinunter, der auf dem Boden sitzt und mit seiner Eisenbahn spielt, und sie hofft, daß er es ihr als großes Verständnis für ihn auslegen wird.

Er gehört ins Bett, sagt Klemens, siehst du denn nicht, wie müde er schon ist?

Ich sehe vor allem, daß Klemens müde ist, müde als Vater von Kai. Er würde gerne in Ruhe über etwas reden, ohne sich von Kai unterbrechen zu lassen. Er hat es satt, sich immer wieder nach einem entgleisten Waggon bücken zu müssen.

Kinder sind nie müde, wenn sie ins Bett sollen, sagt Klemens' Mutter.

Was soll dieser Gemeinplatz? erwidert Klemens und schiebt den Steg seiner Brille den Nasenrücken hoch.

In solch einer Situation habe ich einmal Kai genommen, bin mit ihm zur Wohnung hinaus und die Treppen hinunter, ohne daß die beiden es gemerkt haben. Wir sind zum Italiener, haben uns jeder eine Tüte Eis bestellt und sind dann lachend und leckend um den Block herumgegangen. Ich habe mir vorgestellt, das alles geschähe auf einer Bühne, Klemens und seine Mutter spielten in einem Stück, das ich geschrieben hätte. Und als wir hinaufgegangen und in die Wohnung gekommen waren, mußte ich schon darüber lachen, als ich sah, daß sie sich noch immer herumstritten.

Erst als Kai von einem zum anderen ging und sie an den Kleidern zupfte, um sich bemerkbar zu machen, hielten sie einen Augenblick inne.

Ich hab ein Eis gehabt, ich hab ein Eis gehabt, rief Kai mit provozierender Stimme.

Was denn, mein Liebes? Klemens' Mutter wandte sich ihm vollends zu, ein Eis? Na so was. Und dann wandte sie sich mir zu, eine Phantasie haben die Kinder in dem Alter … Und zu Kai, weißt du, mein Herz, alles glaubt deine Großmutter dir auch wieder nicht, selbst wenn du noch so lieb schaust.

Kai fing zu toben an, wie immer, wenn er das Gefühl hat, sich nicht richtig verständlich machen zu können.

Klemens kam als erster drauf, daß wir weg gewesen waren, und er versuchte, sich und seine Mutter in einem aus der Affäre zu ziehen, indem er einfach fragte, und was für Eis hast du gehabt?

Himbeer und Vanille, sagte Kai, und die Mama Malaga und Pistazien.

Ich nahm Kai an mich und sagte ihm, er solle seinem Vater und seiner Großmutter gute Nacht sagen, was er sogar tat. Ich brachte ihn zu Bett, erzählte ihm eine unserer Wassermann-Geschichten, und während ich seine Hand noch hielt, war er eingeschlafen.

Als ich zurückkam, redeten Klemens und seine Mutter bereits über die nächste Premiere, und der Abend war sozusagen gerettet.

Du beschäftigst dich zu viel mit deinen Freundinnen, erklärt Klemens mir von Zeit zu Zeit. Vorzugsweise dann, wenn er uns besucht und ich nicht zu Hause bin. Wenn ich dann mit Kai und einer Einkaufstasche an der Hand die Wohnung aufsperren möchte, steckt der Schlüssel innen, so als sollten wir es gleich merken, daß er da ist, und nicht auch noch erschrecken, wenn wir ihn auf dem Sofa liegen sehen. Um diese Schlüssel geht es bei fast jedem heftigeren Streit. Einmal wirft Klemens sie mir hin, dann fordere ich sie von ihm zurück.

Meine besten Freunde sind Freundinnen, sage ich blasiert, und ich kann ihn damit noch immer reizen.

Mit welcher der Damen hast du dich heute amüsiert?

Mit Helene, der nettesten aller Lektorinnen. Ich versuche, das Manuskript möglichst unauffällig in meine Schreibtischlade gelangen zu lassen.

Und, hast du sie herumgekriegt oder sie dich?

Ich antworte nicht. Es verletzt mich, Klemens so reden zu

hören, noch dazu, wo es Helene wirklich gelungen ist, mich davon zu überzeugen, daß Teile des Manuskripts überarbeitet gehören. Ich würde meine Figuren nicht richtig einführen, sagte sie, das verwirre den Leser nur.

Wann soll das Werk erscheinen?

Ich sage nichts und ziehe Kai die Jacke aus.

Ich hab Farbstifte von Helene bekommen. Kai hält Klemens eine bunte Blechschachtel unter die Nase.

War Kai mit?

Wo hätte ich ihn lassen sollen? Rosa ist in der Schule und der Kindergarten geschlossen.

Ihr könnt arbeiten, wenn Kai dabei ist?

Er hat gezeichnet und Kuchen gegessen.

Im Verlag?

Im Verlag.

Klemens ist verwundert. Warum hast du nicht angerufen? In so einem Fall hätte ich doch mit Kai … Wann, sagst du, warst du im Verlag?

Um vier.

Da wäre es leider nicht gegangen.

Siehst du …

Und ihr habt wirklich arbeiten können?

Ich habe Kai versprochen, dafür jetzt mit ihm zu spielen. Kai zieht an meiner Hand. Komm. Komm mit in mein Zimmer. Er tut so, als wäre Klemens gar nicht da.

Wir haben über das Manuskript geredet und wie lange ich unter den gegebenen Umständen brauchen werde, es noch einmal durchzugehen und reinzuschreiben.

Hör zu, sagt Klemens, ich weiß, ich habe euch in der letzten Zeit ein bißchen vernachlässigt. Ich habe mich eben noch nicht freikämpfen können. Wart noch ein paar Monate zu, vielleicht gelingt es mir bis dahin, mich mehr um Kai zu kümmern.

Ich kann aber nicht warten. Wenn ich mich je aufs Warten

eingelassen hätte, würde ich schon seit fünf Jahren warten. Und wieder sind wir soweit.

Hör zu, ich versuche jede freie Minute mit euch zu verbringen, hetze zu den unmöglichsten Zeiten quer durch die Stadt, lasse Freunde warten, behellige dich weder mit meiner Wäsche noch mit Wünschen nach einer besonderen Speisenfolge. Wenn es sein muß, spiele ich Chauffeur, ich verrücke die Möbel, wenn du dir einbildest, sie müßten anders stehen, ich schlage Nägel in die Wand, wenn du ein Bild aufhängen möchtest, und wenn ich es mir irgendwie einteilen kann, hüte ich sogar meinen Sohn, damit du dich um deine Angelegenheiten kümmern kannst.

Ich versuche mich zurückzuhalten, begnüge mich mit dem harmlosen Satz, du übertreibst.

Klemens holt sofort zur nächsten Tirade aus, während Kai hartnäckig an meinem Ärmel zieht.

Mein Beruf ist ein Wahnsinnsberuf. Solange ich keinen Namen habe und nicht bei einer der großen Zeitungen arbeite, kann ich mir ein sogenanntes Familienleben nicht leisten. Versteh das bitte. Außerdem hast du es von Anfang an gewußt.

Kai zerrt und rüttelt an mir.

Hab mich doch gern, sage ich zu Klemens.

Doch während ich mit Kai ins Kinderzimmer gehe, spüre ich plötzlich Klemens' Hände auf meinen Schultern, und automatisch stemme ich mich dagegen, wie er so versucht, mich zu sich herumzudrehen. Ich traue meinen Ohren nicht.

Liebst du mich noch? höre ich Klemens ganz nah an meinem Ohr sagen.

Im ersten Augenblick bin ich fassungslos. Jetzt gälte es, all den inneren Groll, der da brodelt und Blasen wirft, mit einem Stoß zu durchtauchen und etwas zu sagen, was einer allgemeineren Gemütslage entspricht als der momentanen, deren Wut erst ausgeatmet werden muß.

Warum sollte ich dich nicht mehr lieben?, ist alles, was mir trotz größter innerer Anstrengung gelingt. Dabei weiß ich, daß mir die Antwort, die Klemens erwartet, in einer halben Stunde mühelos von den Lippen kommen würde.

Klemens taumelt in die Falle der Umstände.

Ist das alles, wozu du dich überwinden kannst?

Doch in diesem Augenblick höre ich Kai sagen, so küßt euch schon und kommt spielen. Die Art, in der er das sagt, läßt keine andere Möglichkeit zu, und auf einmal ist der Bann gebrochen.

Während Klemens und ich in Kais Zimmer auf dem Boden liegen, um die Eisenbahn besser anschauen zu können, steigt Kai auf unseren Rücken herum und setzt sich dann so, als wolle er auf zwei Pferden reiten. Klemens fährt mit einem Güterzug, der viele Waggons nachzieht, in die entgegengesetzte Richtung, aber da mein Personenzug schneller ist und die Schienen einen Kreis bilden, ist der Zusammenstoß unausweichlich.

Wann kommt die schöne Kasparin wieder? fragt Kai.

Welche Kasparin? Rosa öffnet träge die Augen und wischt sich mit dem Handrücken den Schweiß vom Kinn.

Die mit dem Zirkus ohne Tiere.

Vom Straßentheater?

Die auf dem Strick gegangen ist, der auf dem Boden war.

Nächstes Jahr vielleicht.

Ist das lang?

Ziemlich.

Ich will aber, daß sie bald wieder kommt.

Warum verkleidest du dich nicht, Rosa? Oktay geht auf sie zu. Du mußt dir Zöpfe flechten und ein Stück Draht reinstecken, damit sie wegstehen.

Du mußt dir Herzen auf die Wangen malen, sagt Erol, auf jede eins.

Ich möchte mir Herzen auf die Wangen malen. Kai hält Pembe die Hand hin. Borg mir deinen Lippenstift, bitte. Hast du einen Lippenstift? fragt Rosa.

Haben schon … Pembe kramt in ihrer Rockkitteltasche.

Aber?

Aber es ist jetzt unmodern, sich die Lippen anzumalen. Das machen nur die Mädchen aus den Dörfern.

Mir paßt sowieso keiner, sagt Rosa. Ich seh damit aus, als ginge ich auf den Strich.

Auf welchen Strich? fragt Kai.

Ich meine auf dem Strick, wie die schöne Kasparin.

Das war ein Seil.

Also gut, ich sehe mit Lippenstift aus, als ginge ich auf dem Seil.

Es sind viele Leute im Stadtpark an diesem hochsommerlichen Vormittag. Die Blätter der Bäume haben ihre volle Größe erreicht und werfen lange Schattenflecken über die Bänke und den bereits etwas schütteren Rasen. Selbst die Sockel der Statuen sowie die Steinbalustraden gegen den Wienfluß hin fühlen sich warm an, und ganz weit weg, am tschechischen Horizont, drohen ein paar Wolken sich gegen Nachmittag zu einem Gewitter zu ballen.

Jemand soll mir eine Geschichte erzählen. Kai hat sich zwischen Rosa und Pembe gezwängt.

Pembe hält sich die glattgestrichene Zeitung vors Gesicht, die einer ihrer Brüder im Abfallkorb gefunden hat. Es ist eine türkische Zeitung, mit einer farbigen Frontseite, und Pembe verwendet sie als Sonnenschutz. Ich weiß keine, sagt sie, die dir gefallen würde.

Kai stupst Rosa. Bitte, eine Geschichte.

Was für eine Geschichte?

Zum Beispiel ... Kai überlegt. Zum Beispiel die Geschichte von dem Kind, das seine Flügel verloren hat.

Kinder haben keine Flügel.

Manche schon.

Wo?

Unter den Kleidern.

Und was geschieht, nachdem das Kind seine Flügel verloren hat?

Alles geht schief.

Was zum Beispiel?

Das Kind spielt mit einem Schuhstrecker. Doch gerade als

es den Schuhstrecker zusammengebogen hat wie eine Katze, kommt er dem Kind aus und gibt ihm eine Tschinelle.

Oder?

Oder das Kind spielt mit einem Gummiringerl. Aber gerade als es das Gummiringerl so weit gespannt hat, daß es durchsteigen könnte, reißt das Gummiringerl und schnalzt ihm auf die Finger.

Beschützen es die Flügel?

Nein. Aber solange es die Flügel hat, kann es heimlich in seinem Zimmer herumfliegen und sich alles von oben anschauen. Oder es kann in der Nacht spazierenfliegen und überall nachsehen, ob die anderen Kinder schon im Bett sind. Und wenn es dann endlich nach Hause kommt, ist es selbst so müde, daß es gar nicht mehr auf die Idee kommt, mit so einem blöden Schuhstrecker oder einem Gummiringerl zu spielen.

Da hast du ja die Geschichte.

Ich will aber, daß mir jemand eine erzählt.

Gut, sagt Pembe, welche Geschichte möchtest du von mir hören?

Die Geschichte vom Krokodil in der Teetasse.

Und wie fängt die an?

Es war einmal eine böse Babysitterin, sagt Kai, die das Kind dazu bringen wollte, Tee zu trinken anstatt Himbeersaft.

Und? Pembe zieht Kai dicht an sich heran, ihre Stirnen berühren sich für einen Augenblick.

Und wenn das Kind den Tee nicht getrunken hat, hat sie ihn so lange stehenlassen, bis das Kind vor Durst nicht anders konnte, als ihn doch zu trinken. Eines Tages, als der Tee schon wieder so lange in der Tasse war und das Kind ihn doch hat trinken müssen, ist in dem Tee ein kleines Krokodil entstanden. Das Kind hat es schnell herausgenommen, ohne daß die Babysitterin es gemerkt hat, und aufgehoben.

Hat das Krokodil das Kind nicht gebissen?

Nein. Es war noch ganz klein und hat sich im Tee gefürchtet.

Und die Babysitterin hat nichts gemerkt?

Die hat immer nur in ihrem Buch gelesen.

Und was hat das Kind mit dem Krokodil gemacht?

Es hat zuerst in sein Sandküberl Wasser gefüllt und es drin herumschwimmen lassen. Aber dann ist es immer größer geworden und größer. Und da hat das Kind es in eine Vase gesteckt und dann in die Badewanne.

Und dann?

Kai zuckt die Achseln. Da liegt es vielleicht noch.

Gar nicht wahr. Rosas Augen öffnen sich und leuchten grünlich.

Schon wahr ... Kai wehrt sich nur schlecht.

Dann ist nämlich die Mutter des Kindes draufgekommen, weil sie baden wollte und gesehen hat, daß das Krokodil in der Badewanne herumschwimmt. Die Mutter war entsetzt und wußte nicht, was sie mit dem Krokodil anfangen sollte. Sie ging zur Nachbarin und erzählte ihr alles.

Lassen Sie mich schauen, sagte die Nachbarin und kam mit rüber. Da standen sie nun beide und starrten das Krokodil an, während das Kind schon längst im Bett lag und schlief.

Da gibt's nur eins, sagte die Nachbarin und machte eine Bewegung mit der Hand.

Wie bitte? fragte die Mutter.

Die Nachbarin machte wieder mit der Hand so, als würde sie an etwas ziehen. Endlich hatte die Mutter kapiert. Sie versuchte das Krokodil zu fangen, aber da es noch immer ziemlich klein war, schwamm es ihr davon. Sie ließen also das Wasser aus und zogen Gummihandschuhe an. Dann schnappten sie sich das arme kleine Krokodil, warfen es in die Klomuschel und ließen runter.

Nein, brüllt Kai, bitte nicht. Das ist nicht die Geschichte, die ich hören wollte.

Sei ruhig, sagt Pembe, Rosa hat die Geschichte einfach gestohlen. In der Zeitung ist aber noch ganz etwas anderes gestanden, nämlich daß mit der Zeit immer mehr Kanalarbeiter vermißt wurden. Die Behörden zerbrachen sich den Kopf darüber, aber sie konnten nicht herausbekommen, warum immer weniger Kanalarbeiter zurück ans Tageslicht kamen. Bis dann ein Reporter herausgefunden hat, was dahintersteckte. Es hat ihn einen Finger gekostet, was unter den gegebenen Umständen ein Glücksfall ist, denn er ist nur an Kais Krokodil geraten, das noch nicht so groß wie die anderen in den Kanal gespülten Krokodile war. Er konnte fliehen und hat ausführlich darüber berichtet, wie dick und fett und vergnügt die Krokodile in den Kanälen lebten.

Kai seufzt erleichtert auf. Wenn nämlich die Babysitterin den Tee nicht so lange hätte stehenlassen, wäre es zu gar keinem Krokodil gekommen, sagt sie und rutscht von Pembes Knie.

Aus nichts wird nichts. Pembe räkelt sich auf dem von der Sonne beschienenen Teil der Bank und betupft ihre Haut an den roten Stellen mit Creme, die sie nur ganz vorsichtig verreibt.

Du meinst, daß es alles schon immer gegeben hat? Pembe fächelt sich und Kai mit der Zeitung Luft zu.

Nicht alles, aber etwas.

Aber einmal muß doch auch das Etwas angefangen haben?

Wenn einmal aus nichts etwas geworden ist, könnte ja immer wieder aus nichts etwas werden. Ich könnte zum Beispiel aus meiner leeren Hand eine Faust machen, damit herumfuchteln, sie wieder öffnen, und auf einmal wäre etwas drin. Ein vorüberfliegender Vogel läßt in diesem Augenblick seinen Kot in die sich öffnende Faust von Rosa fallen. Also hat sie etwas in der Hand. Pembe und die Kinder brechen in Lachen aus, Kai wälzt sich dabei sogar im Gras. Nach einigen Schrecksekunden wischt Rosa ihre Hand sauber. Bringt Glück, sagt sie. Die Kinder aber können sich nicht beruhigen.

Ein alter Mann in einem viel zu warmen schwarzen Mantel und einem schwarzen Hut auf den weißen Haaren kommt, den Spazierstock schwenkend, daher und setzt sich, als er die Kinder bemerkt, auf die im Halbschatten liegende Bank gegenüber. Er schaut eine Weile zu, wie die Kinder sich vor Lachen winden, dann macht er mit der Hand das Zeichen für halt! Und die Kinder verstummen.

Während die Kinder noch immer auf die leere Hand schauen, befindet sich mit einemmal ein Apfel darin. Ein glänzender, runder, roter Apfel, der genauso schnell und unerwartet wieder verschwindet.

Noch einmal, haucht Kai und schluckt. Der Apfel ist im nächsten Augenblick wieder da, gerät nun aber in Bewegung, befindet sich einmal auf der Handfläche, dann auf dem Handrücken, macht einen Ausflug auf dem Mantelärmel bis hinauf zur Schulter, tut so, als schrecke er vor dem Abgrund des Rückens mit Schaudern zurück, flieht den Ärmel hinunter in die schützende hohle Hand und löst sich in nichts auf, als hätte es ihn nie gegeben.

Bitte noch einmal, sagen nun auch Erol und Oktay.

Und da ist auch der Apfel wieder. Diesmal führt sein Weg nicht nur bis zur Schulter, sondern mit einem Sprung voller Todesverachtung hinten um den Kragen herum, auf der anderen Schulter, den anderen Ärmel entlang bis zur linken Hand herunter. Diesmal verschwindet er in zwei zu einem Nest verschränkten Händen, die sich nach seiner Auflösung schütteln, als müsse er doch noch zwischen ihren Fingern hervorpurzeln.

Warum können Sie das? fragt Rosa. Treten Sie in einem Nachtclub oder in einem Varieté auf? Oder sind Sie vom Zirkus?

Der alte Mann schaut in die Luft, beschreibt mit Blicken einen Bogen, als verfolge er gerade einen unsichtbaren Apfel, der genau in Rosas Schoß landet.

Ich war der große Diomioni.

Und was sind Sie jetzt?

Diomioni.

Wo ist Ihre Größe geblieben?

In der Vergangenheit.

Ich verstehe. Rosa nickt, wie um sich selbst zu bestärken, mit dem Kopf.

Sie verstehen nicht, mein Fräulein. Diomioni zeigt seine Finger vor und deutet auf die Gichtknoten. Sie hindern mich daran, meine wahre Größe in die Gegenwart zu holen.

Und was haben Sie gemacht, als Sie noch der große Diomioni waren?

Alles.

Was alles?

Meine Spezialität sind Äpfel, richtige Äpfel. Mit Kugeln, ja selbst mit Orangen, kann bald einer. Aber mit Äpfeln? Dazu hat es des großen Diomioni bedurft.

Woher kommt diese Krankheit?

Diomioni zuckt die Achseln. Zu gut gelebt ... seinerzeit in Frankreich und überhaupt. Er hebt die Schultern. Ich bereue nichts. Es ist nur schade. Früher konnte ich es mit sieben Äpfeln auf einmal.

Sie machen es aber jetzt auch noch ganz gut.

Glauben Sie, mein Fräulein. Glauben Sie das wirklich? Sie hätten mich früher sehen sollen. Als die Menschen in Prozessionen zu den Lokalen pilgerten, in denen ich auftrat. Angst habe ich ihnen eingejagt mit meiner Geschicklichkeit. Sie hatten aber auch Freude daran, wahre, himmlische Freude. Ich war berühmt, so berühmt, daß ich inkognito reisen mußte, um Belästigungen aus dem Weg zu gehen. All den Bittstellern, denen es nicht um meine Kunst ging, sondern um die Almosen, die sie von mir erwarteten.

Sind Sie noch immer so reich?

Diomioni stülpt seine Manteltaschen aus und schüttelt sie.

Arm?

Ich bin nur mehr der Arm dessen, der ich einmal war. Was ich vermag, sind Tricks, verglichen mit der Zauberkraft, über die ich einmal verfügt habe. Ich führe aus, was mir mein Wille aufgezwungen hat.

Manchmal halte ich noch Reden, wenn ich merke, daß mehrere Menschen beisammenstehen, ohne zu wissen warum. Heulen könnte ich und mit den Zähnen knirschen, wenn ich so sehe, wie Menschen miteinander herumstehen, ohne sich zusammenzutun. Da stehen sie und glotzen einander an. Alle warten auf etwas, anstatt etwas zu tun. Da lob ich mir die alten Zeiten, in denen sie nicht überlebt hätten, wenn nicht einer den anderen zur Hilfeleistung gezwungen hätte. Sie können mich kaum verstehen, wenn ich zu ihnen spreche. Sie starren an mir vorbei ins Leere und warten auf die nächste Sensation. Selbst die, die bereit sind, mich als willkommene, wenn auch kleine Abwechslung zu akzeptieren, verlieren bald meinen Faden und können mir nicht folgen.

Worüber sprechen Sie denn, wenn Sie Ihre Reden halten? Rosa mustert den alten Mann mißtrauisch. Gehören Sie zu einer Sekte?

Diomioni zieht beleidigt die Augenbrauen hoch. Liebes Kind, ich spreche über Gott und die Welt. Aber die Welt will von Gott nichts hören. Irgendwann ist die Verbindung abgerissen. Wie Sie sehen, gibt es selbst in diesem Fall die berüchtigten Kommunikationsschwierigkeiten.

Was sind Kommunikationsschwierigkeiten? fragt Oktay. Erol boxt ihn in die Rippen und flüstert, er soll es dir genau erklären.

Diomioni räuspert sich. Es geht dabei um die Verständigung zwischen den Menschen. Alle reden sie verschiedene Sprachen und warten auf ein Pfingstwunder.

Was ist ein Pfingstwunder?

Gehst du in keinen Religionsunterricht?

Für uns gibt es keinen Religionsunterricht, wir sind Moslems.

Ja, ja, ja, das hätte ich mir denken können ... mein Gedächtnis ist auch nicht mehr das beste. Aber seht ihr, so mischen sie sich alle durcheinander, mit ihren Sprachen und Kulturen, mit ihren Religionen und Meinungen. Wie einfach war es da noch mit dem Volk Israel. Da wußte man, woran man war, wie man auftreten mußte. Die Erwartungen waren nur zu bekannt. Man konnte sich verständigen, jawohl verständigen. Der gleiche Hintergrund, das ist es, was die Verständigung ermöglicht. Der gleiche Hintergrund als Maßstab für das, was sich von ihm abhebt. Heute geht alles durcheinander, und alle leben durcheinander. Jedes Wort hat so viele Bedeutungen, daß kaum mehr zu klären ist, welche Bedeutung gemeint ist, sobald man es in den Mund nimmt. Ich muß gestehen, ich habe den Überblick verloren. Ich kenne mich nicht aus.

Diomioni zuckt die Achseln und schaut so traurig, daß die Kinder von grenzenlosem Mitleid überwältigt werden und Erol und Oktay sich zu seinen beiden Seiten setzen.

Wenn Sie etwas wissen wollen, fragen Sie uns, sagt Oktay. Wir sind in einem anderen Land geboren, und unsere Eltern sind Ausländer. Wir können Ihnen sagen, was der Unterschied ist zwischen diesem und unserem Land, fährt Erol fort. Oder wenn Sie wissen wollen, was Arbeit, Geld oder Brot auf türkisch heißt, können wir Ihnen das sagen.

Das ist sehr freundlich von euch. Diomioni schneuzt sich in ein großes Sacktuch, aber anstatt es danach zusammenzuknüllen, zieht er immer noch ein Sacktuch daraus hervor, die allesamt miteinander verknüpft sind. Und während die Kinder wieder zu lachen begonnen haben, sagt Diomioni, hilf dir selbst. An diesem Strick werde ich mich in die Freiheit entlassen.

Wie meinen Sie das? fragt Rosa.

Ich werde mich nicht an ihm aufknüpfen, wie das die vielen Knoten vielleicht nahelegen könnten, ich werde mich daran aus meinem luftigen Gefängnis in seelenmäßige Tiefen hinunterlassen.

Sie werden, wenn ich Sie recht verstehe, von Ihrer einstigen Größe Abstand nehmen und sich mit uns hinstellen, besser gesagt hinsetzen?

Ganz recht. Diomioni verbeugt sich im Sitzen vor Rosa, die ihn durchdringend anschaut.

Sie wollen jetzt die Menschen einzeln mit Ihrer Kunst erfreuen, während Sie früher auf der Bühne oben standen?

Das habe ich vor.

Und das nur, weil Sie nicht mehr so recht können und man Sie auf der Bühne vielleicht auspfeifen würde?

Diomioni zuckt zusammen. Daran habe ich nicht gedacht. Ich dachte eher an meine Liebe zu den einzelnen Wesen. Gerade jetzt, dachte ich, muß man von Mensch zu Mensch gehen.

Mit dieser Methode kommen Sie nur an wenige heran.

Vielleicht erzählen es die, die mich kennengelernt haben, weiter.

Sie meinen, die Leute würden über Sie miteinander ins Gespräch kommen, und dann wüßte wieder jeder von Ihnen?

So ungefähr stelle ich es mir vor. Und vielleicht, Diomioni lächelt, will man mich dann wieder auf der Bühne sehen.

Sie haben die Hoffnung nicht aufgegeben?

Nicht eigentlich.

Und Ihre Finger?

Wenn es darauf ankommt, werden sie zu kurieren sein.

Dann sind also die einzelnen nur ein Vorwand?

Diomioni zuckt wieder zusammen. Nein, nein, die einzelnen müssen schon beglückt werden. Das ist Vertrauenssache. Sehen Sie? und er zeigt auf Erol und Oktay, die wie unter Hypnose auf seine Rockschöße gesunken und eingeschlafen sind.

Pembe beugt sich zu Rosa und flüstert, glaubst du nicht, daß er den bösen Blick hat?

Rosa schaut sie ungläubig an. Wieso den bösen Blick? Er schaut eher freundlich drein.

Man merkt es nicht immer gleich. Pembes Stimme klingt aufgeregt. Schau meine Brüder an.

Er tut ihnen nichts, wie du siehst. Pembe dreht sich nach Kai um. Kai schläft ebenfalls.

Zum Glück haben meine Brüder Bondschuks, da kann ihnen der böse Blick nicht viel anhaben.

Was sind Bondschuks?

Kleine blaue Perlen, die meine Mutter mit einer Sicherheitsnadel an ihre Unterwäsche geheftet hat.

Wieso an die Unterwäsche?

Damit es nicht auffällt. Bei uns zu Hause ist das ganz normal, aber hier finden es die Leute vielleicht dumm.

Sie brauchen keine Angst zu haben, mein Fräulein, sagt Diomioni. Ich bin ziemlich ungefährlich. Was natürlich nicht heißt, daß ich völlig hilflos und wehrlos wäre. Diomioni richtet sich auf, um eine bessere Figur zu machen, gibt aber darauf acht, daß er die Kinder nicht weckt.

Haben Sie Kinder?

Hatte, sagt Diomioni, und wieder wirkt er sehr traurig. Hatte, sagt er noch einmal, und die beiden Mädchen getrauen sich nicht weiterzufragen.

Übrigens, ich habe euch nur die allereinfachsten Dinge gezeigt. Mit einem Apfel kann man so gut wie alles machen, ohne sich zu wiederholen.

Machen Sie es doch einmal mit drei Äpfeln oder mit vieren, sagt Pembe.

Diomioni versucht an das Innere seines Mantels zu kommen, die beiden schlafenden Kinder scheinen ihn aber daran zu hindern. Er zuckt die Achseln. Ein andermal. Er schaut zur Sonne auf, legt den Kopf schief und vergleicht ihren Stand mit seiner Taschenuhr.

Es bleibt mir nichts anderes übrig, als zu entschweben. Die beiden schlafenden Kinder gleiten von seinem Mantel ab und liegen plötzlich auf der Bank, als wäre nie jemand dort gesessen. Diomioni aber entschwindet mit wehenden Rockschößen und ohne daß das Tacken seines Spazierstocks zu hören wäre.

Wind ist aufgekommen und mildert die Hitze.

Eigentlich ein Badetag, sagt Rosa und zieht die Bluse ein wenig auseinander, um zu sehen, wie rot ihre Haut schon ist. Ein richtiger Badetag. Glaubst du, es kommt was?

Was soll kommen außer dem Abend?

Ein Unwetter.

Warum wohl ein Gewitter ein Unwetter heißt. Es ist doch auch ein Wetter.

Für alle, die immer auf schönem Wetter bestehen, ist es eben kein Wetter.

Dann dürfte es auch das Wort Unzeit nicht geben oder das Wort Ungeheuer. Wenn nämlich schon ein Geheuer kein richtiges Wesen ist, wie soll dann erst ein Ungeheuer eines sein? Oder ein Untier, sagt Pembe.

Manchmal, wenn meine Eltern streiten, sagt meine Mutter zu meinem Vater *du Tier,* und manchmal sagt sie *du Untier.* Ich habe den Unterschied noch immer nicht herausgefunden. Sie meint wahrscheinlich in beiden Fällen dasselbe.

Schau dir die Kinder an, Pembe blickt besorgt auf Erol und

Oktay, dann auf Kai. Vielleicht hat er doch den bösen Blick gehabt.

Rosa schüttelt den Kopf. Dann schaut sie zum Himmel auf. Zwischen ihr leicht gerötetes Gesicht und die Sonne zieht eine Wolke, die die Form eines Reiters mit Pferd hat.

Tut es dir eigentlich leid, Pembe, sagt Pembe zu Rosa, daß du mir deinen Namen geschenkt hast?

Dafür habe ich doch deinen bekommen. Rosa heißt Pembe und Pembe heißt Rosa. Somit sind wir Namensschwestern.

Schwestern mit demselben Namen.

Langsam erwachen die Kinder aus dem hypnoseähnlichen Schlaf. Und jetzt?

Jetzt spielen wir, sagt Kai.

Aber was?

Baustelle.

Du mit deinem Kleid?

Dann bin ich die Mutter. Kai steht auf, rupft Gräser aus und sagt, Schnabel auf!

Alle sperren wie die Vögel. Kai kitzelt sie mit den Grashalmen am Gaumensegel, bis der jeweilige Schnabel zuklappt.

Heißt es die Schnäbel oder die Schnäbeln?

Die Schnäbeln, bestimmt Kai. Rosa wird einen Moment unsicher. Dann sagt sie, die Schnäbel. Ich muß es wissen.

Du mußt gar nichts wissen.

Mußt du immer zurückschnabeln?

Ätsch, Kai streckt die Zunge raus. Er heißt auch die Waggöner und die Boote.

Und Taglöhner, sagt Erol.

Und Dragoner, sagt Oktay.

Stimmt nicht, ruft Pembe ihnen zu, es heißt Töne und Löhne und Söhne und Föhne.

Was sind Föhne?

Winde.

Spanische Winde oder Bauchwinde?

Winde, von denen unsere Mutter Kopfweh kriegt.

Du meinst die blöden Kopfwinde, bei denen man sofort eine hinten draufkriegt?

Es heißt die Popos und nicht die Popöer. Und die Klos und nicht die Klöer. Kai schreit, ich hab zwei Popöer, einen Bubenpopo und einen Mädchenpopo.

Der Klotz, die Klötze, flüstert Erol, der pinkeln muß und sich vor einen Baum stellt. Der Spatz, die Spätze.

Ich war besser in Deutsch als die meisten, die hier aufgewachsen sind. Es heißt Autos und nicht Autoren.

Du meinst Autorennen, vrumm, vrumm, vrumm.

Autos fahren mit Motoren, aber Autoren fahren selten Rennen. Sie rennen höchstens hinter einem Auto her, während Autos ohne Motoren gar nicht rennen können.

Du hast rote Haar, feuerrote Haar sogar, singt Erol Rosa zu.

Deine Haare funken, meint Kai.

Drum mag dich auch der Hansl nicht, drum mag dich auch der Franzl nicht …

Rosa öffnet die Bluse und läßt sich die Sonne noch tiefer in die Sommersprossen scheinen …

Du hast rote Haar, feuerrote Haar sogar …

Rosa zieht den Rock in die Höhe, daß ihre Beine bis obenhin zu sehen sind.

Wie schön ist das Rot, wenn die Rosen erblühen,
und wie schön ist es erst, wenn die Alpen glühen.
Nur bei die Haar war auf einmal das Rote net schön?

Rosa setzt sich und ihre Haut der Sonne aus.

Rot, die Röte, memoriert Pembe. Tot, die Töte …

Es heißt doch Boote, ruft Kai und macht einen Knicks, als jemand vorbeigeht.

Und dann hat mich die Lehrerin nicht mehr gemocht, weil

ich gefragt habe, ob es nicht der Monat heißt, anstatt das Monat, wie sie immer sagt, obwohl im Buch ganz fett gedruckt der Monat steht. Du hast es nötig, mich auszustallieren, hat sie darauf gesagt. Vor gar nicht langer Zeit hast du noch nicht einmal gewußt, was Monat heißt, von der oder das ganz zu schweigen.

Das kommt davon, wenn man so redet, wie einem der Schnabel gewachsen ist. Meine Eltern sind Schauspieler, und damit sie das nie vergessen, reden sie hochdeutsch miteinander.

Auch zu Hause?

Auch zu Hause. Noch dazu reden sie deutsches Hochdeutsch, mit Wörtern, die hier niemand in den Mund nimmt. Da kann es dann vorkommen, daß meine Mutter irgendwo gestanden *hat* und ich nicht weiß, ob sie dabei naß geworden ist oder ob sie sich der Polizei verraten hat.

Du tätest ein Speckverkäufer sein, sagt Kai zu Erol, und ich tät eine Mutter sein, die das Brot einfettet. Ich möchte Broteinfetterin werden.

Ich mag Speck nicht, sagt Erol, der wird von Schweinen gemacht. Und mein Vater hat einmal gesagt, daß alle Europäer Schweine sind.

Aber Schweine kann man essen.

Ein Schwein scheint kein Schwein zu sein, sondern ein Igel.

Das ist ein Stachelschwein.

Oder ein Schweinigel.

Schweinigeln Schweinigel oder Stachelschweinen Schweinigel?

Schweinigel schmutznigeln und Schmutznigel wollen sich einigeln, damit niemand an sie ran kann.

Ich tät ein Blutegel sein, sagt Kai, und euch alle aussaufen.

Zu Hause haben wir eine eigene Sprache, sagt Pembe. Mein Vater und meine Mutter können nicht gut Deutsch, und wir können nur das auf türkisch, was sie uns beigebracht haben.

Wie sprecht ihr dann?

So zum Beispiel, Kaufmann'a git, Semmeln'i al, schnell dön zurück.

Oder, kichert Oktay, Lehrer'e söyle, baba nix Geld neue Feder için.

In unserer Sprache muß man genau wissen, was man sagen will, das kommt nämlich zuerst im Satz. Im Deutschen kann ich es mir überlegen und immer noch was dranmachen. Dranmachen geht so, Hustinetten-Bären-Schinken-Schneidebrett mit Besteck.

Oder Durstinetten-Fähren-Winken-Heidebett mit Gefrett.

Ich will was zu trinken, sagt Kai.

Dort ist der Kindertrinkbrunnen.

Ich will aber was mit Geschmack.

Denk dir was aus.

Etwas in einem Fläschchen, in einem grünen, gelben oder roten Fläschchen aus Plastik, wo man nur zu drehen braucht, um den Verschluß abzumachen.

Hast du Geld dabei?

In meiner Hosentasche, sagt Kai.

Heut hast du aber ein Kleid an.

Kai fährt unter dem Kleid an den Beinen entlang bis zum Nabel.

Ich tät so tun, sagt Kai, als das Geld nicht zu greifen ist, als wär das ein Himbeersaftbrunnen. Aber wenn ihr Geld findet, dann möchte ich Limonade.

Rosa und Pembe schauen Kai nach, wie sie zum Kindertrinkbrunnen läuft. Sie drückt auf den Knopf, und das Wasser beginnt zu sprudeln. Sie beugt sich so weit darüber, daß das Kleid vorne ganz naß wird. Als sie fertiggetrunken hat, steht sie da, schaut ins Narrenkästchen und krümmt sich ein wenig, als versuche sie, dem nassen Kleid auszuweichen.

Eine alte Dame in einem Leinenkostüm mit dazupassendem

Strohhut und einem Spazierstocksonnenschirm bleibt vor Kai stehen und sagt, nachdem sie das Kind lange genug angesehen hat, kunstgerecht, äußerst kunstgerecht.

Hundsgerecht, antwortet Kai, und leckt sich, ohne den Blick aus dem Narrenkästchen zu holen, das Wasser von den Lippen.

Entzückend, erwidert die alte Dame und zeigt mit der Sonnenschirmspazierstockspitze auf Kai, köstlich, in kleinen mundgerechten Bissen zu verspeisen. Einmal Goldlöckchen, das andermal Hornböckchen.

Die Fürstin, flüstert Oktay.

Nein, die Herzogin, zischt Rosa schnell die anderen nieder.

Was hat sie über Kai gesagt?

Dieses Kind schaut mir aus der Seele.

Das war die Herzogin. Die Fürstin ist ganz wer anderer. Sie hat einen Damenbart und ein Opernglas, durch das sie alles sehen kann, was man sonst nicht sieht.

Das muß jetzt die Schaffnerin sein, sagt Pembe. Seht ihr nicht, wie die große Zange sich unter ihrer Jacke beult? Sie könnte euch in jedes eurer Ohrläppchen ein Loch zwicken, schneller als ihr schauen könnt.

Ich glaube, es ist keine *Zange*, sondern eine Gartenschere, meint Rosa.

Sie führt etwas im Schild.

Steht was geschrieben auf dem Schild? fragt Kai.

Ein Bild.

Ein Bild auf dem Schild?

Der Schild ist ein Bild. Es geht dabei um einen Ritterschild. Die Geschichte erzähl ich dir später. Wir wollen wissen, was die Schaffnerin vorhat.

Wir gehen ihr nach.

Erol und Oktay versuchen, sie von zwei Wegsystemen her zu umzingeln.

Die Schaffnerin war schon lange nicht im Park. Entweder ist sie kürzer oder ihre Strickjacke länger geworden.

Jemand pfeift wie A-Hörnchen und jemand pfeift wie B-Hörnchen. Die Schaffnerin steht zwischen Erol und Oktay vor der Bank, die Kinder haben sie arretiert und zwingen sie, Platz zu nehmen.

Es geht um einen Trieb, sagt die Schaffnerin mit geweiteten Augen und leicht gesträubtem Haar.

Um einen Dieb? Die Kinder umstellen sie.

Um einen Trieb, sie hebt die Hand mit der Schere, um einen Trieb für mein Paradies.

Für alte Frauen gibt es kein Paradies, sagt Oktay.

Paradies? fragt Rosa. Meinen Sie so etwas wie einen Paradiesgarten?

Die Schaffnerin antwortet nicht auf die Frage, sondern fährt fort. Wenn jeder seines Glückes Schmied ist, folgt daraus logischerweise, daß jeder zu seinem Paradies selber sehen muß. Ich arbeite schon seit Jahren an meinem Paradies. Und das Erstaunliche daran ist, daß es sich immer mehr ausdehnt. Es wächst, mein Paradies. Natürlich habe ich alles, was ich besaß, in mein Paradies gesteckt. Doch noch immer ist es mir nicht paradiesisch genug. Darum brauche ich den Trieb. Ich will ihn abschneiden und in meinem Paradies veredeln. Die Blüten dieses Triebes fehlen noch in meinem Paradies. Was glaubt ihr, wie meine Vögel erst singen werden, wenn ich auch noch diesen Strauch in meinem Paradiesgarten habe. Manchmal ist es schon schwierig, die Fenster zu schließen, denn mein Paradies will zum Fenster hinaus und die Wände empor. Die einzelnen Türen in der Wohnung sind bereits so überwachsen, daß ich sie nicht mehr bewegen kann. Ich habe Angst, daß sich irgendwelche Steinbrecharten in meinem Paradies einnisten könnten, die dann die Mauern sprengen. Dann zerfällt nämlich mein Paradies, wenn es keinen Platz mehr hat.

Ich möchte dein Paradies sehen, sagt Kai. Können wir mit dir kommen?

Die Schaffnerin macht noch größere Augen, legt sogar den Finger auf den Mund. Dann flüstert sie, das geht nicht. Mein Paradies ist schon zu schwer geworden. Es trägt nur mehr mich. Auch würden die Pflanzen vor euch erschrecken. Sie kennen nur mich und meine Stimme. Sie würden vor Aufregung in Ohnmacht fallen, wenn so viele Kinder zu Besuch kämen.

Ich würde gerne eine Pflanze in Ohnmacht fallen sehen, sagt Erol. Macht sie dann schlapp? Fällt sie um, oder fächelt sie nur traurig mit den Blättern?

Die Schaffnerin redet weiter. Auch kennt ihr all die geheimen Gänge nicht, die zwischen den Pflanzen durchführen. Man kann nicht mehr recht sehen, wohin man geht. Ich verlasse mich auf mein Gespür, wenn ich mich durch mein Paradies bewege. Manchmal kann ich nur mehr unter den schweren Ranken durchkriechen. Ihr würdet euch verirren. Wie ihr wißt, wirken Pflanzen schalldämmend. Vielleicht kann ich euch gar nicht hören, wenn ihr in Not geratet. Nein, sie schüttelt traurig den Kopf, in meinem Paradies habe nur mehr ich Platz. Es ist so ganz nach meinen Maßgaben gewachsen.

Und Sie wollen trotzdem noch einen Trieb einsetzen? fragt Pembe.

Einen einzigen noch. Ich weiß, daß dieser Versuch mit einem Risiko verbunden ist. Aber das Paradies läßt mir keine Ruhe. Solange es nicht vollständig ist, finde ich keinen Frieden.

Und wir dürfen es nie ansehen? fragt Kai.

Ach, Kinder, es gibt so vieles, das euch gefallen könnte. Da … Sie sucht in den Taschen ihrer Strickjacke, findet zehn Schilling und gibt sie Kai. Kauft euch Kaugummi, aber verratet mich nicht.

Und schon ist sie mit der Schere in der Hand in einen

Strauch getreten, der sie umfängt und vor den Augen der Parkbesucher verbirgt.

Die mit ihrem verhutzelten Paradies. Sicher hat sie keinen Springbrunnen darin und keine Nachtigallen und keine Huris. Das soll ein Paradies sein?

Wenn ich ein Paradies hätte, sagt Pembe, so würde ich darin kleine seidene Kissen haben, auf denen ihr sitzen könnt, und daneben kleine Marmorbecken mit silbernen Hähnen, aus denen Tee oder Coca-Cola kommt, je nachdem, wie man sie einstellt. Ich würde auch runde Tischchen haben, mit Nüssen und Bäckereien, mit Obst und knusprigen Fleischpasteten drauf. Auf dem Boden müßten Teppiche liegen, und irgendwo soll eine große Stereo-Anlage eingebaut sein, mit türkischen Platten, wie mein Vater sie aus Istanbul mitgebracht hat. Nur haben wir keinen Plattenspieler.

Ich tät ein Kind sein, sagt Kai, und ihr alle Engel, die mich füttern müssen. Ich bestell mir Knödel mit Saft und Melonen und einen Knochen zum Abfieseln.

Das ist nicht das Paradies, das ist das Schlaraffenland.

Pfui Teufel, sagt Erol, da muß man sich durch einen ganzen Berg von Grießbrei hindurchfressen.

So steht es im Buch, sagt Rosa. Aber es muß nicht alles so sein, wie es im Buch steht. Solange du nicht im Paradies oder im Schlaraffenland bist, kannst du es dir immer noch aussuchen.

Wir setzen uns ins Auto und fahren irgendwohin. Dir und dem Kind wird die Luft guttun. Ich habe wirklich nichts anderes vor.

Ich war erleichtert und bedankte mich bei Helene. Wieder ein Sonntag gerettet. Sie wollte uns in etwa einer Stunde holen kommen. Klemens ist zu einem Theater-Festival nach Frankreich gefahren. Und das Wetter ist so kühl, daß ein Schwimmbad nicht in Frage kommt.

Ich bin gerade dabei, Frühstück zu machen, und Kai spielt mit seinen Lego-Bausteinen. Wir würden hinaus aufs Land fahren, in einem Wald spazieren und dann essen gehen. Alles locker und friedlich, ohne irgendwelchen Aufwand.

Vielleicht würden wir zu einem Spielplatz kommen, auf dem noch andere Kinder sind, mit denen Kai spielen kann, während wir uns auf eine Bank setzen, über Literatur reden und worauf es bei dieser Art von Literatur ankäme, die ich schreiben und für die Helene sich im Verlag starkmachen will.

Helene hatte an diesem, ihrem freien Sonntag an mich gedacht. Das ist es, was mich freut und mir Hoffnung macht auf einen freundlichen Tag. Es ist das erstemal, daß Helene und ich uns außerhalb des Verlages treffen wollen. Die Aussicht, daß wir uns dabei näherkommen, ist mir angenehm. Ich habe sie von Anfang an gemocht, obwohl sie mir damals noch sehr überlegen vorgekommen ist und ich gefürchtet habe, die zehn Jahre, die sie älter ist, würden mich in einer gewissen Distanz halten.

Ich bewundere Helene. Die Weise, auf die sie eine ihrer Eigenarten so deutlich unterstreicht, daß sie zur Verkörperung derselben wird, hat mich beeindruckt. Das Wort unverkennbar hat im Zusammenhang mit Helene Sinn, und wenn ich über sie nachdenke, gibt es vieles, was ich mir bei ihr nicht vorstellen kann. Sie hat sich auf meisterhafte Art eingegrenzt, indem sie sich gegen vieles abgegrenzt hat. Selbst ihre Art sich zu schminken besteht in einem Ritual des Auslassens. Ich habe in ihrem Gesicht weder die Spuren von Lippenstift noch die von Lidstrich bemerkt, dafür ausgefallene Pudertöne zwischen Braun und Rosa, die sie auf Wangen und Augenlider verteilt.

Ihr Haar ist mähnenartig, von grauen Strähnen durchzogen, die den Mangel an Koketterie unterstreichen, dafür aber ein um so besseres Indiz für die strenge Gesamtplanung sind, der auch die Kleidung unterworfen ist.

Alles an ihrer Erscheinung stimmt, gerade weil sie sich gewisse kleine Unstimmigkeiten gestattet, wie die zu kurzen Fingernägel, bei denen man den Verdacht hat, sie seien abgebissen. Oder den dünnen Schweißgeruch, der, abgedeckt von einem Parfüm, um sie ist, aber nie unangenehm wird, sondern wie ein weiteres Siegel ihrer Unverwechselbarkeit wirkt.

Helene hat etwas aus sich gemacht, obwohl es aussieht, als wäre sie mit der Zeit einfach so geworden. Und selbst die Stifte, mit denen sie an meinen Manuskripten Korrekturen vorschlägt, gehören so unmittelbar zu ihr wie ihre Handtasche und ihre Sonnenbrille.

Ich möchte mich aber noch nicht anziehen, sagt Kai, als ich ihn nach dem Frühstück zu drängen beginne. Ich möchte spielen. Er kniet im Pyjama an dem kleinen Tisch und wühlt in seiner Lego-Kiste. Komm, spiel mit mir.

Wir werden von Helene abgeholt, sage ich mit euphorischer Stimme. Wir machen einen Ausflug.

Wohin?

Ich weiß nicht. Irgendwohin in einen Wald, in dem wir Spazierengehen können. Vielleicht gibt es schon Heidelbeeren oder Pilze.

Ich will aber nicht Spazierengehen. Ich möchte spielen. Und du sollst mit mir spielen.

Also gut, ich helf dir beim Anziehen, aber das Bettzeug gibst du selbst in die Lade.

Kai antwortet nicht. Er trällert vor sich hin und steckt ein Lego-Teil ins andere.

Ich suche sein Gewand zusammen und stelle mich hinter ihn. Komm, sage ich betont friedlich. Ausnahmsweise ziehe ich dich an, das geht schneller, und dann kannst du immer noch spielen, bis Helene kommt.

Keine Reaktion.

Bitte. Wenn ich dich schon anziehe, möchte ich nicht auch noch rumstehen müssen. Und ich versuche, ihm seinen Pyjama auszuziehen.

Kai kreischt. Ich will aber nicht. Und wenn du schon nicht mit mir spielst, will ich allein spielen.

Kai, bitte, wir wollen Helene nicht warten lassen, wo sie doch so lieb ist und uns mitnimmt.

Kai antwortet nicht.

Dann fahre ich allein. Ich habe sein Gewand hingeworfen, schließe die Tür und gehe in die Küche. Als sich noch immer nichts rührt, ziehe ich vernehmlich, das heißt kommentiert von einschlägigen Sätzen, den Regenmantel und die Stiefel an.

Kai reißt die Tür auf und steht mit Tränen in den Augen vor mir. Ich will aber nicht allein bleiben.

Dann komm, zieh dich an. Ich habe die Erleichterung zu deutlich durchblicken lassen. Kai läuft zurück in sein Zimmer. Wie ich annehme, um sich anzuziehen. Als ich nachschauen gehe, sehe ich ihn nicht.

Was ist?

Such mich.

Er hat sich unter dem Tisch versteckt.

Komm raus. Ich nehme sein Unterzeug in die Hand. Es kann jeden Moment klingeln, und wir sind dann nicht fertig.

Ich will aber nicht Spazierengehen.

Dann mußt du alleine zu Hause bleiben. Die erste Erpressung des Tages.

Kai klettert unter dem Tisch hervor, stellt sich vor mich hin, hebt auch die Arme, aber in dem Augenblick, wo ich nach dem Pyjama-Oberteil greife, läßt er die Hände sinken, läuft zu dem Tisch mit den Lego-Steinen und steckt etwas ineinander.

Endlich bin ich draufgekommen, wie das Dach von dem Auto gehört. Er klingt ganz glücklich. Ich weiß, daß er mich vergessen hat. Wir kennen es beide, das Spiel vom Sich-Widersetzen. Aber er hat auch das Spiel vergessen. Ich weiß das, ich muß das wissen. Und doch kann ich meiner Ungeduld nicht Herr werden.

Bitte, Kai, mach mich nicht verrückt. Ich schüttle sein Unterhemd, als könne ich ihn so in seine Kleidung hineinbeuteln. Wenn du nicht sofort kommst, werde ich wütend. Genau das hätte ich mir sparen können.

Schau, jetzt ist es fertig. Hab ich das nicht toll gemacht? Und Kai kommt mit seinem Lego-Auto auf mich zu. Das Dach hab ich so lange nicht können. Warum ziehst du mich nicht an? fragte er plötzlich, als er mich mit hängenden Armen dastehen sieht. Meine Fassungslosigkeit dauert nur kurz.

Hör zu, sage ich, aber dann sage ich nichts mehr.

Als es wirklich klingelt, bin ich noch im Badezimmer, um mich zu kämmen.

Ich muß immer schnell machen, sagt Kai, und du bist die letzte.

Helene hält die Tür von ihrem 2 CV auf. Ich lasse Kai hinten einsteigen und komme neben sie. Kaum sind wir ein paar Meter gefahren, fragt Kai, hast du was für mich?

Kai, bitte. Du hast mir versprochen, nie mehr so zu fragen.

Du weißt doch gar nicht, ob sie nicht doch was für mich hat.

Am liebsten würde ich ihm eine Ohrfeige geben.

Helene lacht. Klar hab ich was für dich.

Helene, dann wird er immer etwas wollen.

Laß ihn doch. Erwachsene sind dazu da, daß man von ihnen etwas will.

Ich versuche abzuschätzen, bis wann spätestens Helene das bereut haben wird.

Siehst du, sagt Kai.

Helene deutet nach hinten. Dort, unterm Fenster liegt etwas, das dir gehört.

Kai dreht sich um. Wo?

Dort. Helene zeigt in die Richtung. Es ist ein kleines Päckchen mit Spielkarten.

Kai packt sie aus und schaut sie an.

Kannst du Memory spielen? fragt Helene.

Ich habe schon ein Memory-Spiel.

Aber sicher keines mit so schönen Tierbildern. Später spielen wir es dann mit dir.

Kai wird eine Weile damit beschäftigt sein, die Karten anzuschauen, und ich lehne mich entspannt zurück.

Weißt du, Helene setzt die Sonnenbrille auf, ich habe mich richtig gefreut auf euch beide.

Wir fahren in ziemlichem Tempo stadtauswärts.

Ich finde es richtig, sagt Helene nach einer Weile, wie Frauen heute über die Beziehungen zwischen Menschen schreiben. Wie sie die Scheu verloren und sich über Tabus hinweggesetzt haben. Das Verhältnis zwischen den Geschlechtern wird neu ausgedrückt, wobei allerdings die Darstellung der tatsächlichen Veränderung noch etwas voraus ist.

Da mag was dran sein. Ich würde mich gerne aus dieser Diskussion raushalten.

Die Kühnheit, mit der manche Frauen über ihre neue Freiheit im Ausdruck, und überhaupt, verfügen, gefällt mir. Daß man sich nicht mehr in ein Zusammenleben drängen lassen muß, auch nicht, wenn man ein Kind hat. Sie wirft mir einen kurzen Blick zu. Und trotzdem braucht man auf Beziehungen nicht zu verzichten.

Ich reagiere nicht.

Man kann es machen wie du. Getrennte Wohnungen, dann hast du keine Scherereien, und das Herz ist geborgen.

Du kannst es aber auch so sagen – ich habe mich doch zu einer Antwort entschlossen –, daß das Zusammenleben zwischen Kai und mir stattfindet.

Das gilt es zu bedenken. Helene nickt mit dem Kopf. Vor allem heute, wo man überhaupt erst die Möglichkeit hat, es zu bedenken.

Damit hat sie mich aus der Reserve gelockt. Wenn du es bedenkst, kommst du nie zu einem Kind. Und was mich betrifft, sehe ich das alles nicht ein. Immer ist von der Gesellschaft die Rede, von gesellschaftlichen Beziehungen, von der Machtlosigkeit des einzelnen und seinem Bestimmtsein durch die Gesellschaft, und was weiß ich wovon noch. Nur im Fall von Kindern soll der beziehungsweise die einzelne auf Grund eines Augenblicks der Entscheidung für alle Zeiten und in jeder Hinsicht belangt werden können.

So meine ich das nicht. Aber es hat nun einmal Folgen, wenn man sich entscheidet.

Sogar schwerwiegende, wenn sie allesamt einem Menschen aufgehalst werden.

Ich bewundere dich ohnehin, wie du das schaffst. Bei all dem, was du sonst noch machst.

Und schon sind wir wieder genau an dem Punkt, an den zu kommen ich so hasse.

Anstatt darüber zu reden, wie es sein könnte, wird bequeme Bewunderung dafür abgegeben, daß ich es halbwegs schaffe, so wie es ist.

Davon habe ich aber nichts. Der Satz gerät mir auf kindische Weise trotzig. Ich habe keine Lust, mich zu beklagen. Ich weiß nur, daß es eine Menge von Möglichkeiten gäbe, wenn mehr Leute mitmachten.

Natürlich. Noch pflichtet mir Helene bei. Aber es braucht Zeit. Die Männer sind zum Teil verunsichert, und die Frauen noch in vielem nicht geübt genug.

Wenn dieser ganze Kampf es mit sich bringt, daß Männer sich nur noch geschickter darum herumschwindeln, Väter zu sein, pfeife ich darauf.

Du darfst nicht alles nur von deiner Warte aus sehen. Helenes Stimme klingt geduldig.

Das weiß ich. Aber wo ich hinschaue, finde ich meine Warte in allen nur denkbaren Variationen.

Übergangssituationen, lächelt Helene. Es wird an uns liegen, sie aus der Welt zu schaffen.

Ich weiß nicht. Die Frauen lassen sich da zu einer Art von Stärke zwingen, die sehr aufreibend ist. Ich meine damit, daß man ihnen den ganzen Kram einfach hingeworfen hat.

Mama, sagt Kai, warum hat das Panzernashorn überall solche Falten?

Man darf sich eben den Kram nicht einfach hinwerfen lassen. Man muß wissen, was man sich zumuten kann. Glaubst du, ich hätte nicht auch gerne ein Kind?

Mama, ich hab dich was gefragt.

Wart einen Augenblick, du hörst, daß ich rede. Und ich

wende mich Helene zu. Ich halte nichts von diesem Verzichtenwollen aus den sogenannten guten Gründen.

Mama, so red doch mit mir. Kai hat meinen Kopf von hinten gefaßt und versucht, ihn sich zuzudrehen.

Kai, sagt Helene, laß deine Mutter. Sicher hast du dir noch nicht alle Karten angeschaut. Und zu mir, man kann nicht alles haben. Irgendwo muß man sich einschränken. Zu dem Leben, auf das wir hinauswollen, gehört ein Kind doch nicht unbedingt dazu.

Aber, sage ich mit erstickter Stimme durch die Finger von Kai hindurch, der mir den Mund zuhält, es bringt einen um eine der ganz wichtigen Erfahrungen, keines zu …

Meine letzten Worte werden von Kai überschrien. Du sollst jetzt mit mir reden.

Ich deute auf seine Hände über meinem Mund, um ihm zu erklären, daß ich mit zugehaltenem Mund gar nicht reden könne.

Ganz schön besitzergreifend, dein Sohn, meint Helene, während sie in einen Waldweg abbiegt.

Ich will wissen, warum das Panzernashorn so viele Falten hat, schreit Kai und nimmt die Hände von meinem Mund, hält sich aber weiter an meinen Schultern fest.

Keine Ahnung. Am besten fragst du es selbst, wenn du einmal einem begegnest.

Warum weißt du das denn nicht? Kai ist sichtlich ungehalten.

Ich weiß auch nicht, warum ich es nicht weiß. Leg die Memory-Karten zusammen, damit du keine verlierst. Wir steigen gleich aus.

Ich freu mich schon aufs Essen, sagt Helene. In der Früh habe ich nie Hunger, zu Mittag dann um so mehr.

Helene hält an, und wir steigen aus. Neben dem Weg erhebt sich Kalkgestein in der Form von Miniaturfelsen, von Kiefern überwachsen.

Ich möchte klettern, sagt Kai, hilf mir.

Helene erzählt von der Zeit, als sie noch verheiratet war und ihr Mann jede Schwierigkeit, die er in seinem Beruf hatte, bei ihr ablud, während er rasch ungeduldig wurde, wenn sie ihm etwas erzählte, und daß sie es sich damals angewöhnt habe, nach Kontakten zu Frauen zu suchen.

Ich bemühe mich, ihr zuzuhören. Vielleicht kommt Kai von selber davon ab, unbedingt an dieser Wand hochklettern zu wollen.

Komm schon, sagt Kai, wir können dann da oben Spazierengehen. Oben ist es viel lustiger.

Und schon zerfalle ich wieder in zwei völlig verschiedene Ansichten der Lage. In die meine, die Helene miteinbezieht und ihre Erwartungen respektiert, und in die von Kai, der befürchtet, Helene und ich würden uns den ganzen Weg lang miteinander unterhalten und erwarten, daß er ruhig neben uns hertrottet.

Beachte ihn gar nicht, sagt Helene, dann ist es ihm sicher bald langweilig.

Aber im Grunde seh ich gar nicht ein, warum Kai hier keine Kletterversuche machen soll. Es ist sein und mein Sonntag, ohne Kindergarten, ohne Rosa, Pembe und die Zwillinge. Ich müßte nur ein paar Schritte zurückgehen, ihm den Arm hinhalten und darauf warten, daß er die Lust daran verliert.

Mama, komm, schreit Kai, und ich sehe, wie er versucht, allein an der Wand hochzuklettern. Ich weiß aber auch, daß Helene weitergehen möchte, weil sie Hunger hat und bald in einem Gasthaus sein will. Unschlüssig bleibe ich stehen, während Helene noch immer erzählt. Ich sehe alles voraus, die Kollision der Wünsche, die darauffolgende Debatte, das Mißverständnis. Daß ich immer wieder auf solche Situationen hereinfallen muß. Daß mir immer noch nicht klar ist, daß ich

Kai nicht einfach mitnehmen kann, ohne dafür zu sorgen, daß er sich nicht wie ein Gepäckstück vorkommt. Wenn noch ein Kind dabei wäre, wäre die Situation vielleicht anders. Oder auch nicht, und die beiden Kinder würden sich streiten.

Jedenfalls kann ich es in Helene denken hören. Erwachsene dürfen sich nicht von Kindern tyrannisieren lassen. Kinder müssen lernen, daß sie nicht immer der Mittelpunkt sind. Auch Kindern kann einiges zugemutet werden.

Komm nur, sagt Helene. Er wird sich beruhigen. Du darfst nicht immer nachgeben. Es klingt überzeugend, besonders in der momentanen Lage. Aber ich kenne Kai. Ich kann auch ihn denken hören, vor allem ihn. Für ihn sind wir zwei Erwachsene, die endlos über Dinge reden, mit denen er nichts zu schaffen hat, von denen er ausgeschlossen ist. Und Kai wird um das, was er für sein Recht hält, kämpfen. Während Helene es für selbstverständlich hält, daß Erwachsene in allen Fällen am selben Strang ziehen.

Amy …

Mama …

Beide Worte fallen gleichzeitig in meine Ohren ein, das eine rechts, das andere links. Sie überschneiden sich in meinem Kopf, und ich beschließe zuzugeben, daß ich den an mich gestellten Forderungen nicht gewachsen bin. Ich lasse mich zu Boden fallen und schreie wie der Clown May im russischen Staatszirkus uiuiuiui, so laut ich kann.

Sowohl Helene, die einen Schritt vorausgegangen ist, als auch Kai, der noch immer versucht, an der Felswand hochzuklettern, schauen sich betroffen nach mir um. Und da beginne ich erst recht, uiuiuiui zu schreien. Beide kommen bestürzt auf mich zugelaufen.

Was ist los?

Mama, was hast du?

Ich halte die Hände vors Gesicht und lache. Bevor sie sich

noch besinnen können, habe ich Kais Hand in die von Helene gelegt, die andere nehme ich, während ich aufspringe.

Und jetzt, sage ich, laufen wir, so schnell wir können. Kai kichert begeistert, und Helene muß wohl oder übel mitlaufen. Nach kurzer Zeit sind wir alle außer Atem und lassen uns auf eine Bank fallen. Gegenüber ist an einem Baum ein Schild angebracht: *Anständige Menschen halten Wald und Wiese rein.*

Kai erwischt Helenes Handtasche und untersucht sie. Ich sage nichts, obwohl Helene mich von der Seite ansieht. Ich merke, wie sie nur darauf wartet, daß ich eingreife. Aber ich greife nicht ein. Sollen die beiden sich das selbst ausmachen. Ich bin es leid, die Wünsche anderer zu übermitteln.

Laß das, sagt Helene zu Kai. Jetzt schaut Kai mich von der Seite an.

Ich bin es leid zu verbieten, was andere angeht. Ich reagiere nicht. Warum soll ich Kai jetzt maßregeln, um dann womöglich Helene sagen zu hören, so schlimm ist es auch wieder nicht, laß ihn doch. Oder zu Kai, wenn du mir nur den Schlüssel nicht verlierst.

Ich bleibe standhaft und schaue tief in den Wald hinein, als hätte ich darin zumindest einen Buntspecht, wenn nicht gar eine Hirschkuh entdeckt.

Bitte, Kai. Helenes Ton ist auf mich abgestimmt. Wenn da irgendwas rausfällt, finde ich es unter den Fichtennadeln nicht mehr.

Kai schaut Helene an, offensichtlich um herauszufinden, wie ernst es ihr ist, während seine Hand nur noch ziellos in der Tasche herumrührt.

Jetzt reicht's, sagt Helene mit einem Anflug von Beleidigtsein und versucht, die Tasche im Handstreich an sich zu bringen. Kai zerrt am Henkel und lacht etwas unsicher, obwohl Zerreißproben zu seinem Tageslauf gehören.

Ich starre noch immer in den Wald. Innerlich aber flehe ich

Helene an, bitte, versuch einen Übergang zu finden. Laß es auf keinen Kampf ankommen. Ich möchte dich nicht verlieren, bitte. Denk dir was aus. Mach einen Witz oder schubs Kai von der Bank, so als wolltest du ein neues Spiel mit ihm spielen.

Kai! Helenes Stimme ist am Umkippen, während Kai den Taschenhenkel noch immer nicht losläßt.

Das darf nicht wahr sein, Helene, ruft es in mir. Er ist ein Kind. Wie kannst du dich von ihm beleidigen lassen. Was er braucht, ist ein Spiel. Und auf einmal scheinen sich meine Gedanken einen Weg in ihren Kopf gebahnt zu haben, denn Helene schiebt die Tasche wieder ein Stück auf Kai zu, so daß er das Gleichgewicht verliert und in meinen Schoß kippt. Noch im Fallen fängt er zu lachen an.

Noch einmal, brüllt er. Da hat auch Helene begriffen. Bitte, sagt sie, gern, und läuft den Weg entlang. Du brauchst die Tasche nur zu erwischen. So laufen wir alle drei dem Mittagessen entgegen.

Ziemlich anstrengend, so ein Kind, sagt Helene, als wir beim Nachtisch angelangt sind. Kai ist schon wieder draußen, wo er mit anderen Kindern eine schräge, betonierte Mauer hochklettert.

Man gewöhnt sich daran. Mehr oder weniger gut, schränke ich ein.

Wenn ich mir vorstelle, mich ständig mit dieser Art Forderung auseinandersetzen zu müssen … ich weiß nicht, ob ich das schaffen würde.

So arg ist es nicht. Nur die Wünsche sind verschieden. Es fällt einem leichter, wenn man die eigenen Wünsche und die des Kindes als sich überschneidende Bedürfnisse sieht.

Allerdings geht der Schlagabtausch manchmal so schnell vor sich, daß man gar nicht dazu kommt, nachzudenken. Die

Frage ist, wie man ein Kind sieht. Bei den Menschen der Trobriand-Inseln sind Kinder ein Geschenk Gottes an den ganzen Stamm. Mit dementsprechender Ehrfurcht behandelt man sie auch.

Es ist ja nicht so, daß bloß ich Kai liebe und für ihn sorge, was immer das bedeuten mag. Auch Kai liebt mich. Und er zeigt es mir sogar manchmal.

Helene legt ihre Hand auf die meine. Es ist das erstemal, daß sie mich wirklich berührt, und es ist mir nicht unangenehm.

Würdest du zustimmen, wenn ich sage, daß Kai deine Sinne geschärft hat?

Vielleicht. Mehr aber noch meine Gefühle. Ich empfinde stärker.

Helenes Blick ist voll auf mich gerichtet. Liebe oder überhaupt?

Überhaupt. Ihr Blick wirkt seltsam auf mich. Und als ritte mich der Teufel, streichle ich mit einem sehr zärtlichen kleinen Finger über ihren Handrücken.

Helene schlägt die Augen nieder. Und so, wie ihre Haut mir entgegenwächst, bereue ich schon die etwas unbedachte Geste, die in unsere Bekanntschaft Körperlichkeit bringt. Wie um sie ungeschehen zu machen, lege ich nun meinerseits die Hand auf die ihre und sage, wir sollten zahlen und sehen, daß wir in den Wald kommen, bevor es regnet.

Eine Weile stehen wir vor dem Gasthaus herum. Kai kann sich nicht und nicht trennen.

Wenn ich Kai jetzt zwinge, mit uns zu gehen, sage ich zu Helene, wird er erwarten, daß statt der Kinder hier wir mit ihm spielen.

Dann warten wir lieber, sagt Helene lachend. Wir setzen uns an einen der Gastgartentische, an denen der unsicheren Witterung wegen nicht serviert wird, und reden.

Plötzlich höre ich Kai weinen, und bevor ich noch aufstehen und nachschauen kann, kommt er schluchzend auf mich zugelaufen und wirft seinen Kopf in meinen Schoß. Zu bluten scheint er nicht, und es dauert eine Weile, bis ich herausfinde, was er hat.

Kai, was hast du denn? Helene beugt sich besorgt über ihn. Ich winke ab. Es kann nicht sehr arg sein, so wie der Kummer sich wirkungsvoll gebärdet.

Als Kai wieder sprechen kann, erfahren wir, daß es einen Streit über die Anzahl der Höcker bei Kamelen und Dromedaren gegeben hat und daß ein größerer Bub, der es angeblich immer wieder falsch sagte, ihm eine heruntergehauen hat.

Helene und ich schauen uns hilflos an. Ich weiß auch nicht, was ich zu Kai sagen soll. Ich versuche, ihn mit Streicheln und guten Worten zu trösten, doch das genügt nicht.

Mama, sagt Kai, geh hin und hau dem großen Buben auch eine herunter.

Das geht nicht. Erstens bin ich ja wieder größer als er, und zweitens glaubt er sicher, daß er recht hat.

Er hat aber nicht recht. Kai pufft vor Wut mit der Faust gegen meine Schenkel.

Nächstes Mal müssen wir halt den Säugetierband von Brehms Tierleben mitnehmen.

Kai schaut mich zweifelnd an. Wenn er aber dann sagt, ein Delphin ist ein Haifisch?

Da weiß ich auch nicht mehr, was sagen.

Kai wischt sich die Tränen ab. Du mußt hingehen und ihm erklären, daß ein Dromedar einen Höcker und ein Kamel zwei Höcker hat.

Wieso? Ich bin selbst erstaunt. Ich dachte umgekehrt. Und mir fällt zum Beweis nur das auf den *Camel*-Packungen abgebildete Tier ein, das einen Höcker hat, und *Camel* heißt doch Kamel oder?

Nein, schreit Kai. Ich habe es mir neulich mit meinem Papa in dem Buch genau angeschaut. Das einhöckrige Kamel heißt Dromedar und das zweihöckrige heißt Kamel oder Trampeltier.

Also sind beide Kamele.

Schon. Kai stampft dazu mit dem Fuß, und ich spüre, daß er nun jeden Moment durchdrehen wird, wenn ich ihm keinen Ausweg anbiete. Kamele schon, brüllt er, aber sie heißen anders.

Ich glaube, Kai hat recht, sagt Helene, beeindruckt von der Heftigkeit des Ausbruchs.

Siehst du, Kai stampft noch einmal auf den Boden. Da hast du's.

Jetzt bin also ich der Gegner, was mich in diesem Fall fast freut. So komme ich darum herum, mich dafür zu rechtfertigen, daß ich dem großen Buben keine herunterhauen mag. Und ich muß es auch nicht glattweg ablehnen, ohne besser fundiertes eigenes Wissen behaupten und bezeugen zu müssen, wie es um die Höcker von Kamelen steht. Ich kann mich also unbemerkt und ohne leidigen Trick aus der Affäre ziehen.

Gut, sage ich, ihr habt mich überzeugt. Zu Hause schau ich aber noch einmal nach.

Du kannst es mir ruhig glauben, sagt Kai. Wir sind aufgestanden. Kai nimmt Helenes Hand, und die beiden gehen ein Stück mitsammen.

Weißt du, höre ich Kai erzählen, ich habe Bücher zu Hause, in denen die Tiere abgebildet sind.

Kennst du schon alle Tiere?

Nein. Nur die, die mein Papa mir gezeigt hat. Und dann sehe ich, wie Kai Helene zu sich herunterzieht, um ihr etwas ins Ohr zu sagen, das ich aber gerade noch hören kann.

Ich kann noch nicht lesen, flüstert Kai in Helenes Ohr, als

sei es ein Geheimnis, das ich, seine Mutter, nicht erfahren dürfe.

Später bauen wir mit Kai ein Rindenhäuschen zwischen den Wurzeln eines Baumes.

Und du holst jetzt Steine für die Umzäunung, sagt Kai zu Helene, und du, Mama, rupfst ein paar kleine Äste ab, die wir als Bäume einsetzen können.

Eine Weile lassen Helene und ich uns das gefallen.

Dann steht Helene auf und ruft, Streik! Die Wichtelmänner und Wichtelfrauen haben genug gearbeitet. Kai ist mit solchem Eifer dabei, daß wir ihn jetzt ruhig alleine weiterspielen lassen können.

Helene und ich legen uns auf einer kleinen Lichtung ins Gras. Es ist schwül, aber es regnet noch immer nicht, wird aller Voraussicht nach auch nicht so schnell regnen. Ich würde gern schlafen. Kai hat mich zu früh geweckt, und als er endlich wieder in sein Zimmer abzog, konnte ich nicht mehr schlafen.

Als ich die Augen schließe, um mir für ein paar Minuten das Hinübergleiten zu gestatten, spüre ich Helenes Hand in meiner Armbeuge. Der Hautreiz ist stark und wird immer stärker, je länger ich den Arm ruhig halte. Ich sehe, wie ihr Gesicht sich langsam über meines beugt und ihr Blick den meinen immer mehr einkreist. Jetzt einfach offen sein, denke ich, es geschehen lassen und abwarten, ob eine kleine Zärtlichkeit oder eine große Liebesgeste daraus wird.

Aber gerade als Helenes Gesicht sich noch mehr über meines beugt und ich ihre Hand in meiner Armbeuge kaum mehr ertragen kann, weiß ich, daß es nicht diese Art von Verlangen ist, die ich zur meinen machen könnte. Auch Klemens wünsche ich mir im Augenblick nicht. Eher irgendeinen Unbekannten, über dessen Züge ich noch in Begeisterung geraten könnte. Oder Herwater.

Helene muß gemerkt haben, wie mir zumute ist. Du hast da was, sagt sie und tupft mit dem Finger ein Moosflankerl von meinem Augenlid. Als sie es erwischt hat, betrachtet sie es genau und richtet sich damit auf, dadurch alles wegwischend, was sich als Möglichkeit zwischen uns gestellt hat.

Ich bin so müde, sage ich und drehe mich ein wenig zur Seite. Mein Herz klopft bei der Vorstellung, wie es gewesen wäre, wenn ich alles einfach an mich herankommen hätte lassen.

Die Wochenenden und die Abende kann ich manchmal kaum ertragen. An einem Sonntag einfach zu Hause zu bleiben und zu lesen, das geht nicht. Nicht mit Kai. Bis zum Mittag vielleicht, wenn er spielt und ich mit dem Staubsauger herumfahre. Aber schon am frühen Nachmittag, noch dazu wenn draußen die Sonne scheint, fängt es an.

Ich möchte ..., sagt Kai, den Blick im Narrenkästchen, und schon weiß ich, daß lauter Forderungen herausfallen werden, die sich – genau besehen – auf den Wunsch nach Gesellschaft reduzieren lassen. Ins Kino oder zum Autodrom kann ich jederzeit mit ihm gehen, da vermißt er niemanden. Wir haben auch viele Wochenenden allein verbracht, indem wir es uns gutgehen ließen und praßten. Dem ist aber eine Grenze gesetzt, die anzuerkennen Kai schwerfällt. Warum kann ich nicht noch fünfmal mit dem Ringelspiel fahren und trotzdem einen kandierten Apfel und einen Luftballon haben?

Ich drehe meine Taschen um und flattere damit.

Kai kann das nicht verstehen. Hättest du halt mehr Geld mitgenommen.

Wenn wir dann durch die Hauptallee gehen, an denEntenteichen vorbei, die ganze große Praterlandschaft entlang, uns gegenseitig Geschichten erzählend, sind wir beinahe so etwas wie ein altes Liebespaar, das seine Reaktionen kennt. Und dann sage ich mir, daß ich dazu ein Gegengewicht schaffen muß, und am nächsten Wochenende treffen wir uns wieder mit Bekannten, die ebenfalls Kinder haben, was zwar ein bißchen mühsam ist, schon von der Organisation her, aber wir haben alle das beste Gewissen dabei.

Manchmal nimmt sich auch Klemens Zeit, und wir unternehmen gemeinsam etwas. Meist aber sagt Klemens, praktisch wie er ist, ich gehe schon allein mit Kai. Wenn du willst, kannst du inzwischen was anderes machen. Und ehrgeizig, wie ich zu sein vorgebe, damit man mir überhaupt solche Angebote macht, bleibe ich zu Hause und lese oder tue sonst etwas, wozu ich eigentlich keine Zeit habe.

Wenn aber Klemens nicht da ist, versuche ich erst recht, mit der Zeit hauszuhalten. Es treibt mich heim an den Wochenenden, damit ich, wenn Kai eingeschlafen ist, zumindest die Abende für mich habe. Und da sitze ich dann, umgeben von Kaffee und Büchern, an meinen Notizen, an all dem, was ich mir vorstelle, nämlich wie Kai seine Erfahrungen macht, mit anderen macht, ohne daß ich dabei bin. *Ich versuche, Kais Leben zu erfassen, indem ich es nach seinen spärlichen Angaben für mich erfinde.*

Oft geschieht es, daß ich nicht den richtigen Zugang finde. Daß ich dasitze und mich sehne, danach, was draußen vor sich geht. Ich verwünsche den Augenblick, in dem ich beschlossen habe, mir mit niemandem etwas auszumachen, in dem ich mir alles verbaut habe, was mich aus dieser selbstgezimmerten Einzelhaft führen könnte.

Einmal hat Klemens zu mir gesagt, ich müsse ihm geradezu dankbar dafür sein, daß er so selten Zeit habe. Wie käme ich sonst dazu, überhaupt noch etwas zu machen neben Kai.

Auch von Helene haben wir uns gleich verabschiedet, als wir aus dem Wald kamen. Ich hatte das Gefühl, sie würde noch gerne mit uns kommen, aber da war mir plötzlich bang um den Abend, mit dem ich schon gerechnet hatte.

Ich habe aber nichts zuwege gebracht. Nicht einmal zum Lesen hat es gereicht. Immer wieder spürte ich Helenes Finger in meiner Armbeuge, ihre Bitte um Nähe, die vielleicht gar nicht mich persönlich gemeint hat. Was weiß ich schon von ihr? Ich glaube nicht einmal, daß sie Frauen liebt. Vielleicht ist es nur über die Literatur gelaufen. Es ist so viel darüber geschrieben worden, welch neue Dimensionen sich daraus für enttäuschte Frauen ergeben würden. Nur für enttäuschte? Ist Helene enttäuscht? Bin ich enttäuscht? Wie war die Täuschung beschaffen, die der Enttäuschung vorangegangen ist? Bin ich von Klemens enttäuscht worden? Eher von meiner eigenen Hoffnung, die ich je nach Bedarf in eine von mir gewünschte Richtung gebogen habe.

Ich kann *es* mir vorstellen, sogar gut vorstellen, wie es ist, wenn Frauen einander lieben, mit einer Leidenschaft der Ausschließlichkeit, bei der die Größe des Gefühls über alle Einschränkungen hinweggeht. Ich kann mir aber auch vorstellen, wie man sich fühlen muß, wenn man die Liebe zu einer anderen Frau als Wundentrost, als gerade aufgeworfene Möglichkeit ausprobieren will, um die Theorien auf ihren praktischen Lustgewinn hin zu überprüfen.

Vielleicht sollte ich Helene einmal dazu fragen. Wenn wir uns besser kennen. Wenn es sie nicht mehr zurückstößt, daß ich versuche, ihre Körpersprache mit Worten zu deuten.

Kai, Kai und noch einmal Kai. Zwischen ihm und mir ist die Berührung eine Sprache, die wir von Geburt an, von seiner Geburt an, gelernt haben und deren wir uns mit Selbstverständlichkeit bedienen. Ich liebe seinen kleinen dicken weißen Hintern, so wie er meine Brüste liebt. Aber das sind Vergnügungen in sich. Und es sind nicht unsere einzigen Vergnügungen. Seine Interessen gehen schon weit in die Umgebung hinein. Als ich ihn neulich vom Kindergarten abgeholt hatte, fragte er mich in ungespielter Not, wen soll ich eigentlich heiraten? Und dann beschrieb er mir all die kleinen Mädchen in seiner Gruppe, die aber zum Großteil schon in festen Händen waren, zumindest an diesem Tag, denn er sagte, die Lilli, die heiratet schon der Peter, und die Andrea heiratet den Alex.

Laß dir Zeit, habe ich zu ihm gesagt, so etwas muß man sich unendlich gut überlegen.

Und kurz darauf fragte er etwas zögernd, überlegst du es dir auch noch immer?

Also fängt es schon im Kindergarten an. Die erste Möglichkeit, sich außer Haus über Mängel zu beklagen. Meine Mama ist nicht mehr da. Mein Vater ist weg. Meine Eltern sind geschieden, und auf dem Kalender steht, wann ich wo bin. Wenn ich nachts allein bleiben muß, wache ich oft auf. Ich heiße nicht wie mein Vater. Am Wochenende muß ich immer zu meiner Großmutter, weil meine Mama mit ihrem Freund wegfährt …

Einmal hat Kai zu mir gesagt, ich wünsch mir zum Geburtstag, daß du nicht arbeiten mußt. Und um meine Betroffenheit zu überspielen, versuchte ich, einen Witz daraus zu machen, und sagte, ich mir auch. Ich wünsche mir, nur mehr arbeiten zu dürfen. Aber Kai hat den Witz nicht verstanden und ihn für eines der üblichen Spiele gehalten, in denen er zum Beispiel sagt, ich wünsch mir einen Güterwaggon für die Eisenbahn, und ich sage, und ich wünsch mir ein Kind, das sich nicht immer gleich einen Güterwaggon für die Eisenbahn wünscht.

Gleich darauf hatte ich einen blödsinnigen Anfall von Katzenjammer, weil ich mir sagte, siehst du, insgeheim nimmt er es dir doch übel, daß er tagsüber immer wo sein muß. Er vermißt dich, und dafür, daß er soundso viele Stunden am Tag ohne dich auskommen muß, erwartet er ein Geschenk. Was du alles falsch machst, wirst du erst in zehn oder fünfzehn Jahren sehen, aber da kannst du ihn diese ersten Jahre nicht mehr wiederholen lassen. Das Ganze ist ein Vabanquespiel, bei dem du die Einsätze genau überprüfen mußt. Wenn du die Herausforderung schon einmal angenommen hast.

Aber die Bitterkeit läßt sich nicht zurückdrängen. Die Bitterkeit beim Denken daran, daß einem immer wieder gesagt wird, man hätte sich das alles sparen können. Heutzutage sei das wohl kein Problem mehr.

Ich respektiere die Verweigerung, aber warum verweigert man sich gleich allen Kindern? Warum sieht man Kinder so sehr als Privatbesitz an, daß man die Verantwortung für ihr Wohlergehen mit aller Gewalt ein bis zwei Menschen zuteilt, die auch noch arbeiten sollen? Warum fühlen sich nicht alle Erwachsenen mit allen Kindern verwandt? Warum fühlt man sich nicht in größerem Maß von Kindern abhängig? Warum leihen sich die, die keine Kinder haben, nicht von Zeit zu Zeit welche? Warum halten sie sich so total heraus, wo sie doch wissen, daß sie später einmal auf die heutigen Kinder angewiesen sind? Und warum läßt man die, die dennoch Kinder haben, so allein? Wenn es eine neue Moral gäbe, müßte ihr das echte Interesse an Kindern zugrunde liegen. Immer mehr Leute sehen im Umgang mit Kindern eine reine Nervensache. Als wäre man, wenn man sich mit Kindern unterhält, eine einseitig gemolkene Kuh, die sich auch noch selbst ihr Futter suchen muß.

Ein amerikanischer Autor hat einmal gesagt, alle Männer sind aller Kinder Väter. Soweit ich mich erinnern kann, ging es dabei um einen Fehltritt, der auf diese Weise – durch eine korrigierte Einstellung – verkraftbar gemacht werden sollte. Ich würde sagen, alle Menschen sind aller Kinder Eltern, und es nicht so harmlos psychisch meinen wie der amerikanische Autor, sondern tatsächlich und fordernd, indem ich bei kinderlosen Leuten immer wieder anfragen ließe, wann habt ihr zuletzt ein Kind eingeladen? Wann habt ihr zuletzt ein Kind gebeten, bei euch über Nacht zu bleiben? Wann habt ihr das letztemal versucht, in der Augenhöhe eines Kindes mitzudenken? Wann wart ihr das letztemal mit einem Kind im Museum, im Kino, im Wurstelprater? Wann habt ihr euch zum letztenmal von einem Kind sagen lassen, daß ihr *es* gut habt, die ihr so oft von den Wonnen der Kindheit redet?

Ich sehe ihn vor mir, den verächtlichen, ungläubigen, im besten Fall verwunderten Gesichtsausdruck derjenigen, denen diese Fragen gestellt werden. Und wenn sie sich schon auf eine Diskussion einließen, würde es heißen, ist nicht durchführbar. Die meisten Kinder wollen ihre Zeit gar nicht mit anderen Menschen verbringen. An ein Kind muß man gewöhnt sein. Ich habe keine Hand für Kinder. Kinder machen mich nervös.

Dann ist es höchste Zeit, würde ich darauf gerne sagen, daß ihr euch die Nerven einmal von Kindern beruhigen laßt. All die smarten Junggesellen und Junggesellinnen, die smarten modernen Paare hätten Kindern wahrscheinlich ein ganz anderes Lebensgefühl mitzuteilen. Wie unvoreingenommen so ein ausgeruhter Onkel oder eine gut erhaltene Tante und ein männliches oder weibliches Leihkind aufeinander zugehen könnten. Ein jeder neugierig auf den anderen und sich freuend über jede Regung, die diese Beziehung auslöst. Da hätten Kinder die Chance zu wählen, im Gegensatz zu der Situation mit den Eltern. Und Erwachsene die Chance, bevorzugt zu werden. Mit der Zeit könnten sie darin wetteifern, von Kindern zur besonderen Zuwendung ausgesucht zu werden. Und es müßte ihren Ehrgeiz in immer größerem Maß befriedigen, von Kindern öfter besucht zu werden. Und wie sich diese Auserwählten mit einemmal zusammennehmen müßten, um sich der Bewunderung wert zu erweisen. Es ist doch etwas, bewundert und gemocht zu werden.

Vielleicht würden manche Leute sogar freundlicher werden, aus lauter Angst, sonst von den Kindern eines Besuches nicht für wert gehalten zu werden.

Manchmal, wenn ich sehe, wie in der Straßenbahn oder im Park Leute sitzen und vergrämt vor sich hinstarren, überkommt mich das perverse Gelüst, meinen Sohn an den Schultern zu nehmen und zu sagen, bitte, das ist mein Sohn, was soll er von der Welt halten, wenn Sie so in sie hineinglotzen? Erzählen Sie ihm doch etwas Aufregendes aus Ihrem Leben, von mir aus etwas Bedauernswertes. Er hätte noch Zeit, Ihnen zuzuhören, vielleicht auch die Geduld, wenn Sie es spannend genug machen.

Oder wenn sich in einem öffentlichen Verkehrsmittel jemand darüber aufregt, daß ein Kind nicht so pariert, wie die Leute sich vorstellen, daß sie in ihrer Jugend pariert hätten, würde ich gerne sagen, bitte, mein Sohn heißt Kai, vielleicht erklären Sie ihm einmal, wie das in Ihrer Jugend gewesen ist. Aber freundlich, wenn ich bitten darf, sonst verschrecken Sie ihn mir noch. Es reicht schon, was er mir selbst an Unfreundlichkeit abschaut. Wem kommt schließlich nicht in der Eile etwas aus, was er dann später nicht gesagt haben will, es aber von den Kindern wieder und wieder hört! Also, nehmen Sie sich ein bißchen zusammen, aber reden Sie. Sagen Sie, was Sie wirklich meinen. Haben Sie trotz der Schlafmittel heut nacht kein Auge zugetan? Oder geht es Ihnen schon seit längerem so, daß die ganze Welt Ihnen den Buckel runterrutschen könnte? Mein Sohn würde Ihnen sicher einen Rat geben, wenn Sie auch vielleicht damit im Moment nicht viel anfangen könnten. Äußern würde er sich auf jeden Fall zu ihren Problemen. Mit Hilfe von Kai würde ich sie gern herauskitzeln, die Freundlichkeit, aus allen. Es wäre nur der erste Schritt. Interessieren sollen sie sich: Und sei's nur dafür, wie sie einem Kind, bei dem sie noch alle Chancen haben, daß es ihnen glaubt, etwas erklären sollen.

Würde es dir Spaß machen, frage ich Kai, öfter Leute zu besuchen, die keine Kinder haben? Du könntest mit ihnen spielen oder sie was fragen. Kai schaut eine Weile vor sich hin. Ich will nur welche besuchen, die auch Kinder haben.

Es haben aber nicht alle Kinder. Und gerade die, die keine Kinder haben, sind besser ausgerastet und können vielleicht auch besser toben.

Juppi, sagt Kai, Toben ist juppi.

Möchtest du also solche Leute besuchen und dich mit ihnen anfreunden?

Aber nur, wenn du nicht mitkommst, sagt Kai und zieht mich weiter.

Ich schaue ihn verwundert an.

Weil, wenn du mitkommst, dann unterhältst du dich mit den Leuten, und ich soll Ruhe geben und mir was anschauen. Und ihr redet und redet, und ich muß wieder fürchterlich schlimm sein, damit ihr mich nicht vergeßt.

Ich sehe, daß Forderungen an die Menschheit viel genauer erklärt werden müssen. Wie bringt man es fertig, daß etwas, das der Verachtung unterliegt, wieder ein Wert wird? Wie kann man brachliegende Freundlichkeit als Energie nutzen, die Wärme in Beziehungen schafft? In Beziehungen, die nicht durch Verliebtsein ausgelöst werden?

Weißt du was, sagt Kai, mit dem ich gerade über die Straße gehe, ich würde gerne diesen Mann besuchen. Der ist stärker als du und wird nicht so schnell müde beim Toben. Und sein Hund gefällt mir auch.

Bist du sicher? Ich schaue mir den Mann genau an, der ganz auf seinen pinkelnden Hund konzentriert ist.

Ja, sagt Kai. Komm, gehen wir hin zu ihm.

Einen Augenblick zögere ich. Also gut, sage ich dann, wenn du wirklich sicher bist.

Hallo! Eine Stimme löst sich aus dem knirschenden Bremsgeräusch eines Mehrgangrades.

Hallo, sagt Rosa zerstreut.

Könnt ihr euch nicht mehr an mich erinnern? Einige Meter weiter richten sich Erol und Oktay auf, um herüberzulauschen.

Ich hab damals mitgespielt. Und wenn ich mich recht erinnere, seid ihr mit eurem ganzen Kindergarten – er deutet auf Kai, Erol und Oktay, die nun mißtrauisch herbeigelaufen sind – ganz vorne gesessen.

Rosa sinkt aus einem Gedankenstrom in den anderen.

Ich war der Löwe, sagt der Bub, ihrem Gedächtnis nachhelfend. Er ist hellblond und etwas dick. Seine Kniestrümpfe sind über die Waden zu den Knöcheln hinuntergerutscht, und eine Schnalle seiner Knickerbocker ist offen. Er stützt sich mit den Armen und einem angewinkelten Bein auf sein Rad und stiert Rosa erwartungsvoll an.

Buben, die jünger sind als ich, sagt Rosa, und die nicht zu meinem Kindergarten gehören, merke ich mir nicht.

Der Bub wird hinter den Ohren rot, läßt sich aber nichts anmerken und redet weiter. Ich war der begabteste Löwe, den er je in seinem Zirkus gehabt hat. Das hat der Clown selbst gesagt. Kannst du dich denn nicht daran erinnern, wie ich immer näher an ihn rangegangen bin?

Er legt das Fahrrad vor sich auf den Boden und zeigt, wie er an den Clown rangegangen ist, indem er sich mit drohender

Gebärde von allen Seiten seinem Fahrrad nähert. Und dann, als er vor Angst nur so schwitzte und zitterte, bin ich ihn angesprungen ... Er läßt sich mit den dicken Armen voran auf das Fahrrad fallen, daß die Fahrradglocke erschrocken klingelt.

Ich fletschte meine Zähne und fauchte ihm meinen heißen Atem ins Gesicht, daß er vor Angst zu schielen begann und mit den Fingern an seiner Schminke rumfummelte. Und erst als ich nur mehr drei Zentimeter von seiner Halsschlagader entfernt war, in die ich gerade beißen wollte, kam ihm ein anderer Clown zu Hilfe, noch dazu eine Frau, mit viel zu weiten Hosen und einer roten Kugelnase, und zog mich mit Gewalt von ihm herunter.

Ach ja, sagt Rosa gedehnt. Jetzt fällt es mir wieder ein. Einer der weiblichen Clowns hat dir zuerst eine Papierschleife an den Hintern geklemmt, damit alle an dem Schwanz erkennen sollten, daß du ein Löwe bist. Du warst richtig lieb. Wie ein kleiner dicker Kater, der mit einem Wollknäuel spielt.

Meinst du mich? Dann warst du sicher in einer anderen Vorstellung.

Nein, nein. Rosas Gedächtnis ist nun vollends erwacht. Es war am zweiten Mai, eine Vorführung des Straßentheaters, und es hat nur zweimal hier gespielt.

Eben, sagt der Bub und hebt sein Fahrrad auf.

Nein, nein. Rosa ist sich ganz sicher. Wir waren in beiden Vorstellungen. Und du hast beide Male einen Löwen aus dem Publikum gespielt. Sehr einnehmend, wirklich, entzückend, würde ich sagen, wenn du nicht so ein ehrgeiziger Stinker wärst.

Am liebsten würde ich jetzt wirklich ein Löwe sein, faucht der Bub von seinem Fahrrad herunter, und mit meinen Zähnen auf deinen Rippen Gitarre spielen.

Wie poetisch! Rosa verdreht die Augen, und Pembe, Erol und Oktay lachen aus vollem Hals.

Da schwingt der Bub sich auf das Fahrrad und tritt so heftig in die Pedale, daß der Kies genauso knirscht wie zuvor beim Bremsen.

Sucht Kai und geht mit ihr in die Sandkiste, sagt Pembe zu ihren Brüdern.

Wir sind doch keine Babys.

Glaubst du, es macht uns Spaß, uns von den Kleinen Sand in die Augen werfen zu lassen?

Und wenn wir uns wehren, gehen die Mütter auf uns los. Und schreien Tschuschen-Bankert, Kameltreiber-Brut …

Dann macht etwas anderes mit ihr.

Immer wir, zischt Erol leise, und die beiden Weiber kassieren. Aber wenn sie wieder unbedingt ein Eis haben will und einfach losbrüllt, bringen wir sie zurück, ruft er Pembe zu.

Oktay flüstert, daß er sich das gefallen läßt, den ganzen Tag als Mädchen rumlaufen zu müssen. Ich hätte mir das schon als Baby nicht gefallen lassen.

Ich auch nicht. Aber Vater sagt, daß die Männer hier sowieso keine Männer sind.

Der mit dem Fahrrad kommt wieder vorbeigeschossen. Vor den Mädchen bremst er scharf, daß der feine Kies nur so gegen ihre Knie spritzt.

Hier ist Radfahren verboten, du Plüschlöwe, schreit Rosa. Oder kannst du noch nicht lesen?

Als er an Erol und Oktay vorbeisaust, ruft der dicke Bub, eure kleine Schwester ist eine Mißgeburt, sie pinkelt im Stehen.

Was heißt Schwester? Oktay hebt einen Kieselstein auf und wirft ihn gegen die Speichen des Hinterrades, wo er klimpernd eine Runde dreht.

Du weißt nicht, wie du dich aufzuführen hast, sagt Erol zu Kai, die hinter einem Busch hervorkommt. Wenn du ein Kleid anhast, mußt du auch pinkeln wie ein Mädchen. Merk dir das endlich.

Ich hätte gern, daß Herwater wiederkommt. Rosas Blick wird grün, und sie schlägt die Beine übereinander.

Du meinst den Kanalforscher?

Wie das klingt.

Gefällt er dir?

Ich weiß nicht. Aber reden kann er, da staunst du freiwillig ein Loch in den Kies.

Die, die immer bloß reden, gefallen mir gar nicht.

Was weißt du denn, wie das ist, wenn Herwater redet.

Und sonst?

Was heißt sonst?

Er redet und du hörst zu? Sonst tut ihr nichts miteinander?

Was sollten wir sonst miteinander tun?

Sag bloß, du wüßtest nicht, was man sonst noch miteinander tun kann.

Und das sagst du, die du jung, frisch und unberührt bleiben mußt für den Kerl, an den dein Vater dich verkaufen wird –

Wieso verkaufen?

Ach was. Du sollst nur nicht immer gleich was vermuten.

Du bist meine Freundin, da muß ich nicht so tun, als würde mich das andere nicht interessieren.

Interessiert es dich wirklich?

Klar.

Mich aber nicht.

Ach, komm. Du hast mir doch erzählt, was du alles hier im Park schon gesehen hast, nachts vor allem. Wenn sie überall rumliegen und schmusen und alles miteinander machen.

Sicher.

Na also. Und wenn du das schon so genau kennst …

… heißt das noch lange nicht, daß ich selbst daran interessiert wäre.

Das versteh ich nicht.

Gerade weil ich das ganze Getue schon so oft gehört und gesehen habe, interessiert es mich nicht.

Willst du damit sagen, daß es dir gar nicht in den Sinn kommt, mit Herwater etwas anderes zu machen, als zu reden?

Blöd herumschmusen können alle, aber wirklich reden können nur wenige.

Pembe lacht. Wenn ich mir das vorstelle, gigantisch. Der Mond scheint, die Nacht ist mild, ihr beide sitzt auf dieser Bank und redet, während ringsum nur Schmatzlaute zu hören sind, wenn einem der Paare gerade die Luft ausgegangen ist.

Du hast aber von nichts eine Ahnung.

Wieso?

Was glaubst du, wie oft hier wirklich der Mond scheint, nämlich so, daß es einem auffällt? Und Schmatzlaute hört man so gut wie nie. Höchstens einen Seufzer, wenn es einem beim Petting schon gekommen ist.

Was ist Petting?

Siehst du, du hast eben von nichts eine Ahnung.

Sei nicht gleich eingeschnappt. Gar so mußt du dich mit deiner Erfahrung auch nicht haben.

Ich habe mich nicht, ich kriege nur die Fraisen, wenn ich dich so reden höre.

Du bist verliebt in Herwater.

Wie kommst du darauf?

Weil du so heikel bist, in allem, was mit ihm zusammenhängt.

Heikel, heikel … wie du das wieder sagst.

Ich weiß schon, heikel und geil sind Ausdrücke fürs Essen.

Pembe lacht. Trotzdem bist du in Herwater verliebt.

Und wenn es so wäre? Rosa lauert wie eine Katze auf die nächste Bewegung, um das Spiel mit eingezogenen Krallen weiterspielen zu können.

Wäre nichts dabei.

Du meinst, es wäre nichts dabei, wenn ich in Herwater verliebt wäre?

Was sollte dabei sein?

Eine *ganze* Menge, kreischt Rosa.

Was zum Beispiel?

Daß es dann möglich wäre, daß alles, was Herwater sagt, Quatsch ist.

Wieso?

Weil man, wenn man verliebt ist, nicht wirklich beurteilen kann, was der andere sagt.

Du meinst, man verliert den Verstand?

Das nicht, man spinnt nur.

Warum regt dich das auf? Ich stelle mir das schön vor.

Weil ich nicht möchte, daß das, was Herwater sagt, Quatsch ist.

Und wovon redet er, wenn er mit dir redet?

Von der Welt.

Von der Welt, einfach so?

Eben nicht einfach so.

Wie denn?

Anders.

Kannst du mir's nicht erklären?

Wenn ich das könnte, wüßte ich es genausogut, und ich müßte ihm nicht immer zuhören.

Es gefällt ihm sicher, wenn du neben ihm sitzt und bloß zuhörst.

Eben nicht. Er möchte, daß ich über das nachdenke, was er sagt, und dann frage.

Du weißt doch sonst immer was.

Schon.

Aber?

Ich frage nicht wirklich. Und wenn, dann nur so, frech und

wie wenn ich ihn ärgern wollte. Aber um wirklich zu fragen, versteh ich zu wenig von dem, was er sagt.

Erklärt er dir's nicht?

Er versucht es. Aber so, daß ich es ihm doch nur wieder glauben kann. Weil ich es nicht beweisen kann.

Willst du ihm nicht glauben?

Das ist es ja. Ich möchte ihm gerne glauben, was er sagt. Aber das will er nicht. Er möchte, daß ich verstehe, was er sagt. Sagt er zumindest. Und daß ich ihn kritisiere und meine Meinung sage.

Tust du das?

Wann immer ich es versuche, gelingt es ihm, mir zu beweisen, daß doch er recht hat. So daß ich mir immer noch dümmer vorkomme.

Hast du dich nicht erkundigt, wo man das alles erfährt, was er weiß?

Ich kann ihn nicht einholen. Er ist fast fünfzehn Jahre älter als ich. Wie soll ich diesen Vorsprung einholen können?

Wenn das stimmt, was du sagst, können immer nur Gleichaltrige miteinander diskutieren.

So mein ich das nicht, sondern überhaupt.

Du hast es gut, sagt Pembe. Du kannst kommen und gehen, wann du willst. Sobald aber mein Vater von der Arbeit nach Hause kommt, darf ich nicht mehr weg. Auch nicht, wenn von der Schule was ist. Einmal hätten wir, die ganze Klasse, am späten Nachmittag in einen Film gehen sollen, aber weil Winter war, wo es früh finster wird, hat mein Vater mich nicht lassen.

Ich darf überhaupt nichts. Wenn keine Schule ist, muß ich auf die Zwillinge achtgeben und die Wohnung in Ordnung halten. Am Abend muß ich dann mit meiner Mutter das Essen kochen, damit ich es einmal genauso mache wie sie.

Mein Vater sagt, ich soll auf Erol und Oktay aufpassen. Aber in Wirklichkeit ist es so, daß Erol und Oktay auf mich aufpassen.

Rosa schaut sie ungläubig an.

Stell dir vor, es würde ein Mann vorbeikommen und sich zu uns auf die Bank setzen. Und stell dir vor, dieser Mann würde auch noch was reden, würde vielleicht mit mir reden. Die zwei würden sich wie die Leibwächter neben mich stellen, und ich müßte ihnen wer weiß was versprechen, damit sie zu Hause nichts erzählen. Und das nur deshalb, weil mein Vater noch immer daran glaubt, daß wir einmal genug Geld haben werden, um zurück nach Anatolien zu gehen. Und er will, daß dann alles wieder so ist, wie es war, und daß wir dann wer sind, weil wir Geld haben und die Welt besser kennen.

Und ich soll in Anatolien verheiratet werden. An den Sohn eines reichen Mannes, damit es der Familie immer gutgeht. Damit ich aber an den Sohn eines reichen Mannes verheiratet werden kann, darf ich vorher nichts angestellt haben. Wenn er nämlich erfährt, daß ich vorher schon einen anderen Mann gehabt habe, heiratet er mich nicht. Frauen sollen wie Gemüse sein, jung, saftig und ohne Flecken. Wenn ich außer dem Mann, den ich heiraten soll, keinen anderen kenne, werde ich auch zufrieden sein mit dem, was er für mich tut. Und wenn ich mir erst gar nicht den Kopf darüber zerbrechen muß, auch noch jemand anderem zu gefallen, werde ich schon alles daransetzen, dem Mann, mit dem ich verheiratet worden bin, zu gefallen. Und je besser ich ihm gefalle, desto mehr wird er sich anstrengen, mir zu gefallen.

Und du hast gar nichts dagegen, mit irgendeinem Mann verheiratet zu werden? Ich meine, du weißt doch, daß man es auch anders machen kann. Hier, bei uns, läßt sich keine Frau an irgendwen verheiraten.

Das ist nicht wahr. Auch hier werden die meisten Frauen an jemanden verheiratet. Zum Beispiel wenn sie ein Kind kriegen oder eine Wohnung beantragen oder ans Haushaltsgründungsgeld kommen wollen oder wenn sie von zu Hause weg wollen.

Trotzdem. So, wie man es bei euch macht, ist es doch idiotisch.

Pembe hebt den Kopf. Idiotisch ist es nicht. Dazu ist die Frau viel zu gut abgesichert. Der Mann ist verpflichtet, alles für sie und die Kinder zu tun. Er muß sie dafür entschädigen, daß sie seinetwegen keinen anderen anschaut. Bei allem, was im Haus geschieht, muß er auf sie hören. Und weil alle Frauen so geschützt sind, ist er auf seine eigene angewiesen. Wenn er auch noch eine andere will, ist das umständlich und kostet Geld. Also wird er versuchen, mit seiner Frau auszukommen.

Kai kommt weinend angerannt, dahinter kommen Erol und Oktay. Sobald sie die Mädchen erreicht hat, legt Kai schluchzend den Kopf in Rosas Schoß. Erol und Oktay versuchen etwas zu erklären, fallen sich aber andauernd ins Wort, so daß Pembe sie schütteln muß, bis sie imstand sind, einander ausreden zu lassen. Vor Aufregung reden sie türkisch, und Pembe muß es Rosa übersetzen, die sich die Geschichte gelassen anhört und dabei Kais Rücken streichelt.

Sie sagen, sie haben mit Kai in der Sandkiste gespielt, haben vom Hydranten Wasser geholt und ein Kanalsystem gebaut, das die ganze Sandkiste bewässert hat. Dann ist ein anderes kleines Kind gekommen und hat angefangen, mit seiner Schaufel Sand in die Bewässerungskanäle zu werfen. Sie haben das Kind mehrmals gewarnt, aber es hat stur weiter die Kanäle verstopft. Dann hat Kai versucht, das Kind von den Kanälen wegzuziehen. Dabei ist es auch noch in den Anlagen herumgetrampelt und hat einen Damm zerstört. Dann hat Kai dem Kind einen Schubser gegeben, und es ist mit seinem dicken Hintern in die Kanäle gefallen, wobei es sich natürlich voller Dreck gemacht hat. Es hat zu schreien begonnen, und da ist seine Mutter angerauscht und hat, ohne sich zu erkundigen, wie alles gekommen sei, auf Kai eingebrüllt und einen Riesenkrach wegen dem Wasser in der Sandkiste geschlagen. Sie hat Erol und Oktay Riesenohrfeigen angedroht, wenn sie nicht sofort aus der Sandkiste gingen. Und als sie sagten, die Sandkiste sei für alle da, hat die Frau geschrien, aber nicht für Zigeuner und Tschuschen, und ist ihnen mit der Hand so nahe gekommen, daß sie glaubten, sie würden sofort eine geschmiert bekommen. Da haben sie in ihrer Not mit Matsch nach ihr geworfen, worauf sie so tat, als müsse sie ihr Kind aus höchster Gefahr retten, und die Kinder sind inzwischen davongelaufen.

Kaum hat Pembe das alles erklärt, als Erol und Oktay sich an sie drücken und gebannt auf eine verschmierte Frauengestalt blicken, die ein kleines, ebenso verschmiertes Kind am Arm hat. Dahinter kommt ein ältlicher Mann mit einer ältlichen Frau, die heftig auf ihn einredet, und alle steuern auf die Bank zu.

Da sind sie, ruft die Frau, als sie die Kinder erblickt hat. Der ältliche Mann trägt kurze Hosen, die seine gebräunten, krampfadrigen Gehwerkzeuge in all ihrer O-Beinigkeit preisgeben, und ein Hemd, das über dem ockerfarbenen Netzleibchen weit aufgeschlagen ist. Seine Haare sind kurz geschoren, und sein Blick richtet sich ebenfalls und voller Erregung auf die Kinder, während die Frau neben ihm, offenbar seine Frau, ihn zurückzuhalten sucht.

Ist hier jemand für die Tschuschenbrut verantwortlich? kreischt die verschmierte Frau.

Rosa schaut mit flammendem Haar und kühlem Blick an der Frau vorbei, während Pembe sich auf türkisch mit ihren Brüdern unterhält.

Ich habe dich gefragt. Die Frau fixiert Rosa mit wildem Blick, ob du für die ungezogenen Fratzen da verantwortlich bist?

Schau nur, brüllt der Mann löwenmäßig dazwischen, wobei er sich offensichtlich darauf verläßt, daß seine Frau ihn zurückhalten wird.

Sie wünschen? fragt Rosa mit einem gelangweilten Augenaufschlag.

Der Frau bleibt für ein paar Sekunden der nächste Satz aus, so daß Rosa ohne Hast hinzufügen kann, Sie sollten sich vorstellen, ich rede nämlich nicht mit Fremden.

Jetzt hör mir einmal zu, du arrogante Heugeige, wenn du glaubst, du kannst einen Narren aus mir machen ...

Was für eine Ausdrucksweise, haucht Rosa, und wie ich diese ewige Duzerei hasse ...

Schau nur! brüllt der Mann wieder, und als es seiner Frau gelungen ist, ihn etwa einen Schritt weiterzuziehen, dir wird das Schauen schon noch vergehen.

Jetzt hör mir einmal zu, beginnt die verschmierte Frau von neuem. Das eine sag ich dir, wenn das noch einmal vorkommt, daß die drei Fratzen ohne Aufsicht in der Sandkiste spielen, während du und deine saubere Freundin es sich da auf der Bank gemütlich machen, dann könnt ihr alle miteinander was erleben, daß euch die Augen nur so übergehen.

Sie drohen? fragt Rosa mit hochgezogenen Augenbrauen.

Reiz mich nicht, brüllt die Frau. Ihr eigenes Kind hat, von der Aufregung der Mutter angesteckt, zu heulen begonnen, worauf die Frau in ihrer Rage es anzischt und ihm, als es nicht sofort verstummt, auch noch eine hinten draufhaut.

Sie regen sich künstlich auf ..., flüstert Rosa.

Du sollst mich nicht reizen, du blödes Mensch, ruft die Frau und nähert sich verblüffend rasch, so daß Kai, die die Szene interessiert beobachtet hat, erschrocken von neuem losheult und Erol und Oktay die Hände in Abwehr vors Gesicht halten.

Ehrenbeleidigung, leichte Körperverletzung ..., sagt Rosa ungerührt, das kann Sie ganz schön teuer kommen.

Du wirst dich noch anschauen ..., brüllt der Mann.

Jetzt reicht es, sagt die verschmierte Frau. Mit einer wie dir stell ich mich gar nicht hin.

Wenn Sie etwas höflicher wären, flüstert Rosa, vom eigenen Mut beeindruckt, hätten wir Ihnen schon längst einen Platz angeboten.

Ich geh zur Polizei, das laß ich mir nicht bieten ..., die Frau stampft mit dem Fuß auf, wobei ihr Kind erschrocken von neuem losplärrt, und dreht sich auf dem Absatz um. Dann marschiert sie in Richtung auf den Ring davon.

Und ich geh mit, ruft der Mann und reißt sich los. Jetzt wirst du nämlich noch schauen. Er folgt der verschmierten Frau.

Von mir aus geh, sagt seine Frau.

Glaubst du, die geht wirklich zur Polizei? fragt Pembe besorgt.

Und wenn schon.

Dieser Kopfschüßler, jammert die zurückgebliebene Frau vor sich hin und setzt sich dabei auf das freie Ende der Bank. Immer ist es das gleiche. Seit er in Pension ist, weiß er mit sich nichts mehr anzufangen. Brauchst nicht zu weinen, sagt sie zu Kai, die noch immer den Kopf in Rosas Schoß vergraben hat. Ist ja alles vorbei. Sie kramt in ihrer Handtasche. Willst ein Zuckerl? fragt sie nach einer Weile.

Kais Körper spannt sich. Sie schaut so unauffällig wie möglich zu der Frau hin.

Ein Eis, sagt sie gerade noch vernehmlich.

Was möchtest? fragt die Frau gutmütig.

Ein Eis, sagt Kai um eine Nuance lauter.

Na ja, werd schauen, ob ich die paar Schilling find. Sie öffnet die Geldbörse. Also von mir aus.

Nein, bitte nicht, sagt Rosa.

Warum denn? Ist sie verkühlt, die Kleine?

Nein, sagt Rosa in gewichtigem Tonfall, das nicht. Aber bei uns gilt der Grundsatz, entweder alle oder keines.

Na hör einmal, sagt die Frau und zieht laut die Luft ein. Nachdem sie wieder eine Weile in ihrer Geldbörse gewühlt hat, sagt sie, ist ja ganz richtig so. Aber für euch zwei Großen hab ich kein Geld. Und sie gibt Kai, Erol und Oktay je fünf Schilling. In Gottes Namen, da kauft's euch halt jeder eins.

Die drei springen mit Indianergeheul auf und laufen davon. Denen kann man wenigstens noch eine Freude machen, sagt die Frau und steht wieder auf. Jetzt muß ich ihn suchen gehen. Daß der auch nicht mehr gescheiter wird. Und das alles, seit er in Pension ist. Vor sich hinräsonierend, geht sie davon.

Die Kinder kommen nur zögernd zurück.

Macht schon, ruft Rosa ihnen von weitem zu. Und laßt uns wenigstens lecken.

Etwas später taucht die verschmierte Frau mit dem Kind wieder auf. Sie putzt am trocknenden Sand herum. Als sie in die Nähe der Bank kommt, nimmt sie Haltung an.

Na, ruft Rosa ihr zu, Erfolg gehabt?

Bist du verrückt? Pembe faßt Rosa erschrocken am Arm. Wenn sie doch bei der Polizei war? Ausgehen tut es sich bestimmt wieder an uns.

Die Frau zuckt zusammen, faßt sich aber und ruft, ab morgen kommt eine Wache an die Sandkiste.

Da muß sogar Pembe lachen.

Bald darauf sehen sie auch den Mann in den kurzen Hosen wieder, wie er die Faust geballt vor sich herträgt, während er von seiner Frau abgeführt wird, die den Kindern hinter seinem Rücken zuwinkt.

Laß mich noch einmal kosten. Kai hält Rosa die Tüte hin, und diese löst mit einer geschickten Bewegung ihrer Zunge einen großen Gupf von Kais Eis.

Ich hab schon gedacht, sie kommt heute nicht mehr, sagt Pembe.

Wer? Rosa schaut sich um. Du meinst wohl das Hundefräulein?

Würdest du gerne so aussehen wie sie? fragt Pembe.

Ein stark geschminktes, altmodisch wirkendes Mädchen kommt langsam, mit vielen kleinen Rückschritten zwischendurch, auf die Bank zu. Sie hält drei Hundeleinen, zwei in der rechten und eine in der linken Hand, an denen ein Schnauzer, ein Foxl und ein Dackel hängen. Danebenher gehen unangehängt zwei triefäugige Pekinesen, die sich eng ans Rudel halten.

Ich weiß nicht, sagt Rosa, manchmal schaut sie fast schon selbst so aus wie einer ihrer Pekinesen.

Aber sie ist immer so interessant angezogen.

Dafür gibt sie auch all das Geld aus, das sie beim Hundesitten verdient.

Mir gefallen ihre Kleider, besonders dieses. Sie schaut darin aus wie eine Tänzerin.

Na, wie steht's, ruft Rosa, nachdem das Hundefräulein nahe genug herangekommen ist, die Geschäfte alle erledigt?

Das Hundefräulein zuckt resignierend die Achseln. Tschipsi, Bimbo und Argus haben ihres schon gemacht, Herr Wong und Frau Wu brauchen vorher sehr viel Bewegung. Und das bei der Hitze ... darf ich?

Rosa und Pembe rücken zusammen. Das Hundefräulein ruft alle fünf Hunde beim Namen, um ihnen zu sagen, daß sie sich hinlegen sollen. Sie sinken hechelnd in den Schatten eines Busches, der bis zur Bank herüberreicht.

Für die Hunde wie vieler Leute sittest du eigentlich? Rosa fragt eher aus Höflichkeit.

Für vier.

Alle aus demselben Haus?

Auf drei Häuser verteilt.

Rentiert es sich wenigstens?

Leben könnte ich nicht davon. Aber ich habe auch noch andere Jobs, beinah ein halbes Dutzend. Lauter Dienstleistungen, da hat man zusätzlich Anspruch auf Trinkgeld. Und ein paar Wochen im Jahr fahre ich dann auf Urlaub. Damit sie alle merken, wie sie dran sind ohne mich. Da solltet ihr sie hören. Das können Sie uns nicht antun … doch nicht jetzt. Voriges Jahr bin ich sogar bis Istanbul gekommen. Das war vielleicht was. Ich meine die Moscheen und so, das ist ja ganz interessant, und auch das Topkapi-Serail, der Palast mit all seinen Schätzen, das viele Gold, man könnte den Goldrausch kriegen, aber …

Was aber? fragen Pembe und Rosa gleichzeitig.

Aber die Leute, und der Dreck auf den Straßen, und wie es überall riecht, von dem Öl, das sie zum Kochen verwenden, und von dem Hammelfleisch.

In dem Hotel, in dem wir gewohnt haben – es war nicht das teuerste, aber immerhin –, gab es nur zu gewissen Zeiten Wasser, und die Toilette war immer verstopft. Die Abflußrohre sind nämlich so dünn, daß die Scheiße gerade noch durch kann, das Papier aber nicht mehr. Die Leute dort verwenden gar kein Papier, die waschen sich angeblich jedesmal den Hintern. Die Touristen aber wissen das nicht und werfen Papier in die Muschel, und darum sind die Toiletten immer verstopft.

Hast du auch den Bosporus gesehen? fragt Pembe mit weit geöffneten Augen.

Klar. Das Hundefräulein dreht sich zu Pembe. Man kommt gar nicht darum herum, den Bosporus zu sehen, wenn man in Istanbul ist. Plötzlich wird sie stutzig. Sag, kommst du nicht auch von dorther? Am Ende gar aus Istanbul?

Pembe überlegt einen Augenblick, dann sagt sie, nicht direkt. Wir kommen mehr aus Anatolien.

Aber du kennst Istanbul?

Natürlich, sagt Pembe.

Weißt du übrigens, wie die kleine Moschee mit den schönen Fayencen heißt? Die unterhalb der kleinen Hagia Sophia meine ich. Ich war dort, aber ich weiß nicht mehr, wie sie heißt.

Pembe zieht den Kopf ein. Unterhalb der Hagia Sophia, sagst du?

Unterhalb der kleinen Hagia Sophia. Sag bloß, du weißt nicht, daß es auch noch eine kleine Hagia Sophia gibt.

Natürlich weiß ich das. Ich kann mich eben nur ganz dunkel erinnern. Es ist immerhin schon eine Reihe von Jahren her.

Kennst du sie oder kennst du sie nicht?

Ich weiß, daß mein Vater sie mehrmals erwähnt hat, sagt Pembe gekränkt, aber ich kann mich eben auch nicht an den Namen erinnern.

Das Hundefräulein lacht. Mach dir nichts draus ... du wirst bestimmt wieder hinkommen. Oder willst du hierbleiben?

Auf keinen Fall, sagt Pembe trotzig, wir gehen zurück in unser Land.

Das Hundefräulein steht auf. Kommt, Kinder, die Hunde springen sofort auf und stürmen trotz der Hitze auf das Hundefräulein zu. Ich muß gehen, sonst machen die ihr Geschäft ewig nicht.

Hast du es eigentlich schon einmal mit Babysitten versucht? fragt Rosa.

Doch, aber das ist anstrengend und bringt im Verhältnis nicht viel. Die Hunde setzen sich in Bewegung und ziehen das Hundefräulein mit sich.

Die blöde Kuh, sagt Pembe, wie die angibt. Redet groß von Moscheen, nur weil sie vielleicht einmal an einer vorbeigegangen ist.

Laß sie, Rosa räkelt sich. Du weißt doch, wie die Leute angeben, wenn sie einmal gereist sind. Vor allem die. Glaubst du, es ist so lustig, täglich mit fünf Hunden spazierenzugehen?

Das kommt noch dazu, grollt Pembe. Bei uns sind Hunde sowieso verdächtig. Es gibt da so eine Geschichte, warum der Hund von Allah zum Dreckfresser gemacht worden ist. Der Hund soll nämlich in seiner Gier auch danach geschnappt haben, als der Teufel in seiner Wut vor Allah ausspuckte. Oder so ähnlich. Jedenfalls sind Hunde unrein. Und jemand, der täglich mit fünf Hunden herumläuft, kann auch nicht besonders sauber sein.

Kannst du dir vorstellen, daß wir auch einmal so werden wie diese drei dort? Rosa deutet mit dem Kinn auf drei ältere Frauen, die auf zwei nebeneinander stehenden Bänken Platz genommen haben. Jeden Tag Enten füttern und dann stundenlang im Park sitzen.

Manchmal sehen sie so aus, als würden sie auf jemanden warten, der sehr bedeutend ist.

Wie Hofdamen, die noch nicht wissen, wer die neue Königin ist.

Und damit sie sich nicht verraten, reden sie auch nicht miteinander.

Kai kommt angetanzt und sagt, ich habe Hunger.

Du hast immer Hunger, sagt Pembe.

Ich hab wirklich Hunger.

Es gibt aber noch nichts.

Geh zu den Hofdamen. Vielleicht geben sie dir etwas von ihrem Entenbrot, meint Rosa. Und Kai geht.

Die drei Frauen sitzen im Abstand von etwa eineinhalb Metern nebeneinander. Die eine strickt, die andere liest die Kronen-Zeitung, und die dritte zerkrümelt eine Semmel, breitet die Brösel auf ein Blatt Papier und läßt sie in der Sonne trocknen. Kai stellt sich so vor sie hin, daß sie es zu einer jeden ungefähr gleich weit hat. Sie schaut sie sich ganz genau an, wobei die Strickende eine Masche fallen läßt, sie schimpfend wieder aufhebt, die Lesende mit dem Kopf zu wackeln beginnt, während die Bröselnde mit einemmal ganz verschieden große Brösel verfertigt.

Alle meine Entlein schwimmen im Spinat,
schwimmen im Spinat,
tauchen unters Spiegelei,
sind schon nicht mehr da.

Kai hält den Kopf schief und wartet darauf, daß jemand etwas zu ihrem Lied sagt. Die Hofdamen aber sind in sich versessen und rühren sich nicht. Kai schaut zu Rosa, und Rosa nickt Kai zu.

Alle meine Entlein schwimmen im Klosett,
schwimmen im Klosett,
drückt man auf das Knöpfchen,
sind sie alle weg.

Kai legt nun den Kopf auf die andere Seite und schaut wieder die Hofdamen an.

Die Strickende hat zur Lesenden geblickt, dann zur Bröselnden. Sie wetzt ein paarmal mit dem Hintern auf ihrem Sitz. Dann kann sie nicht mehr anders. Kannst du kein klügeres Lied, kein schöneres? Nicht so ein dummes Kleinkinderlied, über das höchstens Kindergartenkinder lachen?

Und die Lesende schaut von ihrer Zeitung auf und sagt, ich könnte dir nämlich ein sehr hübsches Lied beibringen, wenn du es lernen willst. Ich glaube nur nicht, daß heutzutage noch irgendein Kind irgend etwas lernen will.

Die Bröselnde trillert wie eine Amsel vor sich hin und meint dann, hörst du, wie schön das die Vögel machen? Man muß lange zuhören und viel Geduld haben, bis man es auch nur annähernd so gut kann. Versuch es nur einmal.

Ich habe Hunger, sagt Kai.

Was Sie da gesagt haben, ist schon wahr, sagt die Strickende zur Bröselnden. Man ahnt nicht, was für Mühe und Anstrengung es die menschlichen Stimmwerkzeuge kostet, ähnliche Töne hervorzubringen wie unsere kleinen gefiederten Freunde, bei denen man sich oft wundert, wo sie überhaupt die Kraft hernehmen.

Dabei haben die Musiker es immer wieder verstanden, schaltet sich die Lesende ein, von unseren kleinen gefiederten Freunden zu lernen. In dem Lied zum Beispiel, von dem ich zuerst gesprochen habe und das ich seit meiner frühesten und eigensten Kindheit kenne, kommen einige Triller vor, die von einem Vogel stammen könnten.

Diese Art von Nachahmung der Natur hat die Kunst schon immer angestrebt. Doch ist es um die menschliche Virtuosität nicht so großartig bestellt, wie man gerne glauben möchte. Bei den Sängern wird das besonders deutlich, fügt die Strickende hinzu. Je höher die Gagen hinaufklettern, desto mehr häufen sich die Fälle von Indisponiertheit. Sogar von regelrechten Ausrutschern hört man. Ich frage Sie, ist das alles noch zu rechtfertigen? Geprellt sind wie immer die zahlenden kleinen Leute, die sich selten genug so ein Vergnügen gönnen. Und siehe da, statt einer gelungenen Koloratur-Arie hat man sein Geld für ein Pfeifkonzert hinausgeworfen.

Ich persönlich ziehe darum auch die Natur vor, sagt die Bröselnde und ordnet ihre Brösel in einen anderen Zusammenhang. Den reinen Klang, der mit den dafür geschaffenen Werkzeugen produziert wird. Kein Vogel bedarf einer speziellen Ausbildung, um seine Melodie singen zu können. Sie kommt mühelos und doch jedem Anspruch gerecht werdend aus seiner Kehle.

Aber wie steht es mit der Abwechslung? fragt die Lesende. Stellen Sie sich einmal vor, wie viele unserer kleinen gefiederten Freunde hintereinander singen müßten, um auch nur ein simples Lied in unserem Sinn zuwege zu bringen. Von einer Symphonie ganz zu schweigen.

Das kommt auf den Standpunkt an, sagt die Bröselnde. Ich zum Beispiel bin gar nicht so wild auf das, was hierzulande als große Musik angesehen wird.

Hören Sie, meint die Strickende ganz aufgeregt. Sie wollen doch damit nicht sagen, daß Johann Strauß und Franz Schubert keine großen Genies waren, oder Mozart oder Beethoven?

Ich habe Hunger, sagt Kai und setzt sich zwischen die Strickende und die Lesende auf die Bank.

Das habe ich mit keinem Wort behauptet, meint die Bröselnde. Ich wollte nur zum Ausdruck bringen, daß mir der Gesang der Vögel als Erscheinung ebenso, wenn nicht mehr wert ist als die gesamte Musik unseres christlichen Abendlandes.

Ich glaube nicht, daß man die beiden Dinge vergleichen kann, sagt die Lesende. Schon zuvor, als dieses Kind das alberne Lied gesungen hat und Sie von den Vögeln redeten, ist mir aufgefallen ...

Ich hab Hunger, schreit Kai ganz laut und schaut eine nach der anderen mit Tränen in den Augen an.

Und da wissen sie alle drei nicht, was tun. Eine will sich nach der anderen richten, aber da keine was unternimmt, scheint nichts dabei herauszukommen.

Ja, was kann man dagegen tun? fragt die Lesende vor sich hin.

Ich möchte was zu essen, sagt Kai.

Da schauen alle drei wie die aufgescheuchten Hühner, und Rosa sagt laut und schneidend in den Vormittag hinein, gescheit über Natur und Kunst reden, das schon, aber einem hungrigen Kind ein Stück Brot geben, das nicht.

Und da fällt es ihnen auf einmal ein, möchtest du vielleicht einen Apfel, ich habe einen in der Tasche.

Oder ein Hustenzuckerl gegen Asthma und Heiserkeit.

Oder möchtest du vielleicht lieber das Stück Traubenzucker, das ich mir für alle Fälle mitgenommen habe?

Sorgt sich denn gar niemand darum, ob du genügend zu essen hast?

Um diese Zeit noch nicht. Kai beginnt damit, aus den plötzlich zum Vorschein gekommenen Vorräten das in Frage Kommende auszusuchen.

Habe ich dich nicht schon gesehen? fragt die Strickende mit einem Anflug von Mißtrauen in der Stimme. Kai antwortet nicht, sondern legt, was ihr genießbar erscheint, ins Kleid, schürzt es und geht.

Ein nettes kleines Mädchen, sagt die Lesende.

Mit allen Attributen eines Gassenkindes, sagt die Bröselnde trocken.

Irgend etwas kommt mir an der Sache komisch vor, sagt die Lesende.

Der Hunger dürfte jedenfalls stimmen, meint die Strickende und deutet auf Kai, die ihre Beute mit den anderen Kindern teilt, worauf alle schlingen.

Eigentlich dürfte man so etwas nicht einreißen lassen. Wenn ein Kind Hunger hat, braucht es was zu essen.

Wenn man ihm nichts gibt, wird es sich etwas holen.

Immerhin, die Kleine hat versucht, ein Lied dafür zu singen, wenn auch kein sehr geeignetes.

Schrecklich, wie manche Kinder schon in diesem Alter zur Erwerbstätigkeit gezwungen werden.

Auch wir haben nicht gerade rosige Zeiten erlebt.

Mir wäre es nie eingefallen, zu jemand Fremdem zu gehen. Die anderen Kinder haben die Kleine angestiftet, wollen wir wetten?

Ich bilde mir ein, ich hätte dieses Kind schon gesehen, nur in anderer Form, irgendwie anders eben.

Auch mir dämmert etwas.

Wie heißt du denn? ruft die Strickende zu den essenden Kindern hinüber.

Kai, sagt Kai mit vollem Mund.

Kai, Kai ... rätselt die Lesende. Hat es da nicht so eine Geschichte für Kinder gegeben, von einem Buben, der einen Splitter im Herzen hatte und nicht mehr lachen konnte ...?

Nicht lachen? Wir hatten damals alle nichts zu lachen.

Glauben Sie, daß Kinder heute mehr zu lachen haben?

Und ihr, wie heißt ihr denn? fragt Kai.

Die Hofdamen lehnen sich eine nach der anderen zurück.

Was sollen wir darauf antworten?

Unsere Nachnamen, Titel, Anreden, Abkürzungen?

Ich weiß nicht, was heutzutage üblich ist. Wenn ich recht informiert bin, kommen Anreden wie *Tante* nicht mehr so recht in Frage.

Ich würde es nicht ungern hören, wenn die Kinder mich mit *Madame* anredeten. Die Lesende schaut die Bröselnde und die Strickende fragend an. Glauben Sie, daß das geht? Uns *Frau Sowieso* nennen zu lassen, halte ich geradezu für etwas spießig. Die Bröselnde schaut die Strickende herausfordernd an.

Ob wir unsere Vornamen preisgeben sollen?

Die Hofdamen sehen einander betroffen an.

Nun ja, sagt die Strickende.

Ob wir uns da nicht einen Anstrich von Lächerlichkeit ..., die Lesende schüttelt den Kopf.

Wieso ..., die Strickende begutachtet das Muster des Pullovervorderteils, das sie in Arbeit hat. Ich heiße Anna, was soll daran lächerlich sein?

So heiße ich auch, sagt die Bröselnde, allerdings erst mit dem dritten Namen.

Wagen wir es also?

Wie heißt ihr denn endlich? ruft Kai.

Anna, sagt die Strickende, ohne von ihrer Strickerei aufzuschauen.

Mathilde, sagt die Lesende und begegnet dabei schon dem überrascht erstaunten Blick der Böselnden, die, mit einem Anflug von Röte, Gunhilde sagt.

Wir sind namentliche Halbschwestern, sozusagen. Die beiden nachträglichen Hilden geben einander die Hand und beziehen dann auch die Dame namens Anna in das Händeschütteln mit ein.

So lange kennen wir einander nun schon, und jetzt erst richtig.

Wenn man sich nicht gleich beim erstenmal miteinander bekannt macht, kann es oft Jahre dauern. Die drei schütteln bestätigend den Kopf.

Und wir heißen Pembe, Erol, Oktay, Kai und Rosa, ruft Rosa zu den Hofdamen hin. Aber die sind nun ob der neuen Nambarmachung so mit sich beschäftigt, daß sie die Kinder gar nicht wahrnehmen.

Plötzlich muß ich weinen, und ich frage mich, worauf ich eigentlich warte. Was all die Abende sollen, an denen ich dasitze und noch etwas zu schreiben versuche, was ich nachmittags viel besser schreiben kann. Ganze Tage, Wochen, Monate gehen damit hin, daß ich warte, besser gesagt abwarte.

Du wirst es wohl noch erwarten können, habe ich zu Kai gesagt, als er im Treppenhaus unbedingt ein Stück Wurst haben wollte. Er weiß wenigstens, worauf er wartet, was er zu erwarten hat. Ich vergesse es immer öfter.

Dann kommen Stunden, wo ich meine Zähne in den Kalk der Wände drücken möchte. Aber ich schreie nicht einmal. Ich sitze da und weine und bin dankbar, wenn ein Bild meine Bitterkeit auf einen Feind hin ablenkt, den ich deutlich beim Namen nennen kann.

Es hat mich bis in die eigenen Brustwarzen getroffen, dieses Foto aus der Sahel-Zone. Die Mutter mit den leeren Hautsäcken, an denen verzweifelt ein Kind kaut. Nicht einmal mehr Blut kommt heraus. Daran kann sich Wut entzünden, ohnmächtig, aber als Gefühl eindeutig. Und ich lief in Kais Zimmer, um zu sehen, ob er noch lebt. Ich mußte ihn berühren, ganz leicht nur, aber spüren, wie warm er ist. Und während ich ihn so wohlig schlafen sah, kam er mir beinahe fett vor, und ich erwog, ob er wohl widerstandsfähig genug sei, um wenigstens einen Teil der Schrecken aushalten zu können, die auch ihm täglich widerfahren werden. Wenn ich dann wieder an meinem Schreibtisch sitze und der Haß als

Gefühl nicht vorhält, weil es eben nicht meine Brüste sind, an denen Kai kaut, und nicht einmal Blut kommt mehr heraus, gerate ich bei allem, was ich in Gedanken durchlaufe, wieder zu Klemens.

Jetzt müßte er kommen. Einfach so. Unangemeldet und außer jeder Raison. Die Treppen hochsteigen, die Wohnungstür aufsperren und da sein. Weil er es allein nicht mehr ausgehalten hat. Weil auch er sich die Frage gestellt hat, worauf wir denn eigentlich warten. Er würde an der Tür stehen, ich würde – anfangs noch etwas verwundert – auf ihn zugehen, und wir würden uns in die Arme fallen. Stumm. Und das erste Wort dürfte erst gesprochen werden, wenn Klemens nach dem Lichtschalter tastet, um nach einer Zigarette zu suchen. Besänftigt, wie wir nach der Liebe sind, würden wir miteinander reden können. Aber es müßte jetzt sein. In den nächsten zehn Minuten, noch bevor meine Augen vom Weinen geschwollen sind und Klemens deshalb etwas sagen würde.

In den nächsten zehn Minuten, und keinen Augenblick später. So komm doch. Ich fühle bereits den Trotz in mir hochsteigen. Daß er nicht dazu fähig ist. Er muß doch spüren, daß ich ihn brauche, daß ich ihn jetzt bei mir haben will. Daß all seine vorangekündigten Besuche, das ganze Ritual, gegen das keiner von uns ankann, nur halb soviel wert sind, als es ein solches Heimkommen wäre.

Aber Klemens kommt nicht. Er sitzt im Theater oder sonst irgendwo und ist abgelenkt. Abgelenkt, indem er seinen Beruf ausübt. Indem er sich darauf eingelassen hat, mit all denen zu konkurrieren, an deren Stelle er sein möchte oder die an seiner Stelle sein möchten.

Während mir die Ablenkung an diesem Abend nicht gelingen will. Und schon bin ich wieder in dem alten Dilemma. Ob ich Klemens nur deshalb so heftig herbeisehne, weil ich bewiesen haben will, wie sehr er an mir hängt, wie wenig er ohne mich auskommt, um meinen eigenen Wunsch nach Trennung zu ersticken?

Manchmal weide ich mich geradezu an den Verletzungen, die ich erhalten zu haben glaube. Und ich halte die linke Backe hin, um das Maß voll werden zu lassen, als sammelte ich gute Gründe für etwas. Als wollte ich das Maß an Lieblosigkeit bis an den Grund ausloten, zu dem Klemens fähig ist. Nein, ich komme ihm nicht entgegen. Dazu sitzt mir der Verrat zu tief im Fleisch, den er durch die Rolle, die er spielt, an mir und Kai begangen hat. Und immer seltener kann ich das Gefühl unterdrücken, Klemens wäre mir etwas schuldig. Ich kann dieses Etwas vorderhand nur mit dem Wort Zeit umschreiben. Klemens schuldet mir Zeit. Vor allem Zeit für Kai. Es ist nicht wahr, daß ein Kind diese Art von Entzug nicht merke. Daß man das alles später aufholen könne. Und wenn Klemens es nicht weiß, dann weiß ich es um so genauer, daß er nie *mehr* Zeit haben wird. Daß er sich immer *mehr in* seinen Beruf verbeißen wird und daß er eines Tages, selbst wenn er Zeit hätte, zu dieser Art von Verständigung gar nicht mehr fähig ist.

Ich halte mein Leben gegen das von Klemens, und ich frage mich, auf welche Weise die Gewichte gezinkt sein müssen, daß die Welt diesen Vergleich als möglich annimmt und in endlosen Varianten durchspielt.

Ich bin bereit, es durchzukämpfen, ohne mich an den Vergleich zu halten, der mir nur hinderlich wäre. Bei dir ist das ganz anders, hat Klemens gesagt. Wenn du wirklich begabt bist, kannst du unter allen Umständen schreiben. Du identifizierst dich mit deiner Arbeit, sitzt in Ruhe zu Hause, brauchst nicht von dort nach da zu hetzen, und wenn du Glück hast und eins deiner Bücher ein Erfolg wird, machst du noch eine Menge Geld, ohne dich auf einen Kampf einlassen zu müssen.

Und all die Rundfunkarbeit, die ich bis dahin mache? wollte

ich einwenden, aber ich hatte an diesem Abend nicht mehr die Kraft, mit all meinen Argumenten von vorne anzufangen. Für Klemens ist es also die Begabung, die ihn vor allem, was mich betrifft, schützt. Der Glücksfall, die besondere Situation.

Stell dir andere vor in deiner Lage, sagt Klemens. Und ich stelle sie mir vor. Nach dem Muster dessen, was ich beim Rundfunk erlebe. Wo ich in meiner Situation, mit Kai an der Hand, gerade noch dazu komme, einen Auftrag, den sonst niemand will, dankbar anzunehmen. Eben weil ich nicht die Zeit und die Gelegenheit habe, am Ball zu bleiben, wie Klemens.

Ich weiß schon, was er meint, wenn er sagt, sein Beruf sei ein *Wahnsinnsberuf.* Arbeiten, das können Frauen. Warum auch nicht. Aber in den *Wahnsinnsberufen,* da muß man ganz da sein.

Eine alte Dame, eine der ersten Rechtsanwältinnen der Stadt, hat einmal zu mir gesagt, als wir beim Zahnarzt miteinander ins Gespräch gekommen waren, wissen Sie, Kindchen, zu meiner Zeit war das anders. Da habe ich Kind und Haushalt in befugten Händen zurückgelassen.

Mein Gott, sagt Klemens, Kai wird auch größer. Du wirst sehen, es wird von Jahr zu Jahr besser, und über kurz oder lang wirst du dich darüber beklagen, daß Kai viel zu selten zu Hause ist.

Das sind dann die berühmten zehn bis fünfzehn Jahre, die so rasch vorübergehen werden, in denen es gewiß auch Klemens zu was gebracht hat. Dann darf ich anfangen, mich voll meinen Interessen zu widmen. Und Klemens wird mir auf die Schulter klopfen und im Freundeskreis erzählen, was für berufliche Ambitionen ich noch immer hätte – Hut ab –, und Spaß schiene es mir obendrein noch zu machen – welch ein Glück. Und was für ein Segen für die Familie, daß die Maschine Mutter umzufunktionieren ist. Daß die Fürsorge und Zuwendung auf ganz natürliche Weise zurückgeht, wie die Milch, wenn der Säugling abgestillt wird.

Ohne Kai wäre die Situation anders. Da dürfte ich mitmischen im großen Spiel mit den einträglichen und uneinträglichen Losen. Da dürfte ich zusammen mit den anderen Lemuren um die Wette das Dunkel der Umverteilung miterhellen und meine Zähne bei jedem Lächeln zeigen, das die Berufsnot mir abverlangt.

Aber du hast ihn ja unbedingt haben wollen, sagt Klemens. Und ich sage, ja. Und wenn du noch immer nicht begreifst, was für eine jämmerliche Figur du mit all deinem Karriere-Gezappel und deinen Weisheiten im nachhinein machst, dann muß ich dir auch noch sagen, daß ich es keinen Augenblick lang bereut habe, daß ich ihn unbedingt haben wollte.

Du bist unfair, schreit Klemens. Und ich weiß das auch. Lieber würde ich so etwas nicht sagen, aber wenn Klemens nicht damit aufhören kann, mich zur Verbündeten machen zu wollen, und das noch in der Rolle der Sanitäterin, bei all seinen mittleren und kleineren Bühnen- und Zeitungsgefechten, anstatt sein Glas einmal auf Kai einzustellen, dann entwickle auch ich eine Taktik, die vor Schlägen in den sicher gewähnten Rückhalt nicht zurückschreckt.

Und wiederum ertappe ich mich dabei, wie mein Warten sich auf eine Zukunft in den Beziehungen einstellt, auf dieses unerträgliche *morgen wird alles besser sein,* und zum soundsovielten Mal versuche ich etwas, vielmehr alles, zu überschlafen. Aber es wird nicht besser. Und wenn Klemens dann kommt, mit seinem halberledigten Pensum, taktierend wie ein Feldmarschall, was er in dieser oder jener Stunde vorm Insbettgehen noch unterbringen könnte, resigniere ich angesichts seiner aufgesetzten Miene und versuche ebenfalls, noch etwas weiterzubringen, oder ich erschrecke ihn mit der Spontaneität meiner Wünsche.

Manchmal schleicht sich diese Warte-Haltung selbst in

das Verhältnis zwischen Kai und mir ein, und ich spüre, wie mein Hals vor Lethargie zuzuwachsen droht. Zum Beispiel wenn Kai krank ist und mehrere Tage zu Hause bleiben muß und ich bei ihm bin, ohne arbeiten zu können, weil er es noch nicht schafft, mich ein paar Stunden in Frieden zu lassen. Und wie ich dann vor mich hinsinniere und die Zeit einfach nur vorübergehen lassen will. Wie ich immer mehr darauf aus bin, Kai und seine Bronchitis oder was ihm das Fieber aufgetrieben hat, nicht zur Kenntnis zu nehmen. Wie ich auch damit spekuliere, daß diese paar Jahre rasch vorübergehen würden und man durch all diese Irritationen einfach hindurch müsse. Und je weiter ich wegtauche, desto heftiger versucht Kai – mit dem noch vorhandenen Instinkt eines Kindes – mir nachzukommen, mich einzuholen und an seinen Ausgangspunkt zurückzuzerren. Aber oft genug endet dieser Kampf unentschieden, und ich versuche dem Tag auszuweichen wie eine Katze der Pfütze vor der Haustür. Bis ich mit einemmal vor mir selbst und meinem Nichterleben erschrecke. Und ich führe mir diesen verwarteten, unengagierten, einfach nur hingegangenen Tag vor Augen, den mir niemand wiedergeben kann.

Am nächsten Tag versuche ich, die Situation besser in den Griff zu bekommen.

Laß uns spielen, sage ich und schleppe all die kleinen Plastikfiguren an, die sich im Lauf der Jahre in Kais Zimmer angesammelt haben. Die Präsentation von ihnen allen ergibt so etwas wie ein Theaterstück mit vielen lose aneinandergereihten Szenen. Nach einer halben Stunde ist mit ihnen aber kein Staat mehr zu machen. Kai hat Lust auf das nächste Spiel und das nächste und das nächste.

Ich geh jetzt arbeiten, sage ich, um etwas von dem Tag für mich zu retten.

Nein, du gehst nicht.

Ich muß.

Du mußt gar nicht.

Ich komme in Verzug.

Morgen. Morgen laß ich dich arbeiten.

Und schon geht es wieder um jeden Zentimeter. Je mehr Wünsche Kai vorbringt, desto automatischer versorge ich ihn mit dem, was er unbedingt haben will.

Und schon ist sie wieder da, die Situation, über der zu stehen, ich mir einbilde, indem ich im Kopf arbeite und mit den Händen Kai nachgebe. Aber Kai läßt sich nicht täuschen. Und als weder Geschrei noch Ungebärdigkeit helfen, erbricht er seine Medizin, und da habe ich dann gefälligst doch achtzugeben, mit Kopf und Hand und allem.

Da erst sage ich mir, nein, also das nicht, nicht mit Kai. Wenn es schon solche Tage gibt, dann können sie durch Nichtachtung nicht gewinnen. Erschrocken von der eigenen Heftigkeit beginnt Kai zu kreischen, und während in mir noch alles auf Widerstand eingestellt ist, fängt er auch noch an, nach seinem Vater zu rufen, als wäre Klemens der Mensch, an den man sich in so einem Fall wenden kann. Trotzdem tut es weh, und für ein paar Augenblicke bin ich der eigenen Verletzlichkeit nicht gewachsen.

Als dann Kai gleich noch einmal erbricht, bleibt mir gar nichts anderes übrig, als ihn in die Arme zu nehmen und zu seinem Bett zu tragen, wo ich ihn noch eine Weile im Arm halte, wie einen Säugling, bis sich sein Schluchzen beruhigt hat und nur mehr die roten Flecken auf dem blassen Gesicht von dem Ausbruch geblieben sind.

Ich sage mir, wie immer, wenn wir wieder einmal randvoll übergelaufen sind, daß ich es gar nicht so weit kommen lassen darf, daß ich das alles auf halbem Weg ablenken müßte. Irgendeine Erfindung, ein Witz, ein kleines Spiel – und die Wut müßte zu untergraben sein. Ob sie sich wohl immer auflösen läßt? Wenn ich so sehe, wie zufrieden wir nun aneinanderlehnen, jetzt, da die Wut sich ausgetobt hat, scheint mir der Ausbruch etwas für sich zu haben.

Und jetzt liest du mir vor, sagt Kai, beinah strahlend, und streichelt selbstvergessen mit der Hand über meinen Arm. Es war vorauszusehen gewesen, daß es darauf hinauslaufen würde. Es war von vornherein sinnlos gewesen, sich dagegen zu wehren. Warum habe ich mich nicht gleich darauf eingestellt und versucht, das Beste daraus zu machen, Kai zumindest unser gemeinsames Lieblingsbuch unterzuschieben? Und als wir dann von Kapitel zu Kapitel neu miteinander aushandeln, wie weit eigentlich gelesen wird, habe ich endlich das Gefühl, nicht mehr nur zu warten, bis Kais Krankheit vorübergeht, sondern aus der Krankheit eine besondere Situation gemacht zu haben. Ihr zumindest so viel an Erlebbarem abgetrotzt zu haben, wie nötig ist, um einen Tag im Gedächtnis zu behalten.

Abends dann, wenn Kai endlich schläft und ich mich mit der Kaffeekanne an den Schreibtisch gesetzt habe, entschlossen, alles aufzuholen, was ich den langen Tag über versäumt habe, passiert es, daß ich nach Klemens rufe. Nicht so lauthals wie Kai, aber so, daß er es unbedingt hören müßte, wenn er ein halbwegs empfindliches Organ dafür besäße. Und ich finde es gar nicht gut so, wie wir es uns eingeteilt haben, mit der Freiheit des einen, zu kommen und zu gehen. Nicht nur Klemens, auch ich werde von seinem Beruf bestimmt. Durch diesen seinen Beruf wird alles entschuldigt. Stell dir einmal vor, sagt Klemens, ich wäre irgendein Bürohengst, der täglich um fünf nach Hause kommt und unterhalten sein möchte. Du würdest dich zu Tode mit mir langweilen.

Ich leugne nicht, daß ich durch Klemens mehr über das Theater erfahren habe. Und ich leugne schon gar nicht, daß ich es oft einfach gut finde, was Klemens darüber schreibt.

Was ich hingegen behaupte, ist, daß der Ehrgeiz, der immer mehr von ihm Besitz ergreift, je mehr seine Leistungen beachtet werden, in unser Verhältnis nichts Gutes gebracht hat. Klemens hat es aufgegeben, mir zu suggerieren, daß er das alles für uns, also für Kai und mich, täte. Er war auch nie glaubwürdig, wenn er zu Erklärungen dieser Art ansetzte. Genausowenig wie ich je ein Alibi für mein Schreiben hätte anbieten können. Und trotzdem haben wir es uns jahrelang zugestanden, allein dadurch, daß wir existierten und einander liebten, Einfluß auf die Arbeit des anderen zu haben.

Bei Klemens ist an Stelle der Entspannung, in der wir uns immer erst richtig gefunden haben, eine Überwachheit getreten, die ihn mir immer fremder macht. So als setze er selbst im Schlaf noch zu jenem großen Sprung an, der ihn die nächste Stufe höherschnellen läßt. Und ich bleibe immer mehr ausgeschlossen. Understatement als Heldenpose, die Einsamkeit des freien Mitarbeiters, der Redakteur werden möchte.

Wart's ab, sagt Klemens, wenn ich nach seinem *Fortkommen* frage. Laß dich überraschen. Und das Gesicht, das er dabei macht, soll mich das Staunen lehren.

Manchmal zweifle ich daran, ob er noch wirklich bei mir ist, wenn er auf oder an mir liegt, immer unaufmerksamer selbst der eigenen Lust gegenüber.

Manchmal rufe ich abends Helene an oder eine andere Freundin. Aber es tröstet mich nicht. Es sei denn, mir gelingt der Sprung in den Sarkasmus, und ich unterhalte mich mit Pola, der Schauspielerin, darüber, wie mühsam Glück ist.

Weißt du was, sagt sie, ich komme zu dir.

Spielst du schon wieder nicht?

Ich habe das Engagement gewechselt und probe.

Sie kommt mit einer Flasche Champagner, einer Packung Zigaretten und einer riesigen Blume. Und dann legen wir los. Wie arg das alles sei, mit den Männern, die mit ihrem verfluchten Ehrgeiz über jede Regung hinwegstiegen, wenn es ihnen nur was brächte.

Wir haben zwar noch etwas von unseren Gefühlen, aber der Preis, den wir für diesen Luxus zahlen, wird immer höher. Aber warte, wir werden es schon noch lernen. Und sie hebt ihr Glas, und wir trinken einander zu, wie in alten Zeiten. Und Pola erzählt mir von ihrem Liliputaner, den ich einmal kennengelernt habe, Willi aus der Transvestiten-Show, und wie selbst die Liebe, die sie beide nicht voneinander loskommen läßt, es nicht verhindern könne, daß sie einander im Weg sind.

Und seit ich zu ihm gezogen bin, in diese Wohnwagengemeinschaft, mit all den Feuerfressern, Stelzengängern und Freaks, habe ich mich zu rechtfertigen, für die Zeit, in der ich nicht da bin. Dabei haben wir nicht einmal Kinder. Aber wenn um fünf Uhr Madeleine, die Zwergin mit dem Hypnoseblick, und Edwin, der Eisenbieger, zum Tee angesagt sind, nimmt der ganze Verein es mir übel, wenn ich nicht da bin. Eine Frau gehört tagsüber in den Wagen. Am Abend kann sie dann auftreten.

Wenn wir bloß mit unseren *Soft eggs* weitergemacht hätten, sage ich, dann hätten wir jetzt unsere eigene Truppe.

... und könnten es doch nicht lassen, auf irgendeinen Kerl hereinzufallen, dessen Weißes in den Augen uns irgendwie besonders vorkommt.

Aber es müßte doch, sage ich, und es ist schön, so zu trinken und zu rauchen, es müßte doch andere Lebensformen geben.

Komm mir nur nicht schon wieder mit einem deiner Modelle, sagt Pola lachend.

Aber Pola, es müßte doch Beziehungen geben, die sich nicht auf diese schmerzliche Weise entwickeln. Man müßte sich, nach all dem, was so an Wissen zur Verfügung steht, besser raushalten können.

Raushalten geht nicht. Pola schüttelt nachdrücklich den Kopf.

So meine ich es auch nicht. Wenn aber zum Beispiel Klemens nicht gezwungen wäre, ständig auf Bravour zu machen, wenn man es ihm schon in der Schule beigebracht hätte, daß man aus seinem Leben auch noch etwas anderes als eine Karriere machen kann oder daß man auch wer sein kann, ohne daß man weiß Gott wer hat werden müssen. Dann würden wir vielleicht wirklich miteinander leben können, er und ich und Kai.

Hat man ihm aber nicht, sagt Pola, und selbst wenn du es in ihn hineinprügeln könntest, du könntest damit das andere, nämlich daß er für sich einmal etwas werden muß, um dann andere gnädiglich daran teilhaben zu lassen, nicht gleichzeitig aus ihm rausprügeln.

Gibt es denn keine Chance für uns? Ich meine keine Chance, anders zu leben, als man es uns gerade noch zugestehen würde?

Es mag ein paar begabte Menschen geben, die heute schon begriffen haben, wo es morgen langgeht, meint Pola. Aber die sind in guten Händen. Da brauchst du dir keine Sorgen zu machen.

Ach, Pola, begabt sind wir alle. Du willst mir doch nicht auch weismachen wollen, daß frühestens Kais Freundin die Chance hat, einen Menschen zu finden, mit dem sie etwas anfangen kann?

Genau das will ich dir sagen. Und das auch nur dann, wenn du streng darauf achtest, daß du ihn nicht streckenweise für Klemens nimmst und ihn dadurch zwingst, sich ganz mit Klemens zu identifizieren.

Dann reden wir über unsere Arbeit und welche Rolle es nun wirklich spielt, daß wir Frauen sind, und ob wir uns nicht doch etwas einreden, wenn wir meinen, daß wir schon damit an dieser sagenhaften Zukunft mitbasteln.

Ja, ja, die Zukunft, sagt Pola, und da müssen wir beide lachen. Ein Sargnagel ist diese Zukunft, auf die wir immer vertröstet werden, auf die wir alle hinarbeiten sollen, von der wir uns eine Menge erwarten müssen. Diese Scheiß-Zukunft, die beinah so etwas ist wie das Himmelreich. Jeder hat eine bestimmte Vorstellung davon, aber niemand weiß etwas Genaues, und zurückgekommen ist auch noch keiner daraus. Und aus den Aufzeichnungen derer, die ihre Zukunft schon hinter sich haben, geht auch nur hervor, daß sie völlig anders war, als sie sie sich vorgestellt hatten. Und doch sind wir auf sie angewiesen, gerade du und ich, die wir etwas machen, wovon eben diese Zukunft erst klären soll, ob es was wert gewesen ist.

Zukunft hin, Zukunft her, sage ich, und der Champagner ist mir ganz schön in den Kopf gestiegen, aber eines steht fest, daß wir nicht jünger werden. Weder du noch dein Willi, noch Klemens, noch ich. Und wenn wir uns jetzt nicht um unser Leben kümmern und etwas erfinden, das es nicht nur erträglich, sondern so macht, daß wir es gern leben, dann kann uns auch die Zukunft nicht helfen.

Affection now ..., ruft Pola, und wir prosten uns mit dem Rest in unseren Gläsern zu. Was wir dann noch sagen, geht in Gelächter und Gekicher über, und insgesamt ist es ein vergnüglicher Abend, und als ich schon im Bett liege, denke ich darüber nach, warum Klemens und ich es gar nicht erst versucht haben, miteinander zu leben. Ist die Angst vor der Gewöhnung, vor dem Absterben der Zuneigung durch den Alltag so groß gewesen? Oder hat es sich nicht vielmehr so ergeben, obwohl wir es für eine Entscheidung hielten? Vielleicht wäre es die richtigere Lösung, wenn Pola und Helene und Maya oder andere Freunde hier im Haus wohnten. Aber wie würden sie sich zu Kai verhalten? Würden sie sich nicht auch lieber mit mir unterhalten wollen und Kai als störend empfinden? Eine Reihe von Indizien spricht dafür.

Es muß doch irgendeine Möglichkeit geben, diesem schrecklichen Abgeschnittensein zu entgehen, in das man gedrängt wird, sich selber drängt, wenn man mehrere Dinge unter einen Hut bringen will. Es muß doch eine Möglichkeit geben, mit Menschen zusammen zu leben, ohne sich ganz zur Verfügung stellen zu müssen. Warum sind Kai und ich von so vielem ausgeschlossen, nur weil alle Welt glauben will, das müsse so sein? Warum empfindet Klemens Kai als Belastung, auch unseres Verhältnisses? Warum gelingt es ihm nicht, Kai als Unterhaltung zu sehen? Es muß an seinen Erwartungen liegen, an dem, was er sich unter Unterhaltung vorstellt. Warum ist es mir nicht gelungen, seine Erwartungen zu verändern? Und warum ist sein Bedürfnis nach mir so vorhersehbar? Wie die Zigarette, die er nach dem Essen rauchen muß. Oft frage ich mich, ob Menschen wie er und ich sich je wirklich auf etwas einigen können. Wenn er bloß auch mir Wünsche zugestehen würde. Wenn es ihn nicht so verschreckte, wenn ich einmal außerhalb seines Schemas Lust habe.

Nach jenem Abend mit Pola träumte ich seit langem zum erstenmal wieder von Herwater. Ob es daran liegt, daß Rosa und Pembe manchmal von ihm erzählen und ich versucht habe, ihn mir vorzustellen, wie er mit den Mädchen redet? In demselben beschwörenden Tonfall, in dem er einst auch auf mich eingeredet hat.

Ich habe ihn ganz aus den Augen verloren, und ich glaube gar nicht, daß es mit etwas anderem als mit der Duplizität der Vorfälle zu tun hat, daß ich ihn einen Tag, nachdem die Mädchen von ihm erzählt hatten, unten am Haus vorübergehen sah, während ich gerade das Fenster schloß.

Es muß ein sehr schöner Traum gewesen sein, obwohl ich mich nur schemenhaft an ihn erinnern kann, aber er hinterließ die angenehmsten Empfindungen.

Kai möchte, daß ich ihm dabei helfe, einen Hubschrauber aus dem Pappkarton einer leeren Cornflakes-Schachtel auszuschneiden und zusammenzukleben. Ich möchte ein Abendessen kochen und dazwischen das Badezimmer saubermachen. Klemens kommt, und wir wollen gemeinsam essen.

Ich kann es nicht allein, schreit Kai.

Ich auch nicht, sage ich. Du könntest ja ausnahmsweise einmal mir helfen.

Ich will ihn aber jetzt basteln.

Ich habe keine Zeit.

Kai läuft rot an. Ich habe gar keinen Hunger. Laß das blöde Essen und hilf mir ausschneiden.

Das spielt keine Rolle, ob du Hunger hast. Klemens und ich haben sicher Hunger.

Du kannst doch auch später kochen.

Das kann ich nicht, denn wenn Klemens da ist, möchte ich mich mit ihm und mit dir an den Tisch setzen können.

Er kommt sicher später. Kai setzt all seine Kraft ein. Ich will, daß du jetzt mit mir bastelst ..., und er läuft auf mich zu und schlägt mit der Hand, in der er den Karton hält, auf mich ein.

So schon gar nicht, sage ich, eigentlich bereit, in irgendeiner Form einzulenken. Daß es nicht so aussieht, ich gäbe nach, und Kai noch eine Möglichkeit zum Rückzug hat. Aber er kriegt die Kurve nicht mehr. Der Tag war ihm zu lang oder was weiß ich, was in ihn gefahren ist ...

Du Trottel, schreit er, du blöde Kuh, Schwein ..., und in diesem Augenblick kommt er mir vor wie ein Automat, aus dem plötzlich, wenn man auf einen bestimmten Knopf drückt, die Münzen herausprasseln.

Und obwohl ich das alles sehe und erkenne, packt auch mich die Wut, und es kribbelt mich nur so in der Hand, ihm eine runterzuhauen. Und all die Erzählungen von mehrfachen Müttern zucken mir durchs Gehirn. Wenn es soweit ist, hilft nur eine Ohrfeige oder ein Krug Wasser, das man ihnen ins Gesicht schüttet, und im Augenblick habe ich große Lust auf beides, denn Kai brüllt wie am Spieß und fuchtelt mit der Cornflakes-Schachtel vor mir herum, als könne er mich auf jeden Fall zwingen. Als wäre das Ganze eine Sache der Kraft.

Hör auf, brülle ich ihn an. Hör auf mit dem Theater. Das ist kein ... Theater wollte er wohl sagen, aber seine Stimme überschlägt sich, und während er noch einmal mit der Cornflakes-Schachtel zu einem Schlag ausholt, verliert er das Gleichgewicht und fällt einfach um, wobei er sich am Eiskasten den Kopf anschlägt.

Ich bin auch erschrocken, und vielleicht kann ich mir gerade deshalb dieses schreckliche *Siehst du* nicht verkneifen. Mit einemmal ändert sich der Ton des Gebrülls grundsätzlich, nachdem es einen langen Augenblick überhaupt ausgesetzt hat. Hast du dir weh getan? frage ich ruhig, um das Ganze nicht noch mehr zu dramatisieren, während ich andererseits schon neben Kai auf dem Boden knie. Ein tränenverschmiertes, naserinnendes, mitleiderregend schluchzendes Gesicht stürzt auf mich zu und näßt meinen Pullover, daß ich es bis auf die Haut spüre. Und da kann ich dann schon nicht mehr anders, als nach alter Babyzeit-Manier mit dem Fuß gegen den Eiskasten zu treten, obwohl ich noch lange nicht ausgesöhnt bin. Blöder Eiskasten, sage ich automatisch, und da strahlen die Augen unter all dem Tränenhochwasser auf. Dann hole ich eine alte Windel anstatt eines Papiertaschentuchs und trockne damit den Rotz und die Tränen auf. Ein paarmal schluchzt Kai noch vor sich hin, mich um die Mitte festhaltend, dann läßt er mich los, schubst die Cornflakes-Schachtel mit dem Fuß unter den Küchentisch und schaut interessiert zum Herd hin.

Ich möchte auch was kochen, sagt Kai.

Gib acht, sage ich, es sind zwei Flammen an.

Du hast mir versprochen, daß ich dir beim Kochen helfen darf.

Ich binde Kai eine Schürze um, und er holt seinen Schemel. Als ich den Reis ins kochende Wasser schütten will, ruft er, laß mich das machen.

Ich zögere einen Augenblick.

So laß mich schon.

Das Wasser ist kochend heiß, wenn dir was davon ins Gesicht spritzt, tut das sehr weh.

Aber schon hat sein neuer Wunsch derart von ihm Besitz ergriffen, daß er mir nicht mehr zuhört.

Gib schon, und in diesem Augenblick gelingt es ihm, mir die Tasse aus der Hand zu reißen, was zur Folge hat, daß die Reiskörner wie wild in der Gegend herumspritzen. Ein paar fallen ins Wasser, die heißen Tropfen klatschen mir auf die Hände, und dann sehe ich sogar den Topf mit dem heißen Wasser kippen und kann ihn gerade noch am Griff wieder ins Lot bringen. Es ist etwas ausgeschwappt von dem Wasser, aber es bleibt auf der Herdfläche. Ich hebe Kai von seinem Schemel herunter und haue ihm eine auf den Hintern. Jetzt reicht es, sage ich, schau, daß du in dein Zimmer kommst.

Diesmal heult er nicht. Ich sehe nur, wie er automatisch die Hand hebt, um zurückzuhauen. Dann aber läßt er sie wieder sinken. Und während er abzieht, höre ich ihn genau in meinem Tonfall sagen, aber laß mich doch in Ruhe. Unsicher geworden, nimmt er Zuflucht zu meiner Diktion. Ich weiß, daß nun einige Zeit Frieden sein wird, und während ich über all den zu verrichtenden Handgriffen in Gedanken versinke, höre ich nicht einmal mehr was von den Selbstgesprächen, die Kai in seinem Zimmer führt.

Als dann der neue Reis gerade am Garwerden ist, kommt Kai wieder. Vorsichtig trägt er eine komplizierte Konstruktion aus Lego-Steinen vor sich her.

Ich hab was für dich gebastelt, sagt er und stellt das Ganze auf den Küchentisch. Schau nur, da ist die Zugbrücke. Die kannst du ruhig einmal raufziehen.

Der Reis ist gleich fertig, sage ich, kann ich das nicht später machen?

Nein, jetzt, sagt Kai. Ich habe extra eine Kurbel eingebaut, damit du die Zugbrücke raufziehen kannst.

Da drehe ich die Gasflamme ab und beuge mich über die Kurbel. Und dann versuche ich wirklich, die Brücke mit der Kurbel hochzuziehen, und als mir das geglückt ist, springt Kai vor Freude auf und ab. Ist mir das nicht toll gelungen? schreit er, und da er gerade nichts anderes von mir erwischt, küßt er mich auf den Arm.

Klemens ist an jenem Abend nicht gekommen. Zuerst versuchte ich das Essen warm zu stellen, dann gab ich Kai etwas, während ich selbst immer wieder kostete, um zu sehen, wie lange der Geschmack das Aufwärmen noch vertragen würde. Dann brachte ich Kai zu Bett.

Ich hatte keinen Hunger mehr und schaltete das Rohr aus. Ich setzte mich in mein Zimmer und versuchte zu lesen. Im Fernsehen war ein Film, der mich interessierte, aber ich schaltete nicht ein, weil ich dachte, daß Klemens sicher dann kommen würde, wenn es anfing, spannend zu werden. Ich konnte nicht in den Text finden und wurde immer ungehaltener. Ich versuchte mich genau zu erinnern. Hatte er wirklich gesagt, daß er heute kommen wollte? Oder hatte ich ihn mißverstanden? Ich begann, die Autos wahrzunehmen, die in die Gasse einbogen, und vor allem die, die stehenblieben.

Nein, nein, er hatte ganz deutlich gesagt, am Montag um sieben. Jetzt war Montag, aber es war neun.

Ob etwas mit dem Wagen war? Oder ob er jemanden getroffen hatte, der ihn nicht gehen ließ? Warum rief er nicht an? Daß Klemens zu spät kam, war nicht neu, aber so spät?

Um zehn fing ich an, an die Möglichkeit eines Unfalls zu denken. So etwas erfährt man am ehesten. Das hatte Klemens bei ähnlichen Gelegenheiten immer gesagt.

Eine weitere halbe Stunde brachte ich damit zu, aufzustehen, ans Telefon zu gehen und mich wieder hinzusetzen. Schließlich rief ich Klemens' Mutter an. Ich wußte, daß sie an Montagen nicht spielt. Sie freute sich über meinen Anruf, und ich dachte, daß ich den Kontakt zu ihr viel zu sehr vernachlässigt hatte, Kais wegen wahrscheinlich. Als ich sie nach Klemens fragte, meinte sie, er müsse es vergessen haben. Denn als er wegging, habe er sie gefragt, ob er sie nicht irgendwohin mitnehmen solle. Er hätte noch eine Verabredung.

Vergessen? An diese Möglichkeit hatte ich nicht gedacht. Das darfst du dir nicht gefallen lassen, sagte Sophie Silber. So etwas darf man sich von Anfang an nicht gefallen lassen. Ich saß da und starrte. Er muß es vergessen haben. Dann detonierte etwas in mir, und ich konnte den eigenen Gedanken kaum folgen, die sich mit einemmal auf mich entluden. Auf alles war ich gefaßt gewesen, nur nicht darauf, daß Klemens es vergessen haben konnte. Ich wünschte mir, ihn jetzt vor mir zu haben, damit ich mir Luft machen könnte. Ganz ruhig würde ich dabei sein. Beinah gelassen, so als hätte ich auch darauf vergessen.

Und das Essen? Ich habe vorgekocht, für den nächsten Tag. Ich muß zum Rundfunk ... Und in dem Augenblick, wo er mir das abzunehmen beginnt, würde ich unverhofft sagen, was glaubst du eigentlich? Und ich würde nicht die geringste Lust verspüren, eine Zauberin zu sein, um noch rechtzeitig ablenken zu können.

Und dann wünschte ich mir bereits, Klemens würde nicht mehr kommen. Um das Maß voll zu machen, um die Entladung zu rechtfertigen. Wenn jetzt noch das Telefon läutete, würde ich nicht hingehen. Ich würde die Entschuldigung nicht mehr annehmen.

Ich ertappte mich dabei, wie ich in der Beleidigung, die mir widerfahren war, zu schwelgen begann. Da war nun etwas, das nicht auf die Umstände zurückzuführen war, weder auf den Beruf noch auf den Druck der Situation. Das war eine rein persönliche Art der Beleidigung, und langsam dämmerte mir, daß ich die Umstände insgeheim schon lange als solch eine persönliche Beleidigung empfunden hatte. Dieses persönliche Vergessen war plötzlich stellvertretend für alles, was ich mich bisher kaum getraut hatte, Klemens anzulasten. Mein Unmut hatte mit einemmal einen konkreten Gegenstand.

Als ich in Kais Zimmer ging, um das kleine Lämpchen zu löschen, lag er halbnackt und quer über seinem Bett. Ich versuchte ihn zurechtzurücken, dabei öffnete er die Augen. Er wurde nicht wirklich wach dabei, aber sein Gesicht strahlte und seine Hände streckten sich mir entgegen. Ich küßte ihn und zog ihm die Decke bis an die Schultern.

Ich ging zu Bett und konnte sogar bald einschlafen. Aber gegen drei war ich wieder wach. Ich überlegte, ob Klemens inzwischen draufgekommen sein mochte, daß er etwas Wichtiges vergessen hatte. Aber vielleicht war es ihm nicht mehr wichtig. Vielleicht hatte er sich schon so weit von uns entfernt, daß ihn nur mehr die Gewohnheit hertrieb? Der Gedanke schmerzte momentan so heftig, daß ich mich auf die andere Seite drehte. Wenn das stimmt, dann gilt es, so schnell wie möglich darüber hinwegzukommen. An unserer Lebensform würde sich kaum etwas ändern. Klemens würde weiterhin Kai von Zeit zu Zeit besuchen kommen, nur die Abende würden wegfallen, diese zwei, drei gemeinsamen Abende pro Woche. Dafür könnte ich Leute einladen, wann immer und wen immer ich wollte.

Ich versuchte, mir das Alleinleben von den interessantesten Seiten her vorzuspielen, aber unter all diesen neuen oder vielleicht gar nicht so neuen Vorstellungen tobte es wie Zahnschmerzen. Wie kam es nur, daß ich so wenig darauf vorbereitet war? So etwas muß man bemerken, das kann nicht von ungefähr kommen. Oder war auch ich schon so sehr mit mir selbst beschäftigt gewesen, daß mir die ersten Anzeichen gar nicht aufgefallen waren? War es Klemens so unangenehm, sich den immer häufigeren Auseinandersetzungen der Umstände wegen zu stellen? Hatte er den gestrigen Abend deshalb verdrängt?

Ich versuchte mir vorzustellen, wie Klemens nun ebenfalls aus dem Schlaf fuhr und es ihm einfiel. Wie er zum Telefon lief und dann, nach einem Blick auf die Uhr, doch nicht anrief. Ob er sich auch von einer Seite auf die andere drehte und nicht mehr schlafen konnte? Aber wenn er imstande war, uns, mich, einfach zu vergessen, dann würde ihn auch das Wiedererinnern nicht den Schlaf kosten.

Ich war so müde, daß mich die Augen schmerzten, aber ich konnte nicht wieder einschlafen. Gegen fünf, als es anfing hell zu werden, stand ich auf, wickelte mich in eine Decke, setzte mich in den Schaukelstuhl und rauchte eine Zigarette. Das Geräusch der Straßenbahn, die oben an der Straße eine Schleife machte, war viel deutlicher zu hören als tagsüber. Mein Gott, ich versuchte die andere Spielart, was war schon geschehen? Klemens hatte vergessen, daß er sich zum Essen angesagt hatte. Manche Leute würden hellauf darüber lachen, wenn sie meine Reaktion erführen. Hatte ich es nicht auch schon einmal vergessen und war dann nur mit ein paar Broten zur Hand gewesen? Und auch das eher einsilbig, da ich mich auf eine bestimmte Lektüre eingestellt hatte? Der einzige Unterschied war, daß ich gewiß zu Hause saß, daß die Sache also leicht einzurenken und ich zur Verfügung war.

War es nicht dumm, deswegen nicht zu schlafen und die ganze Beziehung in Frage zu stellen, nur weil Klemens uns einmal vergessen hatte? War er nicht auch oft und oft imstande gewesen, uns zu vergessen, selbst wenn er hier war? War nicht ich es meistens, die sich ihm ins Gedächtnis bohrte, indem ich es nicht zuließ, daß er in der Zeit, in der er mit mir zusammen war, in Gedanken immer wieder ausscherte? Hatte ich aber nicht auch schon mit der Vorstellung gespielt, ihn einfach zu lassen, um zu sehen, wie weit er von uns abtrieb, um es ihm dann anhand seiner eigenen Geistesabwesenheit stichhaltig zu beweisen?

Gegen halb sieben läutete das Telefon. Da ich daneben saß, brauchte ich nur danach zu greifen.

Du bist schon auf? fragte Klemens.

Ja, sagte ich, schon lange.

Er schwieg einen Moment. Es tut mir leid wegen gestern abend. Dann schwieg er wieder.

Warum bist du nicht gekommen? Ich versuchte, so gleichgültig wie möglich zu klingen. Hast du es vergessen?

Ich werde es dir erklären, wenn ich wieder zurück bin.

Ich will es aber jetzt wissen.

Amy, bitte, ich muß zum Flughafen.

Zum Flughafen?

Habe ich dir nicht gesagt, daß ich für ein paar Tage weg muß?

Jetzt war ich es, die schwieg.

Bist du noch da?

Kai mußte das einmalige Klingeln des Telefons doch gehört haben, denn er kam jetzt, mit seinem Krokodil im Arm, in mein Zimmer.

Wer ist es, kann ich auch telefonieren?

Hallo, Amy, bist du noch da?

Ist es Papa? Kai riß mir den Hörer aus der Hand und redete hinein. Papa?

Ich ließ ihm den Hörer, und das übliche Gespräch lief ab. Ja, ich hab gut geschlafen. Pause. Wann kommst du? Pause.

Bringst du mir auch etwas mit? Pause. Ich freu mich schon darauf.

Dann hielt ich den Hörer wieder in der Hand, und Kai zog ab in die Küche.

Ich erkläre dir alles, wenn ich wieder zurück bin.

Ich möchte, daß du es mir jetzt erklärst, wenn es schon etwas zu erklären gibt.

Das geht nicht.

Klemens, bitte, komm vorbei, bevor du fliegst. Ich möchte dich sehen.

Meine Maschine fliegt um halb neun. Wenn ich jetzt losfahre, komme ich gerade noch zum Flughafen.

Nimm doch eine spätere Maschine.

Amy, du weißt, daß das nicht geht.

Gar nichts weiß ich.

Du wirst alles verstehen. In ein paar Tagen bin ich wieder da.

Ich legte den Hörer auf. Kai kam mit einer großen Flasche Saft aus der Küche und setzte sie an die Lippen, wie ein Bauarbeiter eine Flasche Bier.

Du sollst nicht aus der Flasche trinken, fuhr ich ihn an. Noch dazu, wenn du sie aus dem Kühlschrank holst. Dann hast du wieder Halsschmerzen.

Ich stand auf und nahm Kai die Flasche weg.

Wenn ich aber solchen Durst habe.

Dann wartest du gefälligst, bis ich Frühstück gemacht habe. Ich ging in die Küche, stellte die Flasche auf die Anrichte und setzte Teewasser auf. Und allein die Aussicht auf die nächsten Tage, in denen ich meinen eigenen Erklärungsversuchen ausgeliefert sein würde, machte mich krank.

Er hat sich einfach gedrückt und denkt, ich würde es mehrmals überschlafen haben, und aus der Distanz wäre dann alles leichter zu erklären. Wut und Traurigkeit würden nun einander ablösen, und die Zeit, die hinging, würde mich nur nervöser machen und keinesfalls verständnisvoller. Im Gegenteil, selbst wenn sich herausstellte, daß meine Angst unbegründet war, würde ich ihm die Angst nicht verzeihen können, der er mich ausgesetzt hat.

Ich nahm die Butter aus dem Eisschrank und fuhr mit dem Messer tief in sie hinein. Wenn er wenigstens irgend etwas gesagt hätte ...

Kai versucht mich richtig einzuspinnen. Kaum ist er zur Tür herein, hält er sich an meinem Gürtel fest, und sowie ich den Mädchen etwas zu essen und zu trinken gebracht habe, zwängt er sich neben mich in den Stuhl, legt seine Arme um mich und fingert an meinem Kinn und an meinen Ohren herum. Die Zwillinge sind sofort in Kais Zimmer verschwunden und stellen die Eisenbahn auf.

Warum gehst du nicht zu ihnen? frage ich Kai. Ich stelle euch ein paar Brote und Saft ins Kinderzimmer.

Weil ich den ganzen Tag mit ihnen gespielt habe. Und er schmust an mir herum, als hätte er mich wochenlang nicht gesehen.

Ich schiebe Rosa und ihrer Freundin Pembe den Teller hin. Was habt ihr den ganzen Tag gemacht? frage ich Kai, um den Mädchen Zeit zum Essen zu lassen.

Ach, nichts. Und dann, als ich ihn noch immer anschaue, gespielt und Geschichten erzählt und gegessen und getrunken ... und dann ist Herwater gekommen, und dann haben sie nur mehr geredet.

Rosa schaut auf und ihr Blick trifft Kai, obwohl er versucht, ihn nicht zur Kenntnis zu nehmen.

Hau jetzt ab, sagt sie zu Kai. Deine Mutter hat dir schon lange gesagt, daß du zu Erol und Oktay rübergehen sollst. Und ich traue meinen Augen nicht, aber Kai klettert von meinem Schoß herunter und geht ins andere Zimmer, allerdings nicht ohne die Tür weit offen zu lassen.

Herwater? Wie geht es ihm? Ich benütze die Gelegenheit, über ihn reden zu können.

Ach, sagt Rosa, so oft kommt er gar nicht. Nur wenn er einmal früher Schluß macht und noch durch den Park geht.

Ich sehe, wie Pembe den Blick senkt und sich ein Lachen verbeißt.

Was macht ihr wirklich so den ganzen Tag? Bleibt ihr immer im Stadtpark?

Das ist am billigsten. Da gibt es nur Eis und etwas zu trinken, aber keine Schiffsschaukeln und keine Karussells oder Grottenbahnen.

Aber irgend etwas müßt ihr doch tun, zumindest mit den Kindern.

Ach, Rosa zuckt die Achseln, die finden sich schon was. Kai geht manchmal in die Sandkiste oder auf den Kinderspielplatz. Und die Zwillinge helfen ihm, damit er einen Platz auf der Schaukel kriegt.

Und ihr?

Wir denken uns Geschichten aus über die Leute, die auch im Stadtpark sind. Wer sie sein könnten und wie sie gern leben möchten, sagt Pembe.

Zuerst richten wir sie gründlich aus, redet Rosa weiter, und dann legen wir uns noch zurecht, was sie unserer Meinung nach tun sollten. Und wenn wir dann den ganzen Stadtpark mit verrückten Typen vollgestopft haben, ergibt sich schon wieder was.

Manchmal sind die Leute, die wir kennenlernen, noch viel verrückter, als wir gedacht haben, sagt Pembe.

Aber mehr ist aus den beiden nicht rauszuholen. Sie zucken die Achseln, kichern oder stellen sich so, als verstünden sie nicht recht, was ich meine.

Soweit ich Rosa kenne, weiß ich, daß sie eine Menge gesehen hat. Ihre Eltern scheinen sich – so sie sie überhaupt wahrnehmen – auf sie zu verlassen wie auf eine Erwachsene. Und ihre türkische Freundin hat auch schon das hinter sich, was man ein Schicksal nennen könnte. Ich kann mir gar nicht vorstellen, daß sie sich mit so harmlosen Spielen die Zeit vertreiben. Oder sind diese Spiele gar nicht so harmlos? Als Rosa mir zum erstenmal von Pembe erzählt hatte, sagte sie, weißt du, ich kann es gar nicht fassen, wie gut die Deutsch spricht. Sie hatten sich beim Einkaufen auf dem Markt kennengelernt. Rosa wollte eine Melone kaufen, aber gerade als sie nach einer, die ihr besonders schön vorkam, griff, spürte sie, wie sie jemand am Ärmel zupfte und ihr zuflüsterte, die nicht.

Welche denn? hatte Rosa gefragt.

Pembe griff nach einer anderen, drückte – während die Marktfrau gerade wegsah – ein wenig daran herum und sagte dann, diese kannst du nehmen.

So waren sie miteinander ins Gespräch gekommen. Und während sie so redeten und redeten, waren sie etwa siebzehnmal zwischen den Marktständen auf und ab gegangen, trotz der Einkaufstaschen, die ihnen schwer in den Armen hingen.

Hast du nicht Lust, auf einen Sprung zu mir hinaufzukommen, hatte Rosa Pembe gefragt, als sie beide schon nicht mehr konnten. Ich wohne ganz in der Nähe. Wir könnten uns ein bißchen ausruhen und weiterreden.

Und Pembe hatte geantwortet, gern, aber ich kann nicht, weil mein Vater zu Hause ist und meine Mutter auf die Sachen wartet.

Das war an einem Samstag gewesen. Am Sonntag hatten sie sich wieder getroffen. Pembe hatte ihre beiden Brüder mit, und Rosa hatte Kai für den Vormittag geholt. So waren sie zum erstenmal mitsammen in den Stadtpark gegangen. Von da an gehen sie, wann immer sie *Kinderdienst* haben, besonders während der Schulferien, dorthin. Sie teilen auch das Geld, das ich Rosa fürs Babysitten gebe. Und Kai geht lieber mit den Mädchen als in den Kindergarten.

Wenn du wüßtest, wie sie wohnen, hat Rosa mir bald darauf erzählt. Es heißt Tiefparterre, aber in Wirklichkeit ist es ein Keller. Damit man die nassen Flecken nicht sieht, haben sie überall Tücher an die Wand gehängt. Es gibt eine Menge Kissen und kleine Tischchen, und überall liegen Deckchen darauf, sogar auf dem Radio. Und darauf stehen Plastikvasen mit Plastikblumen, und an den Fenstern stehen auch Plastikblumen, weil die natürlichen sich nicht halten. Dafür gibt es jede Menge zu essen und Tee. Wann immer du den Kopf drehst, hält dir jemand einen Teller voll mit irgendwas hin. Ihre Mutter arbeitet in einer Änderungsschneiderei und ihr Vater auf dem Bau. Der Vater ging auch bald weg, um sich mit Freunden zu treffen. Die Zwillinge gingen alleine spielen, und wir saßen stundenlang mit Pembes Mutter zusammen. Zuerst entschuldigte sie sich dauernd wegen der Wohnung, aber dann mußte sie manchmal richtig lachen, wenn sie Pembe und mir zuhörte. Zwischendurch sagte sie immer, wir sollten essen, damit wir richtige Brüste bekämen, und später fing sie selber an zu erzählen. Und obwohl sie schlecht spricht und Pembe ihr immer wieder aushelfen muß, habe ich ihr gern zugehört. Sie erzählte von ihrer Hochzeit in dem Dorf und wie sie zum erstenmal Pembes Vater gesehen hat, nämlich als den Mann, den sie heiraten würde, denn vom Sehen aus kannte sie ihn schon wie alle anderen Leute im Dorf auch. Und als ich dann endlich ging, küßte Pembes Mutter mich auf beide Wangen und sagte, ich solle recht bald wiederkommen.

Ich beneide diese beiden Mädchen. Ich beneide sie um das Ausmaß ihrer Freundschaft, um – ich scheue mich vor dem Wort – ihre Zweisamkeit.

Rosa, die für ihre Eltern Essen herbeischafft, Pembe, die für ihre Eltern spricht. Rosa, seit früher Kindheit so gut wie ausgesetzt, Pembe, als Kind hier gestrandet. Beide haben überlebt, ohne dabei stumm zu werden. In diese Art von Zuneigung würde ich Kai gerne einmal entlassen. Die Selbstverständlichkeit, mit der diese beiden Mädchen miteinander und mit den Kindern in Liebe umgehen, zieht mich zu ihnen hin. Vielleicht sind sie besser vorbereitet auf das, was an Gefühlen auf sie zukommen wird, und auf die Anforderungen, die diese Gefühle an sie stellen.

Raushalten geht nicht, hat Pola gesagt. Wenn man sich nicht raushalten kann, muß man tiefer hineingehen. Sich üben in den Gefühlen, von Anfang an. Die Liebe an allen Ecken und Enden zulassen. Nicht an ihre Einmaligkeit glauben, nur an ihre Möglichkeiten. Üben, üben, üben, um sie ertragen zu können.

Wenn man es nur lernen könnte, die Eitelkeit abzuschaffen, den Stolz und die daraus entstehende Verletzlichkeit. Warum ist es so schwer, Gefühle als etwas Organisches zu sehen, das zunimmt und abnimmt, ohne daß dabei von Schuld gesprochen werden muß?

Echte Symbiosen sind von langer Hand vorbereitet und finden nur zwischen besonders dafür deformierten Lebewesen statt. Nur der absolute Mangel fordert die Konkurrenz nicht heraus. Oder sollten wir uns besser Klarheit über unsere Defekte verschaffen, um an der richtigen Stelle zusammenzuwachsen?

Kai hat das Kleid als Schürze verwendet, und jetzt ist es fleckig.

Wie du aussiehst, sagt Rosa gelassen.

Kai betrachtet ihre Finger und versucht das Zeug, das an ihnen klebt, ins Kleid zu wischen.

Geh dich waschen, sagt Rosa, noch immer gelassen, wenn auch mit leicht drohendem Unterton.

Kai trottet, vor sich hinsummend, zum nächsten Hydranten. Dort steht eine Großmutter über ihre Enkelin gebeugt und redet und redet.

So ein liebes Mäderl, und so dreckig sein ... wo gibt es denn so etwas. Ist ja zum Schämen mit dir. Da hat die Mama so ein schönes Kleid gekauft, und was macht die Lintschi, anpatzen von oben bis unten. Dabei hat die Oma doch gesagt, daß der Gupf von dem Eis herunterfallen wird. Wenn man schon so einen großen Gupf haben will, muß man auch stehenbleiben, bis man das Oberste runtergeschleckt hat. Wenn man aber laufen muß, ist es klar, daß der Gupf runterfällt. Ist doch logisch. Da, schau dich an, alle drei Sorten, Schoko – Vanille – Himbeer ... alle drei picken auf dem Kleiderl, das die Mama gestern gekauft hat.

Lintschi schluchzt leise vor sich hin, die leere Eistüte in der Hand, während die Großmutter das Taschentuch unter dem Strahl des Hydranten auswindet.

Heul nicht, sonst verschmierst dir mit den Tränen auch noch das ganze Gesicht. Den Mund muß ich dir sowieso noch abwischen. Schmeiß doch endlich das Stanitzel weg. Ist ja nichts mehr drinnen. Und das Stanitzel allein ist nur ungesund. Überhaupt, die ganze Eisesserei ist völlig ungesund. Damit verpickt man sich nur den Magen, und frieren tut es einen obendrein.

Kai hat interessiert zugehört, doch nun, als die fremde Großmutter mit ihrer Ribbelei und Wischerei zu einem Ende kommt, geht Kai automatisch einen Schritt zurück. Aber zu spät. Schon hat die fremde Großmutter sich umgedreht und Kai erblickt. Ist das die Möglichkeit? Da ist ja noch so ein liebes Mäderl mit einem hübschen Kleid, das dreckig ist, und wie dreckig.

Und schon packt die fremde Großmutter Kai an den Schultern, stellt sie vor den Hydranten und rollt das frisch ausgewrungene Taschentuch unterm Strahl aus, als Kai zu zappeln anfängt.

Laß mich los, schreit sie, ich will mich alleine waschen. Geh weg.

So schnell gibt die fremde Großmutter nicht auf.

Laß mich los, oder ich beiße, schreit Kai.

Das werden wir sehen, sagt die fremde Großmutter, das hüpfst du mir vor.

Achtung, sagt Kai, fair wie ein Degenfechter.

Das haben wir gleich, sagt die fremde Großmutter, dann gipft ihr die Stimme über, während Kai die Gelegenheit benützt und ihrer erstarrten Hand entwischt.

Das ist die Höhe, also das ist wirklich die Höhe. Beißt mich der Fratz leibhaftig in den Finger. Sie hält sich die Hand vor die Augen und untersucht sie ungläubig.

Und Sie können gar nichts dagegen machen, schaltet sich eine Frau in Sporthosen ein, die einem dicken Zwölfjährigen einen Fleck aus der Hose reibt. Wenn es nicht Ihr Kind ist, und wenn Sie nicht erziehungsberechtigt sind, können Sie gar nichts machen.

Ich könnte schon, sagt die fremde Großmutter, die langsam wie aus einer Trance zurückkommt. Ich könnte mir jetzt dieses Kind schnappen und ihm links und rechts eine runterhauen.

Sie wissen hoffentlich, wessen Sie sich dabei schuldig machen?

Gar nichts weiß ich, nur so viel, daß ich und meine Kinder und Enkelkinder in so einem Fall eine erfragt hätten.

Was heißt das, eine erfragt haben? fragt Lintschi mit einem zufriedenen Gesicht, das die Behandlung mit dem Taschentuch schon vergessen hat.

Wenn man eine gepanscht bekommt.

Und aus was ist die gepanscht, die man dann gepanscht bekommt?

Aus einem Packl Hausdätschen und ein paar Gerüttelten vom Watschenbaum.

Heutzutage nennt man das Kindesmißhandlung, liebe Frau, sagt die Frau in den Sporthosen, und da finden Sie einmal einen Richter, der Ihnen da einen Affekt zugesteht oder mildernde Umstände. Heutzutage muß man sich das alles in den eigenen vier Wänden regeln, wenn man nicht auch noch draufzahlen will. Sie hält sich die Hand so an den Mund, daß nur die fremde Großmutter es hören soll. Sie werden lachen, aber ich watsch mir meinen langen Lulatsch – sie hat den Zwölfjährigen mit der nassen Hose ziehen lassen – bei zugezogenen Vorhängen her, wenn er es wieder einmal nötig hat. Es genügt nämlich, wenn ein Nachbar etwas sieht und Sie anzeigt. Eine Idiotie das Ganze. Unsereiner, der sich wirklich kümmert um ein Kind, soll auf einmal alles falsch machen, und die anderen, die sich überhaupt nicht darum scheren, das sollen die Gescheiten sein? Das ist mir zu hoch. Aber ich bin nicht blöd. Im Falle eines Falles sind bei uns die Vorhänge zu.

Na ja, sagt die fremde Großmutter und leckt sich den

Finger, in den Kai gebissen hat, man versteht halt die Welt nicht mehr.

Kai hat sich in sicherer Entfernung ins Gras gesetzt und hört zu. Als sie merkt, daß die fremde Großmutter mit ihrer Enkelin davongeht, ruft sie ihnen nach, ich hab ja gesagt, daß ich beißen werde. Dreimal hab ich es gesagt.

Ist gar nicht wahr, ruft Lintschi. Nur zweimal. Beim drittenmal hätt sie dir's nämlich geglaubt.

Schade, sagt Kai.

Das kommt davon, weil du nicht bis drei zählen kannst.

Kai schaut an sich hinunter, begutachtet die nackten Knie und sagt dann, das kommt davon, weil ich so ein blödes Kleid anhab.

Ich geh mich schatten. Kai hockt sich hinter einen japanischen Zierstrauch.

Ein Ohrenschliefer ... Kennst du mich noch? Ich bin der Kai Stern. Du bist doch mein Freund, mein bester Freund.

Oktay setzt sich zu Kai. Der beißt ...

Mich nicht. Der kann gar nicht beißen. Schau, wie er über meine Finger krabbelt.

Da wimmelt es ja nur so, sagt Erol, der dazugekommen ist. Ein noch primaner Ohrenschliefer. Kai hält Oktay den Arm hin, auf dem nun zwei Ohrenschliefer entlangklettern.

Rosa hat das Gesicht der Sonne zugekehrt. Ihre Nase kräuselt sich in leisem Ekel, aber sie läßt die Augen geschlossen. Auf ihrem Kinn haben sich Schweißtröpfchen gebildet.

Kai, sagt sie ein wenig teilnahmslos, du sollst dich nicht immer ins Gras setzen, dein Kleid wird grün.

Grün, Grün, Grün ist meine liebste Farbe.
Grün, grün, grün ist alles, was ich habe.
Darum lieb ich alles, was so grün ist,
weil mein Schatz ein Eichen-Laubfrosch ist.

Eichen weichen Teichen ... Erol dirigiert mit dem Zeigefinger.

Buchen suchen Kuchen ... Kai schaut auf.

Tannen bannen Kannen,

Fichten dichten Nichten,

Neffen treffen Steffen. Und dann fährt Oktay fort, doch Steffen dieser kluge Mann,

fragt sich, was geht mich das an?

Hört auf mit dem Zeug, sagt Pembe, da kommt einem ja alles durcheinander.

Hunger, sagt Kai.

Durst, sagen Erol und Oktay.

Pembe steht auf. Heute gibt es eine Überraschung.

Keine Unterraschung? fragt Kai.

Ärgere sie nicht, sagt Oktay, sonst gibt es gar nichts.

Was für eine Überraschung? fragt Rosa. Hat jemand Geburtstag?

Ich. Pembe blickt zu Boden.

Selber schuld. Wenn du was gesagt hättest, hättest du ein Geschenk bekommen. Statt dessen willst du uns überraschen.

Womit?

Picknick. Wir machen ein richtiges Picknick. Mit Tee und Essen und allem.

Ein Picknick? Darauf muß man kommen.

Erol, Oktay ... Pembe klatscht in die Hände. Wir sind gleich wieder da. Ich habe alles vorbereitet, wir müssen es nur noch holen.

Sollen wir helfen?

Nein. Mit Erol und Oktay geht das gut. Und sie haben es sehr eilig. Wir wohnen ja nicht weit, sagt Pembe. Und schon sind sie verschwunden.

Kai setzt sich auf Rosas Schoß. Der Schatten eines Lebensbaumes fällt über beide, und Rosa versucht Kai zu schneuzen.

In diesem Augenblick kommt eine Gruppe amerikanischer Touristinnen durch den Park, aus der sich eine auf eine Weise abhebt, daß selbst Rosa sich vorbeugt, um besser sehen zu können.

Es ist eine weißhäutige, schlanke Frau mit glührotem Haar, in einem roten Kleid, in roten Schuhen und mit einer roten Tasche. Selbst ihre Lippen und die Clips an ihren Ohren sind von besessener Röte. Die Frau ragt etwas unter den anderen hervor, denn ihre Absätze sind hoch und dünn, und ihre Schritte lösen eine schlängelnde Bewegung aus, die sich von den Beinen bis zu den Schultern und dem Hals hin fortsetzt.

Kai hat sich ganz an Rosa gedrückt und flüstert ihr ins Ohr, glaubst du, das ist eine Hexe?

Rosa antwortet nicht gleich. Dann schüttelt sie den Kopf, und beide schauen der Frau nach, bis sie mitsamt ihrer Gruppe verschwunden ist.

Ist eine Hexe ein Hirngespenst? fragt Kai.

Das heißt Hirngespinst.

Wieso Gespinst, wenn es ein Gespenst ist?

Es ist aber kein Gespenst, sondern ein Gespinst. Wenn ein Kind spinnt, nennt man das, was es spinnt, ein Hirngespinst.

Kai seufzt. Ich tät so gern die Geschichte von der Spinne, die ein Gespenst ist, hören.

Wovor fürchtest du dich mehr, vor einer Spinne oder vor einem Gespenst?

Ich bin mir nicht sicher, und darum möchte ich gern eine Geschichte hören, in der die Spinne ein Gespenst ist und das Gespenst eine Spinne.

Du glaubst, daß du dich dann weniger fürchtest?

Vielleicht, sagt Kai, vielleicht frißt dann das eine das andere auf.

Als Pembe und ihre Brüder wiederkommen, sind sie mit einer Decke, einem Samowar und zwei vollen Körben bepackt.

Ihr habt ja den ganzen Hausrat mitgebracht. Rosa hilft Pembe die Decke über das kahle Rasenstück breiten.

Holt Wasser, befiehlt Pembe ihren beiden Brüdern und schickt sie mit einer Kanne zum Hydranten.

Kai hat inzwischen aus einem der Körbe ein Stück Brot gefischt, aber Pembe herrscht sie an, laß das, du mußt warten, bis wir alle beisammen sind.

Inzwischen hat Pembe den Samowar aufgestellt und versucht nun, die Holzkohle, die sie Stück für Stück untergelegt hat, zum Brennen zu bringen. Sie fächelt den kleinen Flämmchen mit einer Zeitung Luft zu, bläst auch ab und zu hinein und füllt dann das von Erol und Oktay angeschleppte Wasser in die Samowar-Kanne.

Alle sitzen nun auf der Decke, wie junge Hunde, denen der Speichel fließt, den Blick auf die beiden Körbe gerichtet. Als das Feuer nun auch ohne Pembes Hilfe weiterglimmt, wendet sie sich den Körben zu und beginnt mit würdigen Bewegungen, das Essen auszupacken.

Pembe hat sogar Plastikteller und bunte Papierservietten mitgebracht. Zuerst bekommt jeder ein paar Fladenbrote, die hat unsere Mutter gebacken. Ihr könnt sie an Stelle von Löffel und Gabel benutzen, wenn ihr ein Stück abreißt, es um die Speisen wickelt und einen Bissen daraus macht. Ein kleiner Karton mit Würfelzucker kommt zum Vorschein und ausgewaschene Senfgläser für den Tee.

Die restlichen Plastikteller werden mit Gurkenscheiben belegt und mit schwarzen Oliven, mit Paradeiservierteln und Schnitten von weißem Käse, mit Melonenscheiben und Pfirsichhälften. Dazu kommen Teller mit Pasteten, die mit Käse und Kräutern gefüllt sind, und viele kleine Hirsekuchen. Es ist, als würden die Kinder vor einer sich biegenden Tafel sitzen, so hat Pembe das Mitgebrachte vor ihnen ausgebreitet. Als sie die großen Augen von Kai und Rosa sieht, sagt sie, ihr könnt von allem noch haben! Ich will es nur nicht gleich auspacken, sonst wird es welk.

Darf ich, fragt Kai, mit einem Gurkenstück in der Hand, von dem ein Tropfen Saft läuft.

Pembe murmelt etwas, das Kai und Rosa nicht verstehen, das aber etwas mit Allah zu tun hat. Dann sagt sie beinah inbrünstig, bitte, bedient euch.

Es ist weniger ein Essen als ein Schwelgen, was nun folgt. Erol und Oktay sitzen mit verschränkten Beinen und nacktem Oberkörper. Kai hat das Kleid bis zum Nabel offen, und die beiden Mädchen haben sich die Blusenknöpfe, so weit es geht, aufgemacht.

Es ist Mittag, und der Park ist beinahe leer. Die Vormittagsbesucher sind zum Essen nach Hause gegangen, und die Sekretärinnen, die die einstündige Mittagspause dazu verwenden, die Urlaubsbräune aufzufrischen, indem sie ihr Gesicht der Sonne hinhalten oder sich vorbräunen lassen, um nicht käseweiß in den Urlaub zu gehen, setzen sich auf die Bänke gleich neben dem Teich, da das Wasser das Licht reflektiert und seine Wirkung verstärkt.

Dafür hast du wohl dein ganzes Taschengeld ausgegeben? Rosa beißt in eine der Blätterteigpasteten.

Taschengeld, was ist das?

Sag bloß, du weißt nicht, was Taschengeld ist.

Den Ausdruck kenne ich schon, nur bei uns gibt es keines.

Sie hat unserem Vater erklärt, was Geburtstaghaben bedeutet und daß man sich da etwas wünschen kann. Und nachdem sie es ihm lange genug erklärt hat, hat er ihr doch etwas Geld gegeben. Das mit dem Picknick hat ihm eingeleuchtet, und daß man an seinem Geburtstag Freunde einlädt.

Auf einmal steht die alte Dame im Leinenkostüm mit

Strohhut und Spazierstocksonnenschirm vor den Kindern. Gemütlich, höchst gemütlich, sagt sie wohlwollend und deutet mit der Spazierstocksonnenschirmspitze auf den Samowar.

Glaubst du, sollen wir die Herzogin einladen? fragt Pembe flüsternd.

Versuch es, flüstert Rosa zurück.

Bitteschön! Pembe deutet auf das Mitgebrachte.

Vielen Dank, sagt die Herzogin und setzt sich auf die Bank. Ein Täßchen Tee würde meinem Blutdruck gute Dienste erweisen.

Zu essen? Pembe nimmt einen kleinen Plastikteller.

Die Herzogin zieht die Handschuhe aus und schaut sich prüfend um. Ich denke, sagt sie zögernd, wie um sich keine der Köstlichkeiten entgehen zu lassen, ich denke, ich werde vorerst eine Gurkenscheibe, dann ein Stückchen Pastete und zum Dessert ein Melonenschnittchen nehmen.

Pembe schichtet das Gewünschte, jeweils durch ein Stück Papierserviette getrennt, auf den Teller und reicht ihn der Herzogin. Dazu legt sie die einzige vorhandene Gabel, mit der sie die Speisen auf die Plastikteller verteilt hat, somit respektierend, daß die Herzogin kein Brot möchte.

Und den Tee, fragt Pembe, goldgelb, nußbraun oder schwarz?

Was den Tee betrifft, würde ich lichtes Nußbraun vorziehen, mit einem halben Würfel Zucker, wenn das möglich ist.

Pembe mischt die Tee-Essenz mit dem kochenden Wasser im richtigen Verhältnis. Die Herzogin nimmt das Senfglas in die Hand und meint, es eingehend betrachtend, sehr hübsch, ausgesprochen rustikal, aber sehr hübsch.

Was ist rustikal? fragt Oktay mißtrauisch.

Die Herzogin blickt auf, dann sagt sie, ländlich, mein Kind. Sozusagen ländlich.

Das ist, meint Erol, weil wir vom Land kommen. Erstens von einem anderen und zweitens aus einem Dorf.

Wie interessant, sagt die Herzogin. Auch ich habe den größten Teil meiner Kindheit auf dem Dorf verbracht.

Wie viele Schafe und Kühe hat Ihr Vater denn gehabt?

Das kann ich nicht mehr so genau sagen, aber vielleicht fällt es mir noch ein. Ich weiß nur, daß ich einmal zum Geburtstag ein Lämmchen mit einer blauen seidenen Schleife und einem Glöckchen bekommen habe.

Geburtstag, ruft Oktay aufgeregt, meine Schwester hat nämlich auch Geburtstag.

Oh! Die Herzogin stellt das leere Teeglas neben sich. Da gratuliere ich aber aufs herzlichste. Sie reicht Pembe die Hand und schüttelt sie mehrmals. Dann beginnt sie in ihrer Handtasche herumzusuchen. Ich war leider auf dieses Geburtstagsfest nicht vorbereitet, aber vielleicht kann ich dir damit eine Freude machen. Die Herzogin nimmt ihre Puderdose, wischt den Spiegel blank, um noch einmal hineinzusehen, und gibt sie Pembe.

Pembes Gesicht wird rot. Sie greift nach der Puderdose, dreht sie bewundernd in der Hand, gibt sie dann aber zurück.

Gefällt sie dir nicht? Du hast recht, es ist eine Puderdose, die mehr zu älteren Damen paßt.

O nein, sagt Pembe, sie gefällt mir sehr. Aber ich möchte sie nicht behalten. Meine Eltern würden es nicht erlauben, daß ich sie annehme.

Ich verstehe. Die Herzogin wiegt bedeutungsvoll den Kopf. Ich werde darüber nachdenken und dir ein Geschenk mit der Post schicken. Ich möchte dir einfach eine Freude machen.

Sie sind mein Gast, sagt Pembe, und das freut mich sowieso.

Das ist Herwater, Rosa deutet auf einen etwa dreißigjährigen Mann im Jeans-Anzug.

Die Herzogin streckt ihm den Handrücken entgegen, und Herwater küßt ihn, während er sich verbeugt. Sein schwarzes Haar, das bis zur Schulter reicht, macht die Bewegung mit, fällt nach vorn und hängt dann wieder gerade am Hals herunter, als Herwater sich aufgerichtet hat.

Herwater ..., wiederholt die Herzogin.

Ingenieur, sagt Herwater, bei den Wasserwerken.

Nein, nein ..., die Herzogin schüttelt den Kopf. Ich meine den Namen. Ihre Eltern ...

Sind beide tot. Aber es ist schon möglich, daß Sie sie gekannt haben.

Richtig, der skandalöse Doppelselbstmord, der nie geklärt worden ist. Es ging, soviel ich weiß, um Vermögenswerte ... und danach stellte sich heraus, daß das Vermögen doch da war. Die Herzogin versinkt in der momentanen Erinnerung, dann fragt sie:

Haben Sie Geschwister?

Herwater schüttelt den Kopf.

Dann haben Sie alles allein geerbt. Phantastisch. Gleich darauf schämt sich die Herzogin ihrer Begeisterung und sagt leise und verständnisinnig, und Sie haben es innerhalb von ein paar Jahren durchgebracht ...

Herwater lacht. Nicht ganz. Ich habe es umgewidmet.

Umgewidmet? Aber junger Mann, was machen Sie, wenn Sie einmal Familie haben?

Meine Interessen liegen in einer anderen Richtung. Herwater macht noch eine Verbeugung.

Die Herzogin zieht die Nase kraus. Kein Mensch will die Familie mehr auf sich nehmen. Sehr traurig. Personal gibt es auch keines mehr. Was bleibt dann den Kindern schon anderes übrig, als sich zusammenzurotten?

Sie haben recht. Herwater nickt. Zu meiner Entschuldigung kann ich nur vorbringen, daß ich mich nebenberuflich als ambulanter Kinderbetreuer betätige. Herwater hat Kai auf den Arm genommen und zupft ihr das Kleid zurecht.

Ach du, sagt Kai, sich an Herwaters Kopf festhaltend, gib bloß acht, daß dich mein Krokodil nicht erwischt, wenn du wieder durch den Kanal latschst.

Ambulanter Kinderbetreuer, wiederholt die Herzogin, hübsch gesagt. Aber, Sie entschuldigen, was bringt es?

Abwechslung. Ich würde sogar weitergehen, Unterhaltung.

Für beide Teile?

Im Idealfall, ja.

Unterhaltung, gut. Die Herzogin tupft sich mit einem Taschentuch die Nase. Aber was ist mit dem Unterhalt?

Bis auf mehrmals Eis im Sommer und Maroni im Winter so gut wie nichts, sagt Herwater.

Das habe ich mir gedacht. Also was macht man in diesem Fall? Wie ich sehe, sind Sie durchaus nicht abgeneigt, Ihren Beitrag zu leisten.

Welchen Beitrag? fragt Rosa.

Seinen Beitrag zur Aufrechterhaltung der Gesellschaft.

Welcher Gesellschaft? Herwater blickt auf.

Die Herzogin lacht. Ich bin kein Esel, daß ich auf dieses Eis mit Ihnen tanzen ginge. Unter Gesellschaft verstehe ich die Menschen rundum, die *menschliche* Gesellschaft. Ich unterscheide höchstens noch zwischen guter und schlechter Gesellschaft.

Das ist klassenbedingt, aber durchaus verständlich, meint Herwater.

Machen wir mit Ihnen weiter. Also bisher kein Unterhalt, nur Unterhaltung. Das reicht nicht.

Herwater denkt nach. Wie wäre es mit Unterweisung? Auch der Kopf braucht einen Unterhalt. Unterhalt durch Unterweisung.

Daß Worte nahrhaft sind, will ich nicht bestreiten. Ich frage mich nur, nach welcher Maßeinheit ihr Nährwert zu berechnen wäre.

Vielleicht nach Saatguteinheiten.

Wenn aber nicht alles aufgeht?

Übernehme ich eine Ausfallshaftung. Wenn die tauben Böden feststehen, werde ich den Verlust durch eine Überweisung decken.

Ich kann Ihre Worte für bare Münze nehmen?

In frei konvertierbarer Währung.

Was ist das? fragt Pembe. Sie hält Herwater ein gefülltes Teeglas hin und deutet einladend auf die Reste des Mahls.

Geld. Alles dreht sich ums Geld. Herwater nimmt einen Schluck von dem Tee.

Nein, nicht alles. Sie beleidigen mich. Pembe legt schützend die Hände über das restliche Essen. Hier dreht sich's um Gastfreundschaft.

Natürlich, sagt Herwater beschwichtigend. Aber ohne Geld hättest du nichts einkaufen können. Gewiß hast du zuerst mit deiner Mutter und dann mit deinem Vater geredet und bist ein paarmal um sie herumgegangen, bis du das Geld hattest.

Also hast du dich ums Geld gedreht, sagt Kai zu Pembe. Verstehst du?

Sie wollen also Ihre Unterweisung im Bedarfsfall durch eine Überweisung abstützen? Die Herzogin läßt nicht locker.

Wörtlich gesehen.

Bildlich gesprochen, schieben Sie die Verantwortung auf.

Ich halte es für klüger, an Hand von Ergebnissen zu diskutieren.

Sie halten sich für richtungweisend, sagt die Herzogin. Jetzt habe ich Sie nämlich ertappt.

Wenn Sie das Wort Richtung nicht zu schmal nehmen wollen …

Sie glauben, daß dieser Anspruch Ihnen zum Durchbruch verhelfen wird?

Mag sein.

Da bin ich skeptisch. Auf Grund meiner generationenlangen Erfahrung wage ich zu sagen, daß auch Sie der Gefahr unterliegen werden.

Welcher Gefahr?

Den Nährwert der Wörter zu überschätzen. Die Wahrheit ist geizig mit ihren Körnern, und ihr die Ehre zu geben heißt, daß man selbst nichts mehr hat, um sich zuzudecken.

Rosa hat die Beine übereinander geschlagen. Sie sitzt, den Rücken gegen die Füße der Bank gelehnt, und beobachtet Herwater. Pembe, die Rosas Teeglas neu gefüllt hat, stupst sie am Arm.

Liebe macht durstig, flüstert sie kichernd. Rosas Haar flackert ungeduldig auf, und der Widerschein färbt einen Augenblick lang ihr Gesicht.

Erol und Oktay knabbern an Sonnenblumenkernen, die sie geschickt mit den Zähnen knacken, wobei sie den Kern mit der Zunge unter die Zähne schieben und die Schalen ausspucken, so daß sich vor jedem von ihnen bereits ein ansehnliches Häufchen türmt.

Verstehst du das? fragt Oktay.

Erol schüttelt den Kopf.

Ich habe schon fünf Stück von der Pastete gegessen, und ich könnte noch immer.

Erol greift nach einem Stück Pastete und legt es seinem Bruder auf den Teller.

Iß, sagt er, die anderen kommen vor Reden ohnehin nicht dazu.

Der frühe Nachmittag schiebt Wolken über den Himmel, und das ausstehende Gewitter verzögert sich. Die Luft ist schwül, doch die Sonne sticht nicht mehr. Viele scheinen sich auf den großen Regen eingestellt zu haben, der Park ist fast leer. Der Parkwächter zieht immer größere Kreise um die Gruppe und spießt argwöhnisch Papierstücke auf.

Passanten, die, ohne sich hinzusetzen, den Park durchqueren, weil sie von einem Stadtteil in den anderen wollen und den Parkweg als Abkürzung nehmen, gehen vorbei, ohne den Samowar und das Picknick auch nur zu bemerken.

Die Herzogin gähnt hinter der vorgehaltenen Hand und schaut auf die Uhr. So gesehen, ist mein Mittagsschlaf schon zur Hälfte vorbei.

Sie schlafen aber doch gar nicht, meint Pembe.

Eben. Wenn ich es schaffe, noch ein Stündchen wachzubleiben, dann ist der Mittagsschlaf vorbei, und ich bin ihn los.

Man kann eben seinen Mittagsschlaf nicht am späten Nachmittag halten, sagt Herwater.

So wie man in einem patriarchalischen System keine Selbständigkeit erlangen kann, weil man zu sehr abhängt, sagt Rosa, für Herwater bestimmt, obgleich sie ihn gar nicht ansieht.

Bestens, sagt Herwater. Ich sehe, meine Worte sind dir im Ohr geblieben. Er legt seine Hand auf ihr Knie, während er mit der anderen den letzten Bissen eines Hirsekuchens in den Mund steckt.

Und jetzt spielst du endlich mit uns, sagt Kai, die sich gegen Herwaters Beine gelehnt hat. Erol und Oktay rutschen aufmerksam näher, während Pembe die leeren Teller zusammenstellt und die Reste anders gruppiert.

Die Herzogin ist dabei, einzunicken. Noch zuckt sie von Zeit zu Zeit mit dem Kopf und versucht dem Schlaf durch besonders steife Sitzhaltung zu entgehen. Aber es ist sehr wahrscheinlich, daß sie ihm nicht entkommt.

Was spielen wir denn? Herwater zieht ein Mini-Yoyo aus der Tasche und läßt das Bällchen auf und nieder hopsen.

Was hast du sonst noch? fragt Kai, die ihm das Mini-Yoyo abgenommen hat und selbst damit spielt.

Herwater zieht eine Postkarte aus der Jackentasche, auf die das Gesicht eines Mannes im Profil gedruckt ist. Zwischen Aug und Oberlippe baumelt ein Kettchen, so daß man dem Mann immer wieder eine andere Nase machen kann, je nachdem, wie das Kettchen zu liegen kommt.

Schon sieht es so aus, als wären die Kinder beschäftigt, und Rosa versucht, Herwater auf sich aufmerksam zu machen. Aber gerade als sie zu einem wohlüberlegten, bedeutsamen Satz anhebt, fährt Kai dazwischen.

Wo ist denn das Spiel, das du uns neulich versprochen hast?

Welches Spiel? fragt Herwater scheinheilig.

Du wolltest selber eins erfinden, ein ganz kompliziertes.

Ach ja, das Spiel. Jetzt weiß ich, was mich beim Sitzen immer so drückt. Umständlich zieht er aus der von der Jeans-Jacke überdeckten Rückentasche eine schmale, längliche Kartonschachtel. Daraus kommt ein Blatt zum Vorschein, Würfel und Karten.

Also, sagt Herwater, was ihr hier auf dem Blatt seht, das ist die Welt.

Wieso die Welt? Erol schaut verständnislos auf den Würfelparcours.

Hier hast du einen Würfel. Damit kannst du dir alles erwürfeln, was auf der Welt nötig ist, um dich oder eine Pflanze oder ein Tier am Leben zu erhalten. Die Karten stellen alles mögliche dar, Lebewesen, Gewächse, Dinge.

Und wie gewinnt man?

Wenn man am höchsten würfelt und am schnellsten am Ziel ist?

Die Zeit spielt keine so große Rolle. Wichtig ist, daß du richtig fährst. Du mußt deine Karte *durchbringen.* Du darfst immer dreimal würfeln, dann kannst du zwischen den drei Würfen wählen. Du mußt darauf achten, dir eine Karte mit möglichst guten Umständen für die Karte, die du durchbringen mußt, zu erwürfeln. Wer am Schluß die meisten günstigen Umstände für seine Karte vorzeigen kann, der hat gewonnen.

Wie geht das Spiel wirklich? fragt Kai. Spiel es uns einmal vor.

Herwater zieht aus dem Stoß Karten eine heraus und zeigt sie. Ein *Baum.*

Die Kinder nicken. Und dann?

Herwater nimmt einen Würfel, würfelt dreimal und läßt die Kinder die Augenzahl ansagen, drei – fünf – sechs.

Bei drei steht *Luft.*

Braucht ein Baum Luft?

Klar, sagen die Kinder.

Bei fünf steht gar nichts. Ein neutraler Punkt, auf den ich mich mit meinem Baum zurückziehen könnte, wenn bei den anderen Karten nur ungünstige Umstände zur Auswahl stünden.

Bei sechs steht *Bewegung.*

Braucht mein Baum Bewegung?

Nein, sagen die Kinder.

Also werde ich für meinen *Baum Luft* nehmen. Herwater zieht aus dem anderen Kartenpaket eine Karte, auf der *Luft* steht. Und so geht das Spiel. Ihr könnt nur solche Karten nehmen, die für eure bestimmte Karte gut sind. Wenn ihr lauter negative Karten zieht, müßt ihr das geringere Übel wählen oder eine gute Karte abgeben, je nachdem, wie ihr euch entscheidet.

Gewonnen hat also, wer die meisten Karten hat? fragt Erol.

Nicht unbedingt. Gewonnen hat, wer die meisten günstigen Umstände für seine Karte erwürfelt hat. Allerdings kann man für die Karte *Kind* oder für die Karte *Panda-Bär* mehr günstige Umstände erwürfeln als für die Karte *Baum.* Wenn du also nur vier Umstände für die Karte *Baum* hast, die aber für den Baum optimal sind, hast du gewonnen, selbst wenn ein anderer sechs Umstände für die Karte *Kind* hat, er aber bei weitem nicht alle erforderlichen erwürfelt hat.

Gerecht ist das nicht, sagt Kai.

Das klingt so, aber beim Spielen stellt sich heraus, daß der, der am besten für seine spezielle Karte sorgt, eben auch der Gewinner sein muß. Außerdem ist es unwahrscheinlich, daß man bei jedem Spiel dieselbe Karte durchzubringen hat.

Wer bestimmt, welche Umstände für eine Karte die besten sind? schaltet sich Rosa ein.

Die Spieler. Wenn zum Beispiel ein Spieler mit der Karte *Mann* die Karte *Wasser* erwürfelt, ist nicht ganz klar, ob diese Karte für ihn optimal ist. Man kann dann sagen, daß das *Wasser* Trinkwasser bedeutet, dann braucht er es. Wenn es aber *schiffbares Wasser* ist, muß man sich darauf einigen, daß der Mann ein *Seemann* ist. Dann ist natürlich auch die Karte *Wind* für ihn gut, nicht mehr aber die Karte *Park.* Man kann annehmen, daß er auf See genügend frische *Luft* atmen kann.

Da kann ich mich jetzt schon aufs Schlichten einstellen, sagt Rosa, bei all den Streitereien, die dabei herauskommen werden.

Wer weiß. Herwater mischt die Karten und läßt jedes der Kinder eine ziehen.

Erol zieht eine *Kuh,* Oktay einen *Löwen,* Kai einen *Mann* und Herwater einen *Delphin.*

Rosa und Pembe haben zu tuscheln begonnen und schauen nur selten zu den Spielenden hin. Rosa zupft an einer Haarsträhne, die sie um den Finger legt, auszieht und dann auffächert, daß das Licht durch die einzelnen Haare fällt. Die Herzogin ist endgültig eingenickt, und ihr Kopf neigt sich immer mehr der linken Schulter zu.

Man hört das Geräusch des Würfels in der Pappendeckelschachtel und die Stimmen der Kinder, die laut erwägen, welche Bedingungen für sie günstig sind und welche nicht.

Bei uns gibt es ein Spiel, sagt Pembe, das aus kleinen Würfeln, weißen und schwarzen knopfgroßen Steinen, besteht, die in einer aufklappbaren Holzschachtel von der ersten Ecke in die vierte Ecke gebracht und von dort aus dem Spiel genommen werden müssen. Man spielt es mit zwei Würfeln, und gewonnen hat der, der als erster alle Steine aus seiner vierten Ecke herausgenommen hat. Es wird in Teehäusern gespielt, aus denen tagein, tagaus das Klirren der kleinen Würfel zu hören ist.

Wenn ein Freund meines Vaters zu Besuch kommt, spielen sie es bei uns zu Hause. Ich habe es noch nie eine Frau spielen sehen.

Vielleicht sollten wir beide es einmal spielen, sagt Rosa, du kannst es ja nächstes Mal mitbringen.

Pembe nickt. Alle Frauen wissen, wie es geht, weil sie es die Männer oft genug spielen sehen haben. Es ist gar nicht so schwierig. Du mußt dir nur ein paar Tricks merken, das ist alles, und eine gute Hand zum Würfeln haben.

Warst du denn je in einem Teehaus?

Nein. Es hat eines gegeben in dem Dorf, in dem wir gewohnt haben, und wenn die Sonne nicht allzu heiß schien, saßen die Männer auf blau bemalten Holzstühlen im Freien, ließen die Tespih-Perlen durch ihre Finger gleiten, tranken Tee und spielten das Spiel mit den weißen und schwarzen Steinen.

Hat es dir leid getan, daß du nicht in das Teehaus durftest?

Nein. Damals wäre mir das gar nicht aufgefallen, daß ich dort nicht reindurfte und auch nie reindürfen würde. Es war alles so selbstverständlich. Nicht verständlich. So weit dachte gar niemand, daß er es verstehen wollte. So war es, und so würde es sein, und es hatte keinen Sinn, sich darüber den Kopf zu zerbrechen.

Brauche ich nun *Natürlichen Dünger* für meinen *Löwen* oder nicht? fragt Oktay.

Ist dein *Löwe* Vegetarier? Herwater macht ein ernstes Gesicht.

Was ist das?

Einer, der nur pflanzliche Nahrung zu sich nimmt.

Bist du verrückt? Oder weißt du nicht, was ein Löwe ist?

Ich habe einmal in einer Zeitung das Bild von einem vegetarischen Löwen gesehen, der einen kleinen Wagen zog und seinem Besitzer die Milch austragen half.

Oktay pfeift verächtlich durch die Zähne. Mein *Löwe* ist ein Löwe, und er frißt wie ein Löwe.

Dann mußt du entweder auf einen neutralen Punkt gehen oder die Karte zusammen mit einer von deinen günstigen ablegen.

Ich habe aber keinen neutralen Punkt. Die beiden anderen Würfe sind gleich und gehen auf *Erdgas.* Wie soll ich da bloß meinen *Löwen* durchbringen?

Welchen Löwen? Die Herzogin fährt unvermutet aus dem Schlaf. Ihr Hut ist etwas zur Seite gerutscht, und sie greift nach ihrem Spazierstocksonnenschirm, um den eventuellen Löwen sofort einzuschüchtern.

Es geht um meinen *Löwen.* Wenn ich nicht bald was Ordentliches für ihn zu fressen kriege, werde ich ihn nicht durchbringen.

Ist er sehr groß? fragt die Herzogin mit höflicher Anteilnahme.

Groß genug, um eine ganze *Kuh* zu verschlingen, sagt Oktay mit einem Seitenblick auf seinen Bruder.

Das hättest du wohl gern, sagt Erol. Aber schau nur, ich hab *Pflanzliche Nahrung* gewürfelt, ätsch.

Eine *Kuh* ist auch viel leichter durchzubringen als ein *Löwe,* merk dir das, du Bauer.

Da hast du recht. Die Herzogin greift automatisch nach ihrer Puderdose und betupft sich die Nase. Das sagt übrigens auch Herr Le Blanc. Wir kennen uns seit einer Ewigkeit, aber er hat lange auf dem Land gelebt und sich mit Milchwirtschaft befaßt, und da hatten wir uns aus den Augen verloren.

Eines Tages, es ist erst einige Wochen her, sah ich ihn am Ring, in der Nähe der beiden Museen, mit einem Geparden an der Leine spazierengehen.

Ich eilte auf ihn zu, blieb jedoch in gehörigem Abstand vor ihm stehen, schaute von ihm zu dem Geparden und von dem Geparden wieder zu ihm. Dann sagte ich, lieber Le Blanc, soweit ich mich erinnere, waren Sie immer ein Hundefreund. Wie kommt es, daß Sie sich plötzlich an Katzen halten?

Darauf er, liebe Viviane, ich folge nur dem neuesten Trend. Man hält sich im Augenblick Raubkatzen, das spart den Leibwächter und hält einem Bittsteller vom Hals. Die Pythons sind schon wieder passé, sie haben sich so oft in den Leitungsrohren verirrt und die Abflüsse verstopft.

Ich nickte einsichtig. Und wie sind sie so in der Haltung, die Raubkatzen?

Etwas problematisch. Im Vertrauen, mit meiner Milchwirtschaft hatte ich weniger Probleme. Alles automatisiert und rationalisiert, arbeits- und kostensparend. Bei den Raubkatzen sitzt der Haken ganz woanders. Sie gewöhnen sich in solchem Ausmaß an einen, daß sie sich von sonst niemandem mehr füttern und spazierenführen lassen. Jetzt kann ich also jeden Tag mit meiner Muschi über den Ring gehen, damit sie sich die Pfoten vertritt. Und nachts erst. Nachts will sie partout in mein Bett, und ich muß sie jedesmal mit der Peitsche in den Käfig unter meinem Bett treiben.

Lieber Le Blanc, sagte ich, da haben Sie sich aber ein zeitraubendes Hobby ausgesucht.

Sie sagen es, meinte er bekümmert, tippte an seinen Hut,

verbeugte sich und nahm die Gepardin ganz kurz an die Leine, damit ich vorbei konnte.

Erst als ich schon bei der Oper war, kam mir mit Schrecken zu Bewußtsein, daß der schwarze Panther, den ich neulich vom Stiegenhaus aus in einem der Gänge des Hauses, in dem ich wohne, verschwinden sehen habe, möglicherweise keine Halluzination war. Gleichzeitig fielen mir eine Reihe von Geräuschen ein, denen ich bisher, wenn sie durch den Luftschacht in meine Küche heraufgedrungen waren, keine besondere Beachtung geschenkt hatte. Selbst als ich neulich den Lieferanten des Fleischhauers mit mehreren Schweinehälften im Lift fahren sah, war ich geneigt zu glauben, jemand habe eine neue Tiefkühltruhe bekommen und wolle das Zerteilen und Portionieren selbst besorgen.

Warum darf der *Löwe* die *Kuh* nicht fressen und der *Mann* den *Delphin* nicht fangen, wenn sie auf demselben Platz zu stehen kommen? fragt Oktay. Das wären doch für den *Löwen* und den *Menschen* ebenfalls günstige Umstände.

Ja, sagt Kai, warum kann ich dich denn nicht fangen und aufschmausen?

Herwater überlegt einen Augenblick. Weil das ein anderes Spiel wäre. Wenn nämlich durch Zufall zwei zusammenkommen, von denen der eine den anderen frißt, wäre wieder alles dem Glück überlassen, das ihn fressen oder überleben läßt. Ihr würdet alle nur auf diese Art Glück oder Unglück warten und euch gar nicht anstrengen, etwas zu finden, was alle das Spiel bis zum Ende spielen läßt.

Es wäre aber viel lustiger, sagt Kai, wenn der eine den anderen fressen tät.

Herwater lacht. Für den, der frißt. Und die anderen wären aus dem Spiel und würden sich zu Tode langweilen.

Die Herzogin deutet mit ihrer Spazierstocksonnenschirmspitze auf Oktays Karte. Angenommen, du bringst diesen deinen *Löwen* durch, was machst du dann mit ihm?

Dann ist das Spiel aus, und ich habe gewonnen.

Angenommen, das Spiel ist nicht aus?

Er gehört mir und ist ein großer fetter Löwe, vor dem alle Angst haben. Er beschützt mich, und ich kann hingehen, wohin ich will. Ich kann alle Prüfungen bestehen und kriege immer *sehr gut.* Und wenn der Lehrer uns noch einmal fragt, ob wir Läuse hätten, lasse ich den Löwen unter der Schulbank hervorkommen, und dann soll er sehen, wo er bleibt. Wie er mich dann anflehen wird, zu dem Löwen *Platz* zu sagen oder *da kommst her.* Aber ich lasse ihn dunsten, und erst, wenn er nicht mehr *Ei* zu mir sagt, anstatt Oktay, dann kann es sein, daß ich zu dem Löwen *bei Fuß* sage, wie der Hausbesitzer zu seinem Rottweiler, wenn er an unserer Wohnung vorbei in den Keller geht.

Oh, sagt die Herzogin, das tut mir leid. Ich wußte nicht, daß du den *Löwen so* dringend brauchst. Ich dachte, es ginge dir nur darum, zu gewinnen, und du würdest gar nicht wissen, was du danach mit ihm anfangen sollst. Ich werde einmal mit Herrn Le Blanc reden, vielleicht leiht er uns seinen Geparden für eine Weile.

Oktay lacht. Da würden die Leute schön schauen. Aber Sie haben selbst gesagt, daß die Raubkatzen sich so an ihren Besitzer gewöhnen. Sicher würde der Gepard gar nicht mit mir kommen wollen.

Die Herzogin schüttelt traurig den Kopf. Man muß eben immer an alles denken.

Ich würde schon an alles denken, meint Rosa, wenn ich die vielen überflüssigen Raubkatzen in dieser Stadt einsammeln und für mich behalten könnte. Sie schüttelt den Kopf, daß ihr Haar sich zu einer Mähne aufbäumt. Erst würde ich mit ihnen aufs Land fahren und in eins der halbverfallenen leerstehenden

Schlösser ziehen, von denen es in den Zeitungen heißt, daß sie einen Besitzer suchen. Dort würde ich mich mit den Tieren eine Zeitlang einsperren, bis wir uns aneinander gewöhnt hätten. Diejenigen, die sich gar nicht miteinander vertragen können, sollen sich eben totbeißen, die anderen aber werde ich zu einer Truppe abrichten, die jede meiner Handbewegungen versteht.

Wenn ich mir vorstelle, daß so an die zwölf Stück übrigbleiben, nach Möglichkeit Pärchen, damit sie besser zusammenhalten, Tiger etwa, Löwen, Leoparden, Panther, Geparden und Luchse. Mit der Zeit würden wir zu einer richtigen Truppe zusammenwachsen, von der ich der Kern bin und die Raubkatzen sind das Drumherum.

Wenn wir dann soweit wären, kämen wir zurück in die Stadt. In ständig wechselnder Form, als Kreis oder als Pyramide, als liegendes oder stehendes Quadrat, schlangen- oder keilförmig, je nach Erfordernis. Und gerade weil wir so veränderungsfähig wären, würde niemand uns was anhaben können. Wir würden die ganze Stadt so verwirren, daß nichts mehr funktioniert. Wir würden überall dort auftauchen, wo man uns nicht vermutet, und wenn dann das totale Chaos ausgebrochen ist, wenn so gut wie gar nichts mehr klappt und die Menschen stundenlang in ihre Autos eingezwängt warten müssen, werden sie sich vielleicht überlegen, wie man es anders machen könnte, mit dem Verkehr und überhaupt. Wenn schon ein paar Raubkatzen alles durcheinanderbringen, dann kann doch was nicht stimmen.

Wir aber würden es immer toller treiben *und* jeden Tag mindestens einmal mit dem Riesenrad fahren, um von oben her auszuspähen, wo und in welcher Formierung wir das nächstemal zuschlagen werden.

Wenn wir Hunger haben, plündern wir die Markthalle, und wenn wir Durst haben, den nächsten Getränke-Lieferwagen.

Rauben werden wir nur, was wir zum Leben brauchen. Um nicht erwischt zu werden, müssen wir uns die Beweglichkeit erhalten. Wir müssen uns teilen können und wieder zusammenfinden. Nachts würden wir das Vergnügen erhöhen. Wir würden in langweilige Theaterstücke, wie das, in dem meine Eltern gerade spielen, einbrechen und plötzlich auf der Bühne stehen. Ohne jemanden zu fressen, würden wir ein paar Tricks vorführen, uns verbeugen und uns rasch wieder zurückziehen, bevor der diensthabende Feuerwehrmann Verstärkung herbeiholt.

Bei Empfängen würden wir zur Freude derer, die ohnehin zu spät drangekommen wären, vor den Augen jener, die schon zum Kampf um die Brötchen angetreten sind, das Büfett leerfressen. In den überfüllten Discotheken würden wir Platz schaffen und schüchterne Liebespaare im richtigen Moment ein bißchen erschrecken, damit sie sich aneinander festhalten.

Selbst im Fernsehen würden wir manchmal hinter dem Kopf des Ansagers oder der Ansagerin auftauchen und, ohne daß er oder sie es merkt, Gesichter schneiden. Die Raubkatzen würden dann noch den Ansager oder die Ansagerin mit ihren Schnurrbarthaaren kitzeln, was den Zuschauern sicher sehr komisch vorkommen wird, vor allem dann, wenn sie selbst gerade zufällig von einem ihrer Haare gekitzelt werden.

Alle Achtung, sagt Herwater, diesen Schrecken hast du dir aber gut ausgemalt.

Gehört *Chlorophyll* zu den günstigen Eigenschaften für Kai oder nicht? fragt Erol, der für Kai, die noch nicht lesen kann, die Karte entziffert.

Doch, sagt Herwater. Wenn es uns nämlich gelänge, so viel Chlorophyll in uns zu speichern, daß wir ganz grün wären, könnten wir uns unseren Lebensstoff aus Wasser und Sonne selbst erzeugen. Wir brauchten nicht mehr zu essen, nur mehr zu trinken, und es gäbe keine Hungersnöte mehr auf der Erde.

Höchstens Durstnöte. Kai nimmt die Karte als *günstigen Umstand* an sich.

Diese lassen sich gewiß leichter beheben, sagt Herwater. Doch bevor er ausreden kann, blitzt es aus heiterem Himmel, und schon knallen Tropfen auf die Teller.

Die Kinder raffen das Spiel und die Picknicksachen zusammen, während die Herzogin, die wieder eingenickt war, eilig versucht, ihren Spazierstocksonnenschirm in einen Regenschirm umzuwandeln.

Ich will aber nicht in den Kindergarten. Kai sitzt unter dem Tisch in seinem Zimmer. Er ist im Pyjama und denkt nicht daran, sich anzuziehen.

Kai, bitte, wir kommen wieder zu spät. Wenn wir die Straßenbahn um acht Uhr zwanzig nicht erreichen, müssen wir endlos warten oder zu Fuß gehen. Und es regnet.

Macht doch mir nichts.

Ich bin eigens früher aufgestanden, hoffend, daß es mir gelingen würde, noch auf die Post zu gehen und die Erlagscheine einzuzahlen, bevor das Gedränge zu groß wird. Weißt du was, Mäusepopo, ich versuche ganz fröhlich zu klingen, wir machen jetzt, wer schneller fertig ist. Was möchtest du zur Jause mithaben, eine Banane oder einen Apfel?

Ich geh heute nicht in den Kindergarten, sagt Kai.

Und warum nicht? Ich weiß, daß wir es nicht mehr schaffen, wenn Kai lange Faxen macht. Neun ist der letzte Zeitpunkt, aber wirklich der allerletzte, zu dem ich ihn noch in den Kindergarten bringen kann. Ich frage mich, wie jene Mütter das machen, die zwei oder mehr Kinder haben und die diese Kinder bereits um sieben gewaschen, angezogen und gekämmt vor der Kindergartentür absetzen.

Weil es mir dort nicht gefällt. Kai zieht an seinem Pyjamabein.

Gestern hat es dir aber noch ganz gut gefallen.

Gar nicht wahr …

Kai, es hilft nicht. Ich muß arbeiten, das weißt du.

Kannst du ja. Ich bleibe in meinem Zimmer und spiele.

Wie aus einem eigenen, gegen mich gerichteten Hinterhalt steigt der Gedanke in mir auf, daß man es ja versuchen könne. Aber ich weiß, wie es endet. Einmal habe ich nachgegeben. Wenn ich es wieder tue, haben wir das Problem jeden Tag. Ein Kind muß zu Kindern ... und ich brauche diese paar Stunden für mich, für meine Arbeit und alles, was damit zusammenhängt.

Einmal habe ich mich verführen lassen. Die ersten paar Stunden ging es ganz gut. Dann fing es an, das Fragen, die Aufforderung mitzuspielen. Als ich mich gar nicht mehr wehren konnte, sind wir ins Kino gegangen. In *Fünfzig Jahre Micky-Maus.* Das war schön. Kai war glücklich, und ich hatte ein schlechtes Gewissen.

Wenn ich schon weg muß, dann möchte ich mit Rosa ...

Wie er das sagt, wenn ich schon weg muß.

Rosa ist in der Schule, das weißt du, und Pembe und ihre Brüder auch. Alle Kinder sind in der Schule oder im Kindergarten.

Nicht alle.

Kai, bitte, ich hab es dir schon so oft erklärt. Es geht nicht anders. In zwei Tagen ist Wochenende, da machen wir dann nur, was uns Spaß macht. Komm jetzt bitte unter dem Tisch hervor.

Ich will aber *heute* machen, was mir Spaß macht ...

Ich weiß, daß es keinen Sinn hat, in den nächsten paar Minuten weiter mit Kai zu verhandeln. Ich beginne mich anzuziehen. Vielleicht überlegt er es sich inzwischen. Während ich im Badezimmer vor dem Spiegel stehe, kann ich an meinem eigenen Gesichtsausdruck ablesen, wie es um unser beider Stimmung steht. Ich stelle mir vor, was ich tun würde, wenn ich in einem Büro oder in einer Fabrik arbeitete und auf die Minute pünktlich sein müßte. Ob ich ihn schlagen würde? Sicher nicht beim erstenmal. Aber beim dritten-, beim vierten-, beim fünftenmal? Wenn ich schon einige Rügen wegen Zuspätkommens erhalten hätte? Wenn man mir vielleicht schon mit der Kündigung gedroht hätte?

Es muß eine andere Möglichkeit geben. Millionen Kinder gehen täglich in den Kindergarten, in die Schule. Die können doch nicht alle hingeprügelt werden. Ich versuche, meinem Gesicht einen anderen, einen freundlichen Ausdruck zu verleihen.

Weißt du was, sage ich, als ich wieder in Kais Zimmer bin, wenn du dich jetzt rasch anziehst, dann bau ich heute abend das Puppentheater auf mit dir. Und dann tue ich, als würde ich ihn gar nicht beachten, während ich den Müllbeutel schon zur Tür stelle, um ihn nicht zu vergessen.

Meinetwegen, höre ich Kai sagen. Von schnell ist keine Rede, aber er zieht sich an. Jetzt ist es ohnehin schon egal. Auf das Postamt komme ich nicht mehr.

Als wir dann durch den strömenden Regen gehen und ich Kai mehr hinter mir herziehe, als er neben mir geht, um zumindest noch rechtzeitig an die Tür des Kindergartens zu kommen, bleibt er mit einemmal stehen und sagt, ich muß.

Kannst du nicht warten bis zum Kindergarten?

Ich muß ganz dringend.

Und dann kann ich ihm den Regenmantel aufknöpfen und die Jacke, und während er sich an ein Kanalgitter stellt und sich anregnen läßt, merke ich, daß ich den Müllbeutel noch in der Hand habe. In diesem Augenblick bemerkt Kai das auch und schreit strahlend, Mama, du hast ja den Müllbeutel noch in der Hand.

Ja, ja, sage ich mürrisch, und ich spüre, wie ich unter dem Plastikregenmantel zu schwitzen begonnen habe vor lauter Eile.

Ich setze mich, auf der Suche nach einer Mülltonne, wieder

in Bewegung, und Kai schreit, daß ich auf ihn warten solle. Er kommt mit offenem Regenmantel hinter mir hergelaufen, seine Hose ist schon ganz naß, ob von dem Regen oder von was anderem.

Gib mir doch die Hand, sagt Kai, und ich knöpfe ihm im Gehen seinen Mantel zu. Wir hasten an den Geschäften vorbei, und ich weiß, daß es nur eine Frage der Zeit ist, daß Kai in eine der Auslagen schaut und mich unbedingt auf etwas aufmerksam machen will oder mir erklärt, dies wünsche er sich zu Weihnachten und das zu seinem nächsten Geburtstag.

Ich weiß auch, daß ich ihn dann weiterziehen und sagen werde, daß er mich dieses eine Mal damit verschonen soll. Daß er mir das auch auf dem Nachhauseweg zeigen könne, wir seien eben wieder einmal viel zu spät dran.

Und ich weiß auch, daß ich, wenn es mir dann endlich gelungen sein wird, Kai im Kindergarten abzuliefern und den Müllbeutel unterwegs in eine der Mülltonnen zu stopfen, auf eine schamlose Weise erleichtert sein werde. Daß ich mir einbilden werde, eine Art von Freiheit zu genießen, die ein paar Stunden vorhält, selbst wenn ich nun im Postamt Schlange stehen und mich, wieder am Schreibtisch, nach einem Funktermin richten muß.

Ich werde mir einbilden, es trotz widriger Umstände wieder einmal geschafft zu haben, mich in all die Dinge zu teilen, die mir wichtig sind. Und wenn ich Kai dann am Nachmittag hole, werde ich all die kleinen Sprünge in der Glasur zu kitten versuchen, indem ich ganz auf ihn eingehe und ihm das Gefühl gebe, Zeit für ihn zu haben. Ich werde versuchen zu verdrängen, wie lästig mir das alles am Morgen war, wie sehr ich mich zurückhalten mußte, um nicht in nackte Gewalt zu verfallen, und wie angenehm es mir dann plötzlich war, allein zu sein.

An manchen Tagen aber läßt sich nichts verdrängen, und

unser gemeinsames Leben erscheint mir so aufreibend, daß ich mich frage, wie wir die guten Gefühle füreinander retten sollen. Dieser Aufwand an Organisation, der durch jede nicht eingeplante Regung in Frage gestellt wird. Warum? Und sobald dieses Wort in mir auftaucht, überfällt mich ein Schwarm von unerfüllbaren Wünschen, die sich zu Visionen steigern. Warum kann ich Kai nicht irgendwann am Vormittag vor die Tür schicken und sagen, geh und spiel mit deinen Freunden. Mach deine Erfahrungen in der Reihenfolge, in der sie für dich wichtig sind. Und wenn du Hunger oder Kummer hast, dann komm.

Aber es ist genau umgekehrt. Zu essen bekommt Kai im Kindergarten, und wenn er zu Hause ist, möchte er, daß ich mit ihm spiele. Und er wird nie freier sein. Nicht einmal so frei wie sein Vater, der in seinem Alter schon allein über die Straße gehen durfte.

Bei allem muß ich ihn an die Hand nehmen. Im Lift muß ich für ihn drücken, in die Straßenbahn muß ich ihn heben, in jedem Auto, in das wir steigen, ist eine Kindersperre, und das Fenster in seinem Zimmer ist vergittert, damit er nicht hinunterfällt, wenn er auf die Straße schaut. Rolltreppe, Drehtüre, Paternoster, jede Kreuzung, jede Unterführung, jede Steckdose … es ist alles auf den Tod hin gefährlich. Und kein Instinkt warnt ihn, wie der Flugschatten eines Habichts ein Huhn warnen würde. Ich muß mir die Seele aus dem Leib reden, um ihm Warnungen zukommen zu lassen, die er schon deshalb gern in den Wind schlüge, weil sie soviel an Reden erfordern, und weil ich es bin, die immer wieder davon reden muß.

Vielleicht sollte man wirklich aufs Land ziehen und in unkomplizierteren Zusammenhängen leben. Aber wie sähe es dort mit unserer Arbeit aus, mit der von Klemens und mit meiner? Und selbst auf dem Land werden die Kinder totgefahren, sobald sie die Straße überqueren, die ein Feld vom anderen trennt.

Die Indianer haben es ganz schön gut, sagt Kai, nachdem wir uns im Fernsehen einen Film über die kanadischen Cree-Indianer angeschaut haben. Da sitzen sie alle, die Männer, die Frauen und die Kinder, im Kreis und essen. So wie die Leute dreinschauen, fühlt sich keiner überlastet oder belästigt, weil die Kinder Tag und Nacht dabei sind. Und während der Großvater an einem Ruder schnitzt, schnipselt auch der Enkel mit seinem Taschenfeitel an einem Stück Holz herum.

Ich glaub es dir ja, sagt Kai, als ich ihm zu erklären versuche, wie anstrengend und karg das Leben dieser Indianer ist.

Aber ich möchte auch, daß mein Vater mir einen Schlitten und Schneereifen bastelt und mit mir in den Wald geht. Und ich möchte auch einem Hasen das Fell abziehen und mir ein Kuscheltier daraus machen. Und ich möchte auch am Abend mit den Großen zusammensitzen und zuhören, wenn sie sich Geschichten erzählen, keine Kindergeschichten, sondern wirkliche. Und noch Tage danach redet er von den Indianern, von den lebendigen, wie er sagt, nicht von den maskierten, die sich immer mit den Cowboys streiten. Die paar Bilder haben sich ihm von der Stimmung her so eingeprägt, daß er sie immer wieder mit seinen Hasen, Teddys und anderen Tieren nachspielt.

Ob es stimmt, was der eine Indianerjunge, der auf einem College in Ottawa studiert, gesagt hat, nämlich daß alles, was sie von den Eltern gelernt hätten, tot sei? Daß es auch nicht wiederkäme, wenn man sie jetzt zurück in den Wald schickte – sie würden sich benehmen wie Weiße.

In Kais Alter ist das noch anders. Aus ihm ließe sich schon noch innerhalb eines Jahres ein kleiner Indianer machen. Oder setzt die Prägung doch schon viel früher ein? Und wenn ja, wie wird es sich auf ihn auswirken, daß er keine Geschwister und so gut wie keinen Vater hat?

Schon überwältigt mich wieder dieses ungeheuerliche Gefühl der Liebe, das ihn vor all dem, was kommen wird und auf das er nicht vorbereitet ist, schützen möchte. Und ich stelle mir diese Stadt als eine magische Stadt vor, in der die Augen der Menschen auf die Kinder gerichtet sind. Ich sehe, wie die Kinder sich in kleineren und größeren Gruppen frei bewegen, wie sie lachend die Fähre besteigen und über den Fluß fahren, wie sie sich an einen fremden Hund heranpirschen und ihn am Schwanz zupfen, blaß vor Aufregung, was nun geschieht.

Die Augen der Leute sind wie durch einen Magnet an die Kinder gebunden, und wann immer die Kinder dazu ansetzen, über die Straße zu gehen, findet sich eine Hand, die hinüberhilft oder die die Autos aufhält. Und dadurch, daß die Kinder sich von Anfang an in dieser Stadt bewegen, lernen sie auf sich selbst zu achten, wie die paar Türkenkinder, denen wir oft in der Nähe des Marktes begegnen, aber wer traut sich das schon.

Ich selbst würde mich am liebsten als großer chinesischer Drache mit grünseidenen Flügeln und Pfauenaugen drauf in die Luft erheben, um mir das alles von oben anzusehen, um, wann immer die magischen Blicke versagen sollten, hinunterzustürzen und ein Kind *aus dem Verkehr zu ziehen.* Ich stelle mir das große Gelächter vor, mit dem wir diesen Rundflug machten, doch in Wirklichkeit ist es höchstens so, daß Kai und ich uns über *Der Feuerdrache Minimax* amüsieren, weil der eigentliche Raum unserer Erfahrungen die zweieinhalb Zimmer unserer Wohnung sind.

Da machen wir allerdings Reisen bis an die Quellen des Nils hin oder um den Äquator. Wir setzen uns auf die gewebte farbige Decke aus dem Orient-Shop, das ist unser fliegender Teppich. So fliegen wir in langsamen Spiralflügen um den Globus herum. Da bleiben wir über Nacht in Grönland, dankbar an einem Stück Walfischspeck kauend, weil wir uns kurzfristig verirrt haben. Oder wir helfen, einen Jaguar an den Beinen fesseln und ihn, von der Stange hängend, ins Buschdorf tragen. Und schon merke ich, wie meine Phantasie ganz auf die von Kai abgefärbt hat, wie alle meine nicht unternommenen Reisen auch für ihn schon Wünsche darstellen, mit denen er sich über langweiligere Stunden hinweghilft.

Aber all die gemeinsamen Spiele wirken auch wieder auf mich zurück, so daß meine Träume neuerdings damit beginnen, daß ich mich vertröste, wenn Kai nur erst einmal zehn ist, können wir gemeinsam nach Ladaqh.

Laß ihn in Ruhe mit deiner Liebe, mit deinen Plänen und mit deinen Träumen, hat Maya, die Bildhauerin, vor einem Jahr, als ich sie das letztemal besucht habe, zu mir gesagt. Und sie meinte nicht Klemens, sondern Kai. Dräng dich nicht in sein Leben, in seine Zukunft. Du hast das zu sein, woran er sich in Liebe erinnert. Erinnert, verstehst du? Aber nicht der Freund, mit dem er etwas unternimmt, die Freundin, mit der er etwas vorhat. Wenn du erst einmal fest und behäbig als Pfahl in seinem Fleisch sitzt, ist euch beiden nicht mehr zu helfen. Noch bist du natürlich im Vorteil. Du bist es, die alles heranschleppt an Ideen und Erfahrungen, aber warte nur, bis es einmal umgekehrt ist.

Ich verstehe nur zu gut, was Maya damit sagen wollte. Aber was tun, wenn man durch die Umstände so nahe aneinandergeraten ist.

Wie stellst du dir das vor, sagte ich zu Maya. Ich kann doch meine Rolle nicht durchplanen und absichtlich zurückhalten, wenn es in erster Linie darum geht, diese Zeit mitsammen zu durchleben. Ich stehe eben zur Verfügung. Glaubst du, ich hätte es nicht auch gerne, wenn man mir dabei helfen würde?

Ich habe dich gewarnt, sagte Maya.

Das hast du schon einmal ... In diesem Augenblick war es Kai gelungen, eine ihrer Plastiken vom Fenstersims zu streifen. Sie fiel zu Boden, und da sie aus Wachs war, hatte sich alles an ihr verbogen.

Maya versuchte so gut wie möglich zu reagieren, indem sie nur sagte, stell das Zeug wieder hin. Später meinte sie, an mich gewandt, du befaßt dich offensichtlich zu viel mit ihm. Er ist nicht imstande, sich länger als eine halbe Stunde mal mit sich selbst zu beschäftigen.

Das sollte nicht wie ein Vorwurf, nur wie ein Ratschlag klingen. Dennoch gab ich bald nach, als Kai mich zu betteln begann, wir sollten doch *endlich* wieder nach Hause gehen.

Amy Stern, sagte Maya zum Abschied, auf was hast du dich da eingelassen?

Ich zuckte die Achseln. Jedenfalls bin ich mittendrin.

Und das Schreiben? fragte sie, da standen wir schon an der Tür.

Auch da bin ich mittendrin.

Aber es ist noch nichts erschienen.

Nur in Zeitschriften. Und im Funk.

Du arbeitest an etwas Größerem?

Ja. Vielleicht werde ich noch in diesem Jahr fertig.

Ich kann mich nur wundern, sagte Maya. Wenn ich mir vorstelle, daß ich *so* leben würde wie du, ich glaube, ich könnte keine einzige Figur machen.

Das glaubst du nur. Ich versuchte zu lachen. Das glaubst du einfach nur ...

Kai war so froh, als wir wieder auf der Straße waren, daß er mich zu sich herunterzog und mir einen Kuß gab.

Kann ich, sagte er, als wir durch den Park gingen, ein Eis haben?

Nein, wollte ich sagen und, du hast doch erst gestern eins gehabt. Aber die Sonne schien noch so warm, daß wir uns beide eine große Tüte kauften und leckend und ungerührt an dem eingezäunten Spielplatz vorbeigingen, ohne daß Kai auch nur zu der Schaukel hingeschaut hätte, vor der noch immer – obwohl es fast Abend war – Schlangen von Kindern standen.

Wir sind im Kino gewesen. Wie lange ich schon nicht mehr – außer mit Kai – im Kino gewesen bin. Und dann sind wir ins Kaffeehaus gegangen.

Versuch ihn mir zu beschreiben, sagt Helene. Sie schiebt die Kaffeetasse auf die eine und das Cognacglas auf die andere Seite und legt ihre Hände dazwischen.

Wen? frage ich, um Zeit zu gewinnen.

Helene läßt sich nicht beirren. Wenn du ihn mir beschreiben kannst, verstehe ich dich vielleicht besser.

Das bringt ihn mir auch nicht wieder, sage ich, bereits auf der Suche nach einem ersten Satz.

Vielleicht brauchst du ihn gar nicht so nötig.

Wenn ich mir vorstelle, daß er nun irgendwo in dieser anderen Stadt sitzt und – wenn seine Arbeit ihn läßt – darüber nachdenkt, wie es mit uns werden soll, ohne zu irgendeinem Schluß zu kommen, werde ich nur noch wütend.

Du mußt einsehen, und schon schwingt so etwas wie Kollegialität bei Helene mit, daß Klemens versucht, das Beste aus sich zu machen. Gewiß ist er davon überzeugt, daß es dir und Kai einmal zugute kommt.

Ja, sage ich, davon ist er bestimmt überzeugt. Oder vielleicht doch nicht so sehr, sonst hätte er sich nicht so heimlich und ohne Andeutung fortgestohlen.

Vorerst ist doch nur von einem halben Jahr die Rede.

Vorerst. Aber wenn er sich bei der großen Zeitung eingearbeitet hat, dann wird aus dem halben Jahr ein ganzes, und wenn er eine Chance hat, bleibt er überhaupt.

Hat er nicht gesagt, er würde euch nachkommen lassen, wenn es sich so ergäbe, daß er länger bleibt?

Nachkommen lassen, sage ich und trinke mein Cognacglas leer. Möchtest du dich irgendwohin nachkommen lassen?

Helene lacht. Dann winkt sie dem Kellner und bestellt noch zwei Cognac.

Weißt du, was das bedeutet, wenn Klemens uns nachkommen läßt? Beziehungsweise wenn er endlich soweit ist, zu beschließen, daß er uns nachkommen lassen möchte? Und ich mit Kai und ein paar Koffern auch wirklich nachkomme?

Hast du keinen Augenblick daran gedacht, es zu tun?

Viele Augenblicke. Immer wieder sehe ich mich den Brief bekommen, in dem Klemens etwas von einer geeigneten Wohnung schreibt und was eben sonst noch in so einem Brief stehen würde. Ich sehe mich packen, Kai vom Kindergarten abmelden und mich von den Leuten im Funk, mit denen ich zu tun habe, verabschieden. Ich überlege sogar, welche Bücher ich fürs erste mitnehmen und welche ich dalassen möchte. Aber dann sehe ich das alles mit einemmal nicht mehr. Und ich weiß, daß ich es gar nicht möchte. Wenn ich an die Zeit denke, die vergehen würde, bis ich eine andere Rosa, einen neuen Kindergarten, Leute im Rundfunk, für die ich arbeiten könnte, gefunden hätte. Was glaubst du, wann ich je wieder zum Schreiben käme? Schon jetzt steht es jeden Tag auf des Messers Schneide, ob ich wohl das und das und auch noch das tun kann. Geschweige denn, wenn ich mit all meinen Versuchen, mir das Leben einzuteilen, von vorne anfangen müßte.

Und Klemens? fragt Helene.

Natürlich, Klemens. Und ich bin noch immer in Fahrt. Was glaubst du, wie gut er sich vorkommen wird, wenn er mich und Kai nachkommen läßt. So wie man sich, sobald man eine entsprechende Wohnung gefunden hat, irgendein Erbstück, einen Biedermeier-Ohrenstuhl oder ein anderes Möbel, das man zu seiner Bequemlichkeit haben will, nachkommen läßt.

Helene nimmt dem Kellner die zwei Cognacgläser ab und stellt eines vor mich hin. Du ärgerst dich, sagt sie, weil er dir nichts gesagt hat. Aber es war *die* Chance für ihn. Vielleicht hatte er Angst, du würdest ihn nicht gehen lassen wollen. Und um nicht unsicher zu werden ...

Ich verschlucke mich beinah an meinem Cognac. Aber natürlich hätte ich ihn gehen lassen.

Warum regst du dich dann so auf?

Weil ich mir dumm vorkomme. So einfach vor die Tatsachen gestellt zu werden ...

Du hättest wirklich nichts gesagt, auch nichts darüber, daß du dich nicht irgendwohin nachkommen lassen möchtest?

Gesagt ... gesagt hätte ich schon etwas.

Helene schaut mich an, als hätten sich wieder einmal ihre Vermutungen bestätigt.

Helene, sage ich, versuch dich einmal in meine Lage zu versetzen. Seit Jahren warte ich darauf, daß sich einmal so etwas wie Gleichgewicht einstellt. Ich habe geglaubt, man müsse nur klüger sein als die Umstände. Je lockerer unser Zusammenleben wäre, desto mehr würden wir aneinander hängen. Dann dachte ich, Kai würde es schaffen. Ich hatte den kindischen Glauben, Kai würde Klemens so für sich einnehmen können, daß schon von daher alles anders würde. Und zuletzt dachte ich, daß zumindest die Art, wie wir immer wieder zusammenkrochen, uns vor einer wirklichen Trennung schützen könnte.

Inzwischen war ich mir selber oft nicht mehr sicher, ob es mir überhaupt noch so sehr darauf ankam, mit Klemens zu leben. Andererseits konnte ich den Gedanken, Klemens könne plötzlich aus meinem Leben verschwinden, nie wirklich bis zu Ende denken. Denn trotz allem, was wir uns an widrigen Umständen gegenseitig an den Kopf geworfen haben, habe ich nie mit einem erwachsenen Menschen eine solche Art von Vertrautheit erlebt wie mit Klemens ... Ich habe wieder so ein Gefühl, als ritte mich der Teufel, und ich sage, eine Vertrautheit, wie ich sie mit dir nie haben könnte.

Helene zuckt nur ganz kurz mit den Lidern, dann sagt sie beinah eine Spur zu sachlich, der Verlust trifft dich also?

Schon die ganzen Jahre hindurch habe ich mich Klemens gegenüber im Nachteil gefühlt, ohne daß ich mir je gewünscht hätte, daß er zu uns gezogen wäre. Mir war klar, daß ich dann nur noch mehr das Gefühl haben würde, daß wir uns gegenseitig mit unseren Berufen im Weg wären. Nur hätte ich gerne öfter seine Zeit für Kai und mich gehabt. Seine Zeit und seine Sehnsucht. Aber mit seiner Zeit hat er hausgehalten, und von seiner Sehnsucht hat er selten etwas verraten. Und doch kann ich es mir kaum vorstellen, daß in der nächsten Zeit selbst das nicht mehr sein soll, daß Klemens sich freiwillig von uns abgesetzt hat.

Du siehst es also doch als Trennung?

Wenn ich das wüßte ... Ich nehme mir eine Zigarette aus der Schachtel, die Helene mir hinhält, und gebe mir und Helene Feuer.

Es sieht so aus. Aber ich kann es mir noch nicht vorstellen.

Wenn du jetzt nachgibst, wenn du hinter Klemens herziehst, mußt du dich darauf gefaßt machen, noch viele Überraschungen dieser Art zu erleben.

Ich weiß, ich weiß, oder ich bleibe da und warte, bis ich ihn mir abgewöhnt habe.

Bravo, lacht Helene, und dann nimmst du dir einen anderen.

Dem dann wieder ich davongehe.

Auch andere Mütter haben schöne Kinder.

Das sind Erfahrungswerte, sage ich, und die Stimmung ist endgültig umgeschlagen.

Wenn nicht alles so absurd wäre ... Helene lacht den Rauch ihrer Zigarette aus.

... und so wiederholbar ...

... so überhaupt nicht besonders ...

... nur zwanghaft.

Auch mir zieht sich das Gesicht vor Lachen auseinander. Und trotzdem haut es einen immer wieder um, und man pflügt mit der Nase den Boden.

Und hat vor lauter Seelenweh Leibgrimmen, kichert Helene.

Wenn ich mir vorstelle, daß das noch zwanzig Jahre oder länger in dieser Dicke weitergeht ...

Ob das gesund ist?

Und nun ist der Zug abgefahren, in dem wir sitzen, und wir reden uns euphorisch in einen Wirbel von Worten hinein, der die Verdrossenheit umschlagen läßt in einen rauschhaften Zustand. Die Sätze sitzen locker wie selten, und wir lassen sie niederprasseln auf all das, was wir zu erkennen, aber nicht ändern zu können glauben. Da fallen Binsenwahrheiten über wissenschaftliche Ergebnisse her, und grobe Banalitäten gehen mit ausgeklügelten Hintergründigkeiten eine Legierung ein, mit der wir den Stachel im Fleisch überziehen, damit er kühl und abgerundet wäre.

Und wir stehen nicht an, zuzugeben, was man nur zugeben kann, von der eigenen Blödigkeit bis zum eigenen Größenwahn. Wir gehen aus uns heraus und überbieten uns gegenseitig in der Preisgabe seelischer Defekte – wie wir meinen – und dem Aufknacken verborgener Wünsche, die – nicht erfüllt – uns unglücklich machen. Und das alles hält so lange vor, solange unsere Sprache dem Witz der Stunde gehorcht und wir uns satzweise gegenseitig zum Lachen reizen.

Als mich Helene gegen zwölf nach Hause bringt, wundere ich mich darüber, daß sie noch fahren will, genauso wie ich mich darüber wundere, daß ich noch einsteige. Aber anscheinend sind wir noch so sehr in unserer Stimmung gefangen, daß wir uns der Gefahr zwar bewußt sind, sie uns aber nicht erschrecken kann.

Kaum sitzt Helene am Steuer, als sie völlig nüchtern zu sein scheint. Sie fängt an, von meinem Manuskript zu reden und von den Stellen, wo ich mich auf die Spiele der Kinder beziehe. Und dann fragt sie, wann ich ihr den zweiten Teil wiederbringen wolle.

Bald, sage ich, jetzt, wo Klemens nicht mehr da ist, habe ich ja mehr Zeit. Es soll forsch klingen, doch es wird nichts daraus.

Als ich ausgestiegen bin und mich von Helene verabschiede, fährt sie mir mit der Hand übers Gesicht, und diese Geste bringt mich zum Heulen.

Als ich in die Wohnung komme, finde ich neben dem Telefon einen Zettel. Rosa ist schon nach Hause gegangen.

Klemens hat angerufen! steht auf dem Zettel, und während ich noch immer daraufschaue, gehen mir wieder die Augen über. Und im selben Rhythmus, wie Schlucken und Weinen miteinander abwechseln, kommen und gehen Gefühle der Wut und der Traurigkeit, und ich kann es mir nicht verzeihen, daß ich nicht dagewesen bin, als Klemens anrief. Daß ich selbst diese geringe Chance der Auseinandersetzung versäumt habe. Mein Kopf ist voll von Fragen, die ich Klemens habe stellen wollen, und von vorbereiteten Sätzen, mit denen ich ihn aus seiner Flucht aufstören wollte. Obwohl ich genau weiß, daß nichts oder zumindest nichts Gutes bei unserem Gespräch herausgekommen wäre, würde ich viel darum geben, es führen zu können, um zumindest diesen Grad von Nähe zu erreichen. Denn das ist es, was mich am meisten stört, daß Klemens nicht greifbar ist.

Ich kann mir Gefühlsäußerungen wie in einem Shakespeare-Drama vorstellen: rasen, sich auf dem Boden wälzen, einander schütteln, sich zwischendurch in die Arme fallen, um sich gleich darauf an den Haaren zu packen. All das kann ich mir zumindest vorstellen, aber nichts davon kann aus mir heraus. Alles stockt, scheitert am Entzug der Gegenwart und ist somit wirkungs- und hoffnungslos. Gegenwart, Anwesendsein, Sehenkönnen – das hat uns immer wieder voneinander überzeugt, zumindest für eine Weile, bis dann die Arbeit sich unser bemächtigt hat. Oder sehe ich das jetzt im nachhinein so, weil ich es bin, die überrumpelt wurde? Habe nicht auch ich mir Klemens oft genug vom Leib gehalten, weil ich glaubte, neben ihm und unabhängig von ihm etwas haben zu müssen, auf das ich mich jederzeit zurückziehen kann?

Ich liege auf dem Bett und spüre meine Augenlider dicker und meinen Kopf heißer werden. Und irgendwann muß ich – so wie ich bin, in Kleidern – eingeschlafen sein, denn als ich mich wieder aufrichte, habe ich die deutliche Erinnerung an einen Traum, in dem ich versucht habe, jemanden zu schlagen.

Noch spüre ich die enorme Anstrengung, mit der ich meine Bewegungen wie in Zeitlupe auf ein Gesicht hin ausrichtete, wie ich, gegen das ganze Gewicht des Schlafes ankämpfend, meine Hand gegen einen Kopf klatschen lassen möchte, wie ich nach all den zu kurzen, nicht angekommenen Schlägen immer wieder ausholte, bis ich endlich, ganz leicht nur, aber doch, dieses Gesicht erreichte, zumindest mit den Fingerspitzen.

Noch spüre ich die Anstrengung, aber auch die Befriedigung, dieses Gesicht getroffen zu haben, überhaupt an es herangekommen zu sein. Ansonsten wehren sich meine Träume gegen Handgreiflichkeiten dieser Art, und es bleibt bei Gefühlen oder bei den Schlägen anderer, die sehr leicht bei mir ankommen.

Wenn du heute oder beim nächsten Mal oder beim übernächsten Mal schwimmen lernst, sage ich, dann können wir vielleicht im nächsten Sommer an einen See fahren, und ich kann mich ruhig in die Sonne legen, während du im Wasser umherflitzt. Wir fahren mit der neuen rotsilbernen U-Bahn, und zwischen uns steht eine riesige Tasche mit Badezeug.

Also gut, sagt Kai, dann lern ich es halt. Mit den Schwimmflügeln geht es ohnehin ganz leicht.

Das ist zu wenig. Schwimmflügel können ein Loch kriegen, und dann gehst du unter.

Zum Beispiel, wenn eine Biene reinsticht, sagt Kai, oder eine Hornisse.

Oder wenn ein Schwertfisch reinschneidet …

Das gibt es nicht, Schwertfische gibt es nur im Meer.

Oder wenn ein Fischer seine Angel auswirft und der Haken bleibt im Schwimmflügel stecken …

Dann muß der Fischer mich rausziehen.

Oder wenn einfach der Stöpsel herauskommt.

Das kann sein.

Wenn von beiden Schwimmflügeln die Stöpsel herauskommen, dann gehst du nämlich unter.

Es ist nur so, sagt Kai, daß ich immer, wenn ich wirklich schwimmen lernen möchte, auch untergehe.

Dort, wo wir heute hinfahren, ist warmes Wasser, und warmes Wasser trägt.

Brauch ich da gar keine Schwimmflügel?

Ich werd dich ganz leicht mit der Hand stützen, und du wirst sehen, wie es geht.

Wenn du aber plötzlich die Hand wegziehst?

Ich zieh die Hand erst weg, wenn ich weiß, daß du nicht untergehst.

Woher weißt du das?

Das weiß ich auch nicht, aber ich zieh die Hand nicht eher weg.

Wenn sie dir aber einschläft?

Im Wasser kann sie mir nicht einschlafen.

Auch nicht im warmen?

Und wenn, dann kann ich dir ja die andere unterhalten.

Also gut, sagt Kai, dann lern ich es heute.

Du darfst aber nicht enttäuscht sein, wenn es dir heute noch nicht ganz gelingt. Es genügt, wenn du ein kleines bißchen schwimmen lernst.

Du wirst sehen, sagt Kai, wenn ich will, dann kann ich es auch.

Ja, sage ich, das schon, aber es ist sehr anstrengend, gleich beim erstenmal schwimmen lernen zu wollen. Man kann es sich ja einteilen.

Also gut, dann lern ich heute mit den Armen schwimmen und das nächste Mal mit den Beinen und beim übernächsten Mal Rückenschwimmen.

So geht das nicht, sage ich. Vielleicht solltest du mit dem Rückenschwimmen anfangen. Wenn du erst einmal den *toten Mann* kannst, gehst du wenigstens nicht mehr unter.

Und dann, sagt Kai, kann ich lernen, mit den Füßen zu spritzen.

Du mußt schön kreuzhohl liegenbleiben und darfst keine Angst davor haben, den Kopf zurückzubeugen. Wenn du den Kopf aus dem Wasser streckst, geht der Körper unter. Wenn du dann richtig liegst, kannst du anfangen, mit den Händen zu rudern. Ganz sachte zuerst, damit du nicht aufs Liegen vergißt, und du wirst sehen, wie leicht du vorwärts kommst. Dann mußt du nur noch ein bißchen mit den Füßen zappeln, und schon schwimmst du.

Aber wenn ich mich umdrehe, geh ich wieder unter.

Du darfst dich eben heute noch nicht umdrehen, und nächstes Mal lernst du dann Brustschwimmen.

Wir müssen in eine Straßenbahn umsteigen, die ziemlich voll ist. Mit Mühe läßt sich ein Sitzplatz finden, auf den ich mich, zusammen mit Kai und der großen Tasche, zwänge. Draußen ist es kühl, also haben wir auch noch Mäntel an, und so, wie wir nun ineinanderstecken, ist uns beiden die Lust zu reden vergangen.

Daß mir das nicht schon früher eingefallen ist, dieses Warmbad mit Thermalwasser. Nur der Anweg ist ziemlich lang, mit zweimal Umsteigen und den dazugehörigen Wartezeiten. Aber die Aussicht, nun eineinhalb Stunden im warmen Wasser schwimmen zu können, macht alle Mühe wett.

Schon in der Vorhalle schlägt uns warme feuchte Luft entgegen, und am liebsten würde ich alles fallenlassen, um mich nur mehr dieser sanften Müdigkeit zu überlassen, die sofort von mir Besitz ergreift.

Statt dessen heißt es, sich bei der Kassa anzustellen, dann den Kästchenschlüssel zu holen, das ganze Zeug auszupacken, sich umzuziehen, während einem, angezogen wie man noch immer ist, Schweißtropfen die Wirbelsäule entlangrinnen. Eine faszinierende Vorstellung gaukelt mir vor, daß mir die Kleider ganz einfach vom Leib fielen, daß sie vor allem auch Kai vom Leib fielen und daß sich unsere Badehosen und -anzüge von selbst den schwitzenden Leib hinaufschieben würden.

Dann ist es soweit. Irgendwie haben wir es doch geschafft, uns in der engen Kabine von einer Kostümierung in die andere zu zwängen, ohne dabei zu kollabieren.

Bevor wir unter die Dusche gehen, setzen wir unsere Badekappen auf und müssen wie auf Kommando lachen.

Wie du aussiehst, sagt Kai.

Und du erst, sage ich. Und wirklich, sein Kopf wirkt etwas zu groß, und mit der weißen, durch ein Muster noch aufgebauschten Mütze sieht er aus wie ein Champignon. Wie ich aussehe, brauche ich mir gar nicht anzusehen, ich kann es an Kais verschmitztem Lachen abschätzen.

Als wir so, naß von der Dusche, zum Warmwasserbecken

gehen, wirkt die Luft mit einemmal kühl, eine zusätzliche Raffinesse, um die Lust auf das warme Wasser noch zu steigern.

Ich habe die Handtücher abgelegt und überlege gerade, was ich mit den Schwimmflügeln machen soll, als ich Kai rufen höre, Mama, schau, und dann, ich trau meinen Augen kaum, springt er einfach hinein.

Das Wasser ist klar und keine zwei Meter tief. Es ist also nicht besonders schwierig, Kai wieder herauszufischen.

Offensichtlich hat er auch gar nicht wirklich begriffen, was los war, denn als er ausgehustet und ausgespuckt hat, sagt er mit wäßrigem, aber strahlendem Blick, na, trau ich mir was?

Mach das nicht wieder! Ich versuche, mir den Schreck nicht anmerken zu lassen.

Du hast gesagt, daß warmes Wasser trägt.

Ja, sage ich, wenn man sich ganz vorsichtig drauflegt, aber nicht, wenn man reinspringt. Und dann lege ich ihm doch die Schwimmflügel an, für diesmal hat er Wasser genug geschluckt.

Schau, wie ich schwimme, schreit Kai, und mit einigem guten Willen und etwas Unterstützung kann man sein Gezappel wirklich dafür halten.

Halt dich ein bißchen ruhiger, sage ich. Wenn das Wasser so warm ist, darf man sich nicht so stark bewegen, sonst trifft einen der Schlag.

Was ist das?

Das Ende, sage ich und stelle mich vor eine der Düsen, die in verschiedenen Höhen unter Wasser aus der Beckenwand strahlen. Ich erklär es dir später, wenn ich nicht mehr so müde bin.

Kai hält sich an meinen Schultern fest und läßt seinen Körper an der Wasseroberfläche treiben. Schau, sagt er immer wieder, schau, wie ich brustschwimme, schau, wie ich tauche, und dabei hält er sein Gesicht unter Wasser, schau, wie ich rückenschwimme.

Es ist das absolute körperliche Wohlbehagen. Die gleichmäßige Wärme, der Strahl, der einen an der Stelle trifft, an der man getroffen werden möchte, die Glaskuppel, durch die man die Bäume und den Himmel sehen kann, ohne sich vom Wind die Haut kräuseln lassen zu müssen. Es ist gegen Mittag und die meisten Leute sitzen beim Essen, anstatt hier zu schwimmen.

Jede der sparsamen Bewegungen, die man ausführt, tut wohl, vom Fingernagel ausgehend bis tief in die Schultergelenke hinein. Und was mein Rückgrat betrifft, würde ich mich am liebsten so schlängeln und drehen, daß jedem Wirbel die ihm gemäßeste und angenehmste Bewegung zukommt.

Das Becken, in dem man sich die Adern öffnet, müßte solche Ausmaße haben, um dem Gefühl des langsamen Ausrinnens zu entsprechen und damit man nicht vor der Menge und der Färbung des eigenen Blutes in Panik gerät. Auch müßte das Wasser die Temperatur halten, genau wie hier.

Mama, schau, da kann man durchschwimmen, ruft Kai und zeigt auf den grottenähnlichen Durchlaß ins Freie.

Und so schwimmen wir an Wasserspeiern vorbei hinaus ins Freie, gewärmt vom Wasser und doch an der frischen, fast scharfen Luft. Kai, der sich noch immer an meinen Schultern festhält, versucht, mich unterzutauchen, und dabei kichert und gurgelt er ununterbrochen.

Komm, sage ich, jetzt zeig *ich* dir etwas, und dann schwimme ich mit ihm unter den großen Doppelstrahl für die Schultermassage, aber als der Strahl auf seinen Kopf trifft, ist Kai mit einemmal weg, und ich muß ihn zum zweitenmal an diesem Tag aus dem Wasser fischen.

Diesmal heult er ein bißchen. Er ist beleidigt, weil er nicht mit der Heftigkeit des Strahls gerechnet hat – ich übrigens auch nicht –, und versucht auf mich loszugehen. Da er sich aber gleichzeitig an mir festhalten muß, geht es nicht.

Das ist gemein, schreit er, immer noch prustend. Wart nur, wenn ich groß bin, dann tauch ich dich auch so unter.

Ich ziehe ihn an mich und versuche lachend, ihn zu küssen. Aber bevor ich noch dazu komme, hat er mich in die Schulter gebissen. Als ich empört aufschreie, sagt Kai, das hast du jetzt davon, weil du so gemein warst.

Ich empfinde es als starkes Stück, wie er die moralische und die physische Befriedigung aus einer solchen Sache herausschindet. Eigentlich müßte ich ihm einen Dämpfer geben, um das Gleichgewicht herzustellen. Schließlich verzichte ich darauf, soll er sich freuen, auf Vorrat.

Erst jetzt scheint Kai auf dieselbe Art müde geworden zu sein wie ich. Wir sitzen aneinandergelehnt am Beckenrand. Eine Pause muß sein, das steht sogar angeschlagen.

Wieder einmal reden wir vom Weltraum und vom Himmel, der nicht aufhört. Ich versuche Kai klarzumachen, daß auch ein Weltraumfahrer, selbst wenn er unterwegs einmal aussteigen sollte, nicht den ganzen Weltraum sehen kann.

Ja, sagt Kai, dann glaubt er, das ist alles, aber es ist bei weitem noch nicht alles.

Die Erde, sage ich, soll vom Mond aus besonders schön sein, strahlend und farbig, und gar nicht so, wie sie für uns ausschaut.

So wie der Apfel gestern, sagt Kai, mir ein *Zugeständnis* machend, den ich unbedingt hab haben wollen, weil er dort auf dem Regal im Geschäft so schön ausgeschaut hat. Aber als ich ihn dann gehabt habe, habe ich gesehen, daß er Flecken hatte und wurmig war. Komm, sagt Kai dann, gehen wir wieder ins Wasser, ich bin jetzt nicht mehr wild.

Plätschernd lassen wir uns treiben, einer Art Hautgenuß hingegeben, dem auch Kai sich nicht entziehen kann. Er macht den *toten Mann,* und ich schwimme bewundernd, wie er es gefordert hat, um ihn herum, dann wieder ziehe ich ihn, der sich an einem meiner Füße festhält, hinter mir her, indem ich versuche, nur mit dem anderen Fuß Tempi zu machen. Dann lege ich leicht den Arm unter seinen Bauch und zeige ihm, wie er selber schwimmen kann.

Später, als wir, die Wärme und die Feuchtigkeit ausdampfend, beim Essen sitzen, sagt Kai, Mama, wenn wir das nächste Mal hierherkommen, kann ich sicher schon ohne Flügel schwimmen.

Wenn du bis dahin nicht wieder alles vergessen hast, sage ich.

Während ich in meinem Eisbecher herumrühre, muß ich daran denken, daß Klemens Schokolade nicht mag. Und Kai auch nicht.

Und wieder sehe ich den Brief vor mir, in dem Klemens schreibt:

»Du mußt mir verzeihen. Aber gerade das Bewußtsein, daß da etwas zu verzeihen ist, hat mir keinen anderen Weg gelassen. Ich habe es nicht fertiggebracht, Dir zu sagen, daß ich für einige Zeit weggehe. Wenn Du auch nichts dazu gesagt hättest, hätte ich die Vorwürfe, die Du mir zu Recht machen kannst, in Deinen Augen gesehen. Und ich hätte dann nichts mehr dazu sagen können. Auch jetzt rede ich nur, weil es mir in einem Brief leichter fällt, und ich meine es nicht als Vorwurf. Wie könnte ich auch.

Ich habe seit längerem das Gefühl, daß Du, daß Ihr mich nicht wirklich braucht. Auch das ist meine Schuld. Ich habe Dir vieles, zu vieles zugemutet, und als Du dann auf Deine Weise damit fertig wurdest, habe ich begonnen, mich überflüssig zu fühlen. Dabei fühle ich mich noch immer im Unrecht, aber was soll's? Du kennst meine Situation und weißt, daß mich das alles nicht gleichgültig läßt. Noch habe ich die Illusion, zu den wenigen Menschen zu gehören, die sich aus freien Stücken für ihren Beruf entschieden haben. Du weißt auch, was er mir bedeutet. Aber gerade diese Entscheidung zwingt mir alles weitere auf, so wie Dir die Entscheidung für Kai vieles aufzwingt.

Ich kann nicht auf halbem Weg stehenbleiben, sonst war auch das Bisherige vergebens. Wenn Du ehrlich bist, mußt Du zugeben, daß Du das auch gar nicht von mir erwartest. Selbst wenn ich aufgäbe, um mich mehr um Euch *kümmern* zu können, wie Du das manchmal forderst, glaube ich nicht, daß es Dich glücklich machen würde. Ich kann mich nicht so aufteilen wie Du. Vielleicht könnte ich es, wenn ich mich vom ersten Tag an für Kai so verantwortlich gefühlt hätte wie Du. Wenn die Notwendigkeit dazu bestanden hätte. Aber da warst ja Du, und für Dich war es selbstverständlich, zumindest am Anfang. Du hast ihn gestillt und gewickelt, und Deine Kraft ist dabei nur noch gewachsen.

Ich hatte geglaubt, eine Chance zu haben, wenn ich wie ein Wahnsinniger arbeitete, um Dir sobald wie möglich das andere abnehmen zu können. Aber Du wolltest mehr, Du wolltest alles. Und als es anfing, Dir zu gelingen, als Du gesehen hast, daß Du beides kannst, für Kai sorgen und arbeiten, da hast Du es auch von mir verlangt, als wäre ich Dein zweites Ich, das sich auf spiegelbildliche Art in alles teilen sollte. Dabei habe ich den Verdacht, daß Du auch das nicht wirklich wolltest. Du wolltest nur, daß ich es versuche, obwohl Du weißt, daß mir das auf diese Weise nie gelingen wird. Von mir erwartet man eine ganz andere Art von Ehrgeiz als von Dir.

Bei Dir ist es immer ein *trotzdem,* etwas, das Dir trotz Kai gelingt. Und wenn es Dir nicht gelingt, dann ist es Dir wegen Kai nicht gelungen. Wenn ich etwas nicht schaffe, wird man es meinem Mangel an Fähigkeiten, an Ausdauer oder auch an Durchsetzungsvermögen zuschreiben.

Ich liebe Dich, aber ich habe mich immer hilflos gefühlt neben Dir. Gerade wegen der Kraft, die Dir aus all dem *trotzdem* zuwächst.

Die Ungleichheit besteht nicht nur für Dich, sondern auch für mich, wenn es auch nicht dieselbe Art von Ungleichheit ist. Ich hatte gehofft, daß Du Dir ein Bild von mir machst, das mich dazu ermutigt, ich zu sein. Statt dessen habe ich mir ein Bild von Dir gemacht, das mich beinahe ängstigt, weil es mich zu all meiner Echolosigkeit auch noch schuldig werden läßt.

Vielleicht habe ich mir wirklich zu wenig Gedanken darüber gemacht, wie wir miteinander leben sollten, so wie ich Dir auch die Entscheidung für oder gegen Kai überlassen habe. Aber wann immer ich dazu ansetze, finde ich nichts, was Du nicht schon einmal vorgeschlagen hättest.

Ich weiß nicht, ob es Dir gelingen wird, diesen Brief so zu lesen, wie ich ihn gemeint habe, aber bitte, versuch wenigstens, ihn nicht ganz mißzuverstehen. Vielleicht kann ich mir einmal ein Bild von mir machen, das ich dem von Dir entgegenhalten kann, ohne mich rechtfertigen zu müssen.«

Ich habe Kai von diesem Brief erzählt, so gut es ging, und daß wir seinen Vater bestimmt irgendwann wiedersehen würden. Er hat es aber nicht ganz begriffen. Er meinte nur, daß Klemens ihm dann sicher etwas ganz Großes mitbringen würde, wenn er schon so lange nicht da war. Aber ich weiß, daß die Fragen kommen werden. Und ich werde sie beantworten müssen, obwohl Klemens es ist, der sich zu etwas entschlossen hat. Und irgendwann wird Kai mich dafür verantwortlich machen, daß Klemens nicht mehr da ist. Was sage ich dann?

Wir haben eine Zeitlang auf die Straßenbahn für das letzte Stück Weg gewartet, dann aber sind wir zu Fuß gegangen. Und, wie so oft, gehen wir durch den Park. Ich bin in Gedanken versunken. Obwohl Klemens nie mit uns gewohnt hat, kommt es mir jetzt so vor, als hätte er leere Stellen in der Wohnung hinterlassen. Jetzt, wo die Möglichkeit nicht mehr besteht, ihn unvermutet zu Hause vorzufinden, wenn er sich einmal früher freimachen hat können, habe ich immer häufiger das Gefühl, das unangenehme Gefühl, in eine leere Wohnung zurückzukommen.

Plötzlich sehe ich Kai nicht mehr. Nicht daß ich wirklich erschrecken würde, Kai kennt sich hier aus, aber ich mag es nicht, wenn ich ihn aus den Augen verliere.

Wart auf mich, ruft Kai, und ich drehe mich um. Offensichtlich bin ich an der Bank, auf der er nun mit Pembe und ihren Brüdern sitzt, vorbeigegangen.

Wo ist Rosa? frage ich Pembe, als ich die paar Schritte zurück gemacht habe.

Wir waren bei ihr, aber es steckte nur ein Zettel in der Tür: Bin mit meinen Eltern weggefahren.

Ach so, sage ich, und dann, hast du nicht Lust mit uns zu kommen?

Pembe schaut ihre Brüder an und sagt etwas auf türkisch zu ihnen. Sie scheinen zuzustimmen.

Wir gehen zu *uns* nach Hause, und ich bin froh, daß Kai mit den Zwillingen herumalbert und sich offensichtlich über den Besuch freut.

Angekommen, stelle ich Teewasser auf, und während es kocht, packe ich unsere Schwimmsachen aus.

Kann ich dir helfen? fragt Pembe.

Du kannst den Kuchen schneiden, sage ich, damit sie nicht das Gefühl hat, nach den Kindern sehen zu müssen.

Glaubst du, ist Rosa für länger weggefahren? Pembes dunkles Gesicht kann die Besorgnis kaum verbergen.

Hat sie dir nichts gesagt?

Nein. Wir wollten uns heute treffen, wie immer.

Ich weiß auch nicht, aber ich glaube nicht. Wahrscheinlich ist ihren Eltern eingefallen, daß sie eine Tochter haben, und sie haben miteinander einen Ausflug gemacht.

Pembe schaut mich ungläubig an.

Ich weiß, das klingt unwahrscheinlich. Rosas Eltern kümmern sich so gut wie gar nicht um sie. Trotzdem könnte es so sein.

Das sind komische Leute, die Eltern von Rosa …

Ja, sage ich, die sind sich selber genug. Sie haben denselben Beruf, dieselben Leidenschaften, dieselben Probleme. Sie liegen sich ständig in den Haaren und können doch nicht voneinander. Und darüber vergessen sie ganz, daß sie Rosa haben.

Meine Mutter hat gesagt, daß Rosa bei uns bleiben könnte.

Bei euch? Der Tee ist fertig, und wir setzen uns der Bequemlichkeit halber gleich in die Küche.

Ja. Als ich ihr erzählt habe, daß Rosa kommen und gehen kann, wann sie will, weil ihre Eltern meist nicht zu Hause sind.

Und wie ist es bei euch? Ich wollte dich schon lange danach fragen. Ich meine, wie habt ihr früher gelebt? Und wie seid ihr hierhergekommen?

Pembe steckt einen Würfel Zucker in den Mund und gießt Tee nach.

Interessiert es dich wirklich oder fragst du nur so?

Erzähl schon, und laß dir Zeit. Und mit einemmal ist es mir sehr recht, mich für eine andere Geschichte interessieren zu können und an meine nicht denken zu müssen.

Also, fängt Pembe an, ich war noch klein und hatte ein Tuch um den Kopf gebunden, das ich nur zum Schlafengehen abnahm. Mein Vater fuhr mit den Ochsen aufs Feld hinaus. Ich kann das Knirschen der Wagenräder noch immer hören, weißt du, keine Räder mit Speichen, sondern dicke Holzräder. Und ich sehe auch die zwei Wasserbüffel unterm Joch und meinen Vater darüber sitzen, mit einer Schirmkappe auf dem Kopf. Meine Mutter arbeitete mit den anderen Frauen zusammen, und wenn jemand Fremder kam, deckte sie ihren Mund mit dem einen Ende des Kopftuchs zu.

Bevor ich auf die Welt gekommen bin, hatten meine Eltern schon zwei Kinder gehabt, aber die sind gestorben. Wir waren sehr arm, weil es in der Familie meines Vaters viele Söhne gab und jeder nur ein paar Felder bekommen hatte. Mein Vater war der jüngste Sohn, also mußte er sich aufmachen und Arbeit suchen.

Zuerst ging er in die nächste Kreisstadt, dann nach Ankara und später sogar nach Istanbul. Wir hörten lange nichts von ihm. Erst als Erol und Oktay geboren waren, kam ein Brief von meinem Vater. Er kam weder aus Ankara noch aus Istanbul, sondern schon von hier.

Meine Mutter ging zu ihrem ältesten Schwager, der, wie alle anderen Schwager und mein Vater auch, beim Militär lesen und schreiben gelernt hatte, und bat ihn, ihr den Brief meines Vaters vorzulesen. Ich bin mitgegangen und habe mich still neben die Tür gesetzt.

Liebe Frau, hatte mein Vater geschrieben, ich habe Arbeit gefunden, und das ist sehr gut. Es sind schon viele Landsleute in dieser Stadt, die mir helfen können. Ich habe lange nichts von euch gehört, aber die Schuld ist bei mir. Ihr habt nicht gewußt, wo ich hingegangen bin. Hat Allah geruht, mir einen Sohn zu schenken? Wenn es ein Sohn ist, möchte ich, daß er Erol heißt. Ich werde euch nachkommen lassen, sobald ich genügend Geld gespart habe. Ein Mann braucht seine Frau. Hier sind die Frauen allesamt schamlos. Ich küsse eure Stirn.

Als mein Onkel zu der Stelle gekommen war, wo mein Vater schrieb, daß er uns nachkommen lassen wollte, fing ich zu zittern an. So als wäre die Sonne für einen Moment stehengeblieben und hätte sich verwundert zu dem Brief heruntergebeugt. Und ich selbst würde einen feurigen Wagen besteigen und mit ihm übers Meer fahren, zumindest über sehr viel Wasser, denn das Meer hatte ich damals noch nicht gesehen. Als ich aufschaute, merkte ich, daß meine Mutter schluckte. Mein

Onkel sagte immer wieder, freu dich, Hayriye, freu dich! Dazwischen rief er nach seiner Frau und seinen Töchtern, damit sie meine Mutter umarmen sollten. Auch sie riefen, freu dich, so freu dich doch, meine Liebe. Und meine Mutter sagte immer wieder, wenn sie nicht gerade laut schluchzte, ich freu mich ja. Und als sie trotzdem weiterweinte, sagten die Frauen zueinander, sie weint nur aus Freude, sie weint nur aus Freude.

Mich hatten sie gar nicht bemerkt, wie ich so neben der Tür saß und immer wieder den feurigen Wagen bestieg, der mich, meine Mutter und die Zwillinge nach Avrupa bringen sollte. Mein Vater, den ich schon monatelang nicht mehr gesehen hatte, kam mir wie ein wundertätiger Derwisch vor, der nur mit den langen Ärmeln seines Kaftans zu winken brauchte, um uns im Flug zu sich zu holen.

Ich kannte einige Frauen, deren Männer in Avrupa – so sagt man bei uns – arbeiteten, die aber ihre Familien nicht hatten nachkommen lassen. Angeblich weil sie bald wiederkommen wollten und ohne Familie mehr Geld verdienen würden. Aber nach all dem, was über die Frauen in Avrupa bis ins Dorf durchgesickert war, wußten alle, was dahinter war.

Dann ging das Warten erst los. Die Monate zogen sich, und ich erinnere mich, wie die Frauen sich während der Arbeit mit meiner Mutter darüber unterhielten, wie es sein würde in Avrupa. Einige von ihnen waren auch neidisch und sagten, es sei schrecklich in Avrupa, und für Rechtgläubige sei da alles *ayiip,* das heißt voller Schande.

Und das Essen, sagte eine Frau namens Fatma. Du kannst dir gar nicht vorstellen, was die dort essen. Abgesehen von dem schmutzigsten aller Tiere, dem Schwein. Davon will ich gar nicht anfangen. Aber einige essen sogar Schnecken und andere Frösche. Und erst der Alkohol. Sogar die Frauen trinken, und nicht nur das, sie nehmen selbst zum Kochen Alkohol. So daß ein Gast, auch wenn er keinen Tropfen in einem

Glas anrührt, ganz betrunken ist, allein von dem Alkohol, den die Hausfrau ins Essen getan hat. Und wenn er dann betrunken ist, macht die Hausfrau mit ihm, was sie will.

Meine Mutter senkte, wenn sie so was hörte, nur den Kopf und sagte, laßt mich nur bei meinem Mann sein, dann kann uns nichts mehr geschehen. Und wenn Fatma wieder vom Essen anfing, sagte sie, natürlich werde ich nie einen Bissen Fleisch von diesem unreinen Tier anrühren, von dem du sagst, daß die Leute in Avrupa es essen, aber bei allem anderen werde ich essen, was mein Mann nach Hause bringt. Und wenn es *das mindeste* Fleisch ist, denn ich habe schon lange kein Fleisch mehr gegessen.

Erst von dem Augenblick an, als wir wußten, daß wir nach Avrupa gehen würden, ist uns richtig bewußt geworden, wie arm wir waren. Wir fingen an, uns alles anders und besser vorzustellen. Wenn ich zum Fluß hinunterging, der sich in vielen Biegungen durch das sandige Bett schlängelt, und mit den anderen Kindern im Wasser herumtollte – in Kleidern natürlich –, blieb ich immer wieder stehen, schaute an mir hinunter und dachte mir aus, was für Kleider ich in Avrupa tragen würde. Ich kann mich noch gut erinnern, daß ich damals vor allem an ein Kostüm mit Hut gedacht habe, denn eines der Kinder hatte einmal von der nächsten Bahnstation eine Zeitung mitgebracht – die Kinder betteln immer an den Bahnstationen um Zeitungen, die sie dann nach Hause in die Dörfer bringen –, in der eine Frau abgebildet war, die so ein Kostüm mit Hut trug. Oder ich stellte mir vor, daß mein Vater mir ein Brokatkleid machen lassen würde, so wie das, das Fatmas Tochter bei ihrer Hochzeit getragen hat.

Die Zwillinge waren noch zu klein, um etwas zu verstehen, aber auch ihnen versuchte ich zu erklären, was für eine glücksgesegnete Familie wir waren und wie gut es uns allen in Avrupa gehen würde. Meine Mutter, die ziemlich geschickt ist, ging jeden Tag zu ihrer Tante, der einzigen Frau im Dorf, die eine Nähmaschine hatte, und bat sie, damit üben zu dürfen, damit sie in Avrupa die Kleider für mich und die Zwillinge selber machen könne, um noch mehr Geld zu sparen. Daß mein Vater ihr inzwischen geschrieben hatte, er würde versuchen, später auch für sie Arbeit zu finden, erzählte sie der Tante nicht. Es hätte nicht in das Bild gepaßt, das die Tante sich von Avrupa machte. Nicht daß die Frauen im Dorf nicht arbeiten müßten. Aber da arbeiten sie bloß für den eigenen Mann und die eigenen Kinder. Daß ein Mann wie mein Vater seine Frau zu jemand anderem zur Arbeit schicken wollte, das hätte sie nie verstehen können.

Es war mehr als ein Jahr vergangen seit dem Brief, in dem mein Vater das erstemal geschrieben hatte, er würde uns nachkommen lassen, und noch immer wußten wir nichts Genaues. Die Zwillinge liefen schon und hatten bereits zu sprechen begonnen, als eines Tages eine riesige Staubwolke die holprige Straße zu unserem Dorf daherkam. Unser Haus stand so ziemlich am Dorfeingang, so daß ich auf die Straße hin ausschauen konnte, die zum Dorf führt.

Meine Mutter arbeitete auf den Feldern draußen, und ich paßte auf die Zwillinge auf. Mit einemmal war aus der Staubwolke ein Auto geworden, das geradewegs auf unser Haus zukam. Ich war sehr aufgeregt und suchte die Zwillinge, die im Hof herumkrabbelten und spielten. Ich holte sie und stellte mich mit ihnen in die Tür, um zu sehen, wo das Auto hinfahren würde.

Ich habe meinen Vater gar nicht gleich erkannt. Der Herr im hellblauen Anzug, der aus dem roten Auto stieg, war mir so fremd, daß ich erst merkte, daß es mein Vater war, als er mich anredete.

Meine Tochter, sagte er und zeigte auf die Zwillinge, sind das meine Söhne?

Ja, Vater, sagte ich. Dann kam er auf uns zu, ich küßte ihm die Hand, er küßte mich auf die Stirn, und da hatten die Zwillinge schon zu brüllen begonnen. Erol versuchte davonzulaufen, und Oktay versteckte den Kopf in meinem Kleid.

Ich sagte nur immer, freut euch, es ist euer Vater. Euer Vater ist gekommen. Und als die Zwillinge sich wieder beruhigt hatten, mußte ich meinem Vater erklären, woran er sie auseinanderhalten konnte. Er nahm sie beide hoch, da lachten sie schon wieder. Dann trug er sie in sein Auto und deutete mir, mich hinter die Zwillinge zu setzen. So fuhren wir holpernd hinaus aufs Feld, wo die Frauen arbeiteten. Als wir näher kamen, drehten sie sich alle weg und bedeckten das Gesicht.

Mein Vater stieg aus und rief, Hayriye, Frau, ich bin gekommen, um dich zu holen.

Auch meine Mutter stand mit dem Rücken zu ihm, aber sie mußte ihn an der Stimme erkannt haben, denn sie stieß einen Schrei aus und drehte sich um, als hätte ein Gespenst sie erschreckt. Dann eilte sie auf meinen Vater zu und küßte ihm die Hand. Sei willkommen, sagte sie, und ihre Stimme zitterte.

Mein Vater antwortete dem Brauch gemäß, ich bin gern gekommen. Dann sagte er, sie solle sich ins Auto setzen, aber sie traute sich nicht gleich. Sie war nur ein paarmal mit einem Bus in der Kreisstadt gewesen, aber noch nie mit einem Personenauto gefahren.

Komm nur, komm, redete mein Vater ihr zu, es ist meines. Dann stieg sie ein, und wir fuhren zurück nach Hause. Mein Vater holte die Koffer aus dem Auto und zeigte, was er uns und den Verwandten alles mitgebracht hatte. Mir drückte er eine große Puppe mit gelockten Haaren und einem weiten Rock aus Nylonspitzen in die Hand, und ich weinte vor Freude, weil ich mir eine solche Puppe nicht einmal hätte wünschen können, denn ich hatte gar nicht gewußt, daß es so was gab. Meine Mutter hatte kaum Zeit, die Kleider anzuschauen, die mein Vater mitgebracht hatte. Sie stellte Wasser auf, denn mein Vater hatte gesagt, er wolle baden nach der langen Reise, und meine Mutter solle auch baden. Ich wußte noch von früher, was das bedeutete, und nahm die Zwillinge zum Spielen mit in den Hof hinaus, obwohl das nicht viel half, denn das Haus war klein und man konnte alle Geräusche hören. Als es dann Abend wurde und die anderen Leute von den Feldern zurückkamen, gingen mein Vater und meine Mutter wieder im Haus umher. Mir fiel auf, daß mein Vater uns immer öfter ansah, so als vergleiche er uns mit irgend etwas. Und hin und wieder sagte er zu meiner Mutter, wisch den Zwillingen den Mund ab. Oder, schon wieder sitzt eine Fliege in seinem Augenwinkel, du mußt sie besser sauberhalten. Auch zu mir sagte er, Tochter, du sollst mehr auf deine Kleider achtgeben.

Dann aber machten wir uns alle auf den Weg, zusammen mit den Geschenken, die mein Vater mitgebracht hatte. Wir gingen zu seinem ältesten Bruder, dessen Frau ebenfalls früher vom Feld nach Hause gekommen war, um meinen Vater und uns bewirten zu können, wenn wir mit den Geschenken eintrafen.

Als wir gegessen hatten, kamen auch noch die anderen Brüder mit ihren Frauen, und ich hatte schon Angst, mein Vater könnte auf irgend jemanden vergessen haben. Aber wie ein Zauberer zog er immer noch etwas aus irgendeiner seiner Taschen hervor und gab es einem seiner Verwandten.

Irgendwann waren die Zwillinge eingeschlafen, und ich bat eine meiner Cousinen, mir zu helfen, sie nach Hause zu tragen. Es war schon sehr spät, und als ich mich zu den Zwillingen auf den Boden legte – wir hatten Matratzen als Betten, die wir tagsüber einrollten –, konnte ich vor Freude und Bewunderung für meinen Vater nicht einschlafen.

Es ging nun einige Tage so, daß mein Vater und meine Mutter von Haus zu Haus eingeladen waren, um Wiedersehen und

Abschied zugleich zu feiern, denn mein Vater hatte nicht lange Urlaub.

Einmal hörte ich, wie mein Vater fluchte, weil meine Mutter die Tage hatte. Jetzt hätte er so lange ohne Frau auskommen müssen, und ausgerechnet jetzt müsse meine Mutter bluten. Dann aber meinte er, das wäre ganz gut so, und sie müsse von nun an eine Medizin nehmen, damit sie keine Kinder bekäme. Sie dürfe aber ja nicht darauf vergessen, sonst sei alles umsonst. Ein paar Tage später hörte ich ihn dann mit meiner Mutter schimpfen, weil sie auf die Medizin vergessen hatte.

Bevor wir abfuhren, mußten wir die Sachen anziehen, die mein Vater mitgebracht hatte. Er sagte, wir sollten alles, was wir bisher getragen hatten, verschenken. In Avrupa könnten wir es ohnehin nicht brauchen, und bis wir zurückkämen, wären die Sachen längst verkommen. Er warf all die Dinge aus dem Koffer, von denen meine Mutter sich nicht hatte trennen können, und schrie sie an, so tu, was ich dir sage. Wenn wir in Avrupa sind, wirst du schon sehen, warum ich gesagt habe, du sollst das Zeug verschenken.

An dem Tag, als wir wirklich abfuhren, standen wir schon vor Sonnenaufgang auf, doch als wir uns nochmals von allen verabschiedet hatten, begann es schon wieder heiß zu werden. Die Zwillinge schliefen noch, und meine Mutter weinte und weinte, so daß mein Vater endlich sagte, hör schon auf. Schlimmer als bei uns im Dorf ist es anderswo auch nicht. Und da bekam ich plötzlich ein Ohr dafür, daß mein Vater Avrupa gar nicht so mochte, wie ich es mir vorgestellt hatte. Er hatte zwar viel von all den Wunderdingen erzählt, aber die Arbeit sei hart und die Menschen unfreundlich, es brauche ihn also niemand zu beneiden.

Von da an hatte ich ein wenig Angst, als wir uns so immer weiter und weiter von unserem Dorf entfernten. Und obwohl wir noch lange nicht an der Grenze unseres Landes waren, kam mir die Gegend immer fremder vor, je grüner sie wurde und je dichter die Häuser standen.

Schon nach einer Woche begann ich von unserem Dorf zu träumen, wie es mit seinen paar Bäumen und den braunen Feldern unter einem blauen Himmel in der Steppe lag, die nur von vulkanartigen Bergen begrenzt wurde und sich ansonsten ganz weit ausdehnte.

Selbst die Frau namens Fatma war mir im Traum erschienen und hatte gesagt, gib acht, sie werden dir Schlangen zu essen geben, und nirgends wird trinkbares Wasser sein.

Nach zwei Tagesreisen war das Auto kaputtgegangen. Es hatte die vielen kleinen holprigen Straßen bis zur großen Überlandstraße nicht ausgehalten. Wir mußten in einer kleinen Stadt bleiben, und es dauerte Stunden, bis mein Vater überhaupt jemanden gefunden hatte, der das Auto reparieren konnte. Dann stellte sich heraus, daß mein Vater nicht mehr genügend Geld hatte. Dem Mann, der das Auto reparieren wollte, gefiel meine schöne große Puppe, und so gab sie ihm mein Vater. Zu mir sagte er, ich würde in Avrupa eine neue Puppe bekommen, eine noch schönere.

Für mich war das die schönste Puppe der Welt gewesen, aber ich durfte nicht einmal darum weinen. Ich wußte ja, warum mein Vater sie weggegeben hatte, und es ist eine Schande, um etwas zu weinen, das der ganzen Familie geholfen hat. Ich schaute ständig aus dem Fenster, mit starren Augen, damit nur ja keine Tränen hineinkamen, und als wir dann alle aussteigen mußten, damit der Mann das Auto reparieren konnte, versuchte ich, meinen Vater nicht anzuschauen, damit ich nicht wieder daran denken mußte. Das Geld, das der Mann verlangt hatte, fehlte uns trotz der Puppe als Zugabe, und wir haben gehungert, bis wir hierherkamen. Zum Glück hatte meine Mutter wenigstens viele Melonen mitgenommen.

Wir waren so froh, aus dem Auto steigen zu können, daß wir

gar nicht merkten, in welche Art von Keller mein Vater uns gebracht hatte. Wir fanden es schön, weil alles weiß getüncht war und Möbel drin standen, wie wir sie zu Hause nicht hatten.

Ich fühlte mich so feierlich, wenn ich auf einem Stuhl saß, und wenn ich in ein Bett stieg, hatte ich anfangs immer Angst herauszufallen. Auch das Klo war mir ungewohnt. Bei uns zu Hause hockt man über einer Öffnung im Boden, wobei sich alles so ergibt, daß man sich kaum mehr anzustrengen braucht. Auf diesem Sitzklo aber fingen wir alle an, wie verrückt zu drücken und uns zu plagen.

Aber wir waren da, und unsere Begeisterung hatte so lange Zeit gehabt zu wachsen, daß es unmöglich war, sie in kurzer Zeit wieder zum Verschwinden zu bringen. Auch war alles so ganz anders, als wir es uns zu Hause, in unserem Dorf, vorgestellt hatten

Mein Vater, der wenigstens ein paar Brocken Deutsch konnte, war fast den ganzen Tag auf der Baustelle, und so waren wir ganz auf uns angewiesen. Meine Mutter wagte sich die ersten Wochen gar nicht aus dem Haus, außer an den Wochenenden, wenn mein Vater mit ihr ging. Sie saß da und versuchte, an den Beinen der Vorübergehenden – es war wirklich eine Art Keller, in dem wir wohnten – die neue Umgebung abzulesen. Zum Einkaufen hat sie mich geschickt. Ich konnte zwar auch noch kein Deutsch, aber ich war ein Kind. Ich würde es schneller lernen, sagte sie, und als Kind könne man sich auch auf der Straße zeigen. Kein Mann würde sich schon für mich interessieren.

Abends, wenn mein Vater nach Hause kam, fragte ich ihn nach den Wörtern, die ich zum Einkaufen brauchte, und er brachte mir das Zählen bei. Ich war schon im schulpflichtigen Alter, aber da es so viele Probleme gab, war niemand auf die Idee gekommen, mich zur Schule zu schicken.

Ich lernte auch so sehr schnell. Ich schaute immer nur, wie die anderen es machten. Wenn meine Mutter mich um Brot schickte, blieb ich eine Weile im Laden stehen und wartete, bis ich hörte, wie jemand die Sorte Brot verlangte, die auch ich kaufen wollte. Ich versuchte das Wort nachzusprechen, denn ich war zu stolz, um nur darauf zu zeigen.

Ich lernte aber auch, daß ich mich verdächtig machte, wenn ich längere Zeit im Geschäft herumstand und darauf wartete, daß jemand die Sache, die ich kaufen wollte, beim Namen nannte. Manchmal glaubten die Leute im Geschäft dann, ich wolle nur auf eine günstige Gelegenheit warten, um etwas zu stehlen, und einmal haben sie mich hinausgejagt, ohne daß ich auch nur hätte sagen können, warum ich so lange gewartet hatte. Ich war verzweifelt, und vor Scham wollte ich gar nicht mehr nach Hause gehen, aber dann dachte ich, daß weder mein Vater noch meine Mutter es je erfahren würden, wenn ich es ihnen nicht sagte. Meine Mutter war ganz von mir abhängig, was die Straße betraf, und mein Vater arbeitete in einem anderen Bezirk. Daß ich das alles mit einemmal so klar sehen konnte, machte mich stark, und ich spürte, wie sehr ich auf mich gestellt war.

Und wie lange lebst du jetzt schon hier? frage ich, noch ganz im Bann von Pembes Erzählung.

Sieben Jahre.

Und, möchtest du bleiben?

Wenn ich das bloß wüßte. Wenn mir einer sagen könnte, wo ich hingehöre. In unserem Dorf möchte ich nicht mehr leben, und hier gefällt es mir auch nicht so gut.

Du hast schon so oft von Istanbul geredet, möchtest du denn dort leben?

Ich war nur einen einzigen Tag meines Lebens in Istanbul, auf der Reise hierher. Mein Vater besuchte einen Freund, der längs der Stadtmauer in einem ziemlich verfallenen Haus wohnte. Dort war es auch, wo wir zum letztenmal zu essen bekamen, von den Melonen abgesehen, die wir mithatten. Aber es ist eine wunderschöne Stadt, und so groß, daß du dir das gar nicht vorstellen kannst. Wasser gibt es da, immer wieder Wasser, man muß oft über Brücken fahren. Wenn in unserem Dorf nur ganz wenig von diesem Wasser gewesen wäre, was glaubst du, wieviel besser dann die Ernten wären.

Mein Vater hat sich öfter verfahren in Istanbul, aber ich war froh darüber. So konnte ich länger zum Fenster hinausschauen und mir alles ansehen. Ich konnte kaum sprechen, so beeindruckt war ich. Ich sah die riesigen Moscheen, deren Steinfassaden verziert waren, als hätte man sie aus weichem Holz geschnitzt, und die Treppen, die zu ihnen hinaufführten, waren so breit, daß das halbe Dorf darauf Platz gehabt hätte. Und Menschen waren da überall. Als ich zum erstenmal ausstieg, war mir ganz unheimlich. Immer dachte ich, daß sie mich erdrücken würden oder daß ich in dem Menschenstrom sofort verlorengegangen sein würde, wenn ich einmal in ihn hineinkam.

Da waren Fähren und große Schiffe, die weiß und langgestreckt im Bosporus vor Anker lagen und aus denen weißgekleidete Männer kamen, die man auch in der Stadt überall sehen konnte.

Auf dem Goldenen Horn sah ich kleine Dampfer auf und ab fahren, und ich wünschte mir so sehr, einmal auf einem solchen Dampfer zu stehen und den Leuten, die an den Anlegestellen stehen, zuzuwinken.

Mein Vater hatte mir vom Großen Bazar erzählt, in dem es so viele Läden gibt, daß man sich leicht verirren kann, wenn man sich nicht gut darin auskennt. Und er hat auch gesagt, daß viele Fremde in den *Bazar* gehen, um Schmuck und Felle zu kaufen. Mein Vater wollte das auch, um es hier weiterzuverkaufen, aber wir hatten kein Geld mehr.

In Istanbul würdest du also leben wollen?

Ich glaube schon. Aber es geht nicht.

Warum? frage ich ziemlich dumm.

Weil es dort schon zu viele Menschen gibt, sagt mein Vater. Und jeden Tag ziehen noch welche zu.

Und du kannst dir nicht vorstellen, hier zu bleiben?

Vorstellen schon. Es ist Pembe gelungen, sämtliche Fransen des Schals, den sie umbehalten hat, zu kleinen Zöpfen zu flechten.

Aber?

Aber meine Eltern wollen zurück.

Wenn du zum Beispiel hier heiratest und Kinder hast?

Mein Vater würde es nicht erlauben. Und wenn er es erlaubt, ist es auch nicht so gut, weil der Familie immer was fehlt. Wenn meine Eltern in der Türkei sind und ich hier bin, dann haben meine Kinder sie nicht als Großeltern und meine Eltern haben meine Kinder nicht als Enkel.

Du kannst sie doch besuchen.

Das ist nicht dasselbe.

Ihr habt doch lange allein gelebt, bis dein Vater euch hat *nachkommen* lassen. Und ich verschlucke mich beinahe bei dem Wort.

Das war was anderes. Wir wußten, daß mein Vater weg mußte, damit wir leben konnten. Er hat es für uns getan.

Du kannst es dir also nicht vorstellen, woanders als deine Eltern zu leben?

Vorstellen schon. Aber es ist nicht so gut. Vielleicht denke ich dann auch, wie die Frauen hier, die allein leben, daß nur ich mich mit meinen Kindern plagen muß. Und ich würde es auch ungerecht finden, daß auf einmal ich das alles machen muß. Wenn aber meine Mutter da ist, würde sie mir helfen, so wie ich ihr jetzt helfe, und ich würde immer wissen, daß sie sich auch so mit uns geplagt hat.

Aber Pembe, sage ich, es geht doch vor allem darum, daß die Frauen jetzt viel zu viel auf einmal machen sollen, arbeiten, Kinder haben, *Geborgenheit* vermitteln.

Schon, aber es ist viel leichter, wenn alles zusammenhängt. Und wenn alles zusammenhängt, dann mußt du auch nicht alles allein machen. Und wenn deine Eltern dir helfen und du deinen Eltern hilfst, dann werden auch deine Kinder dir helfen, und du wirst deinen Kindern helfen. Aber das geht nur, wenn man in der Nähe ist.

Kann sein, sage ich, und wenn dieser Zusammenhang nie unterbrochen worden ist.

Ja, sagt Pembe. Es muß so weitergehen, damit es einen Sinn hat.

Und deshalb möchtest du mit deinen Eltern zurück in euer Land?

Ja, das heißt nein. Nicht aufs Dorf zurück. Oder nur auf Urlaub. Aber nicht für ganz.

Und wenn deine Eltern doch dableiben?

Das geht nicht. Wenn die Arbeitsgenehmigung nicht mehr erneuert wird, dann müssen wir zurück.

Und was sagen deine Eltern dazu?

Nichts. Die haben von Anfang an gewußt, daß sie wieder weg müssen. Sie haben sich darauf eingestellt. Nicht einmal richtig Deutsch haben sie gelernt. Dafür haben sie Heimweh. Aber wir, meine Brüder und ich, wir haben kein Heimweh mehr.

Wenn du hier in die Schule gehst, kannst du dir nicht immer sagen, egal, wir gehen sowieso zurück, sonst schaffst du es nicht. Wenn du hier in die Schule gehst und so viel lernen mußt, dann glaubst du einfach mit der Zeit, daß du doch hierbleibst und daß es einen Sinn hat, daß du das alles lernst. Wenn du das nicht langsam glaubst, dann kannst du gar nicht lernen, dann ist dein Kopf zu, und du schwitzt und bleibst dumm.

So wahr ich Anna Fürst heiße, sagt die Dame mit dem Damenbart und läßt das Opernglas auf ihre dicken Brüste sinken, ich habe euch schon erwartet. Setzt euch.

Der Regen prasselt so dicht hernieder, daß er sich wie ein Vorhang um den steinernen Pavillon schließt. Pembe hat die Picknickdecke um Kai und die Zwillinge gelegt, und Herwater versucht, im Samowar neue Kohlestücke zu entzünden, um frischen Tee zu kochen.

Ich bin Rosa, sagt Rosa, und ich bewundere Sie schon lange. Das hier ist Pembe, aber eigentlich haben wir die Namen getauscht, aus Freundschaft.

Gut, daß ihr da seid. Die Fürstin streckt die Hände nach den beiden Mädchen aus. Auf euch setze ich meine Hoffnung. Kommt neben mich.

Es hat länger gedauert, als ich dachte. Die Fürstin legt die Hände auf ihre den schwarzen Rock sprengenden Schenkel. Aber ich wußte, daß der Augenblick kommen würde. Dann schaut sie der Herzogin in die Augen. Viviane de la Cœur, mit dir habe ich allerdings nicht gerechnet. Sei trotzdem willkommen.

Die Herzogin errötet und deutet mit den Fingern ein Winken an. Es ist alles so plötzlich gekommen. Ich konnte gar nicht anders.

Ich möchte keine Erklärungen, bemüh dich nicht. Hauptsache, du bist da. Junger Mann, fährt sie zu Herwater gewandt fort, Sie müssen noch eine Menge lernen. Es gibt nichts

Wichtigeres, als ein Feuer anfachen zu können, verstehen Sie mich? und ihre Augen glühen.

Herwater stochert bemüht in den Holzkohlen herum, bläst sie an und versucht es nochmals mit einem Streichholz.

Zu naß, sagt er lächelnd, es ist alles zu naß.

Und das sind die Kinder? Die Fürstin greift zum Opernglas, läßt es wieder sinken und schaut die Kinder, sich zu ihnen hinbeugend, mit zusammengekniffenen Augen an.

Zwei Buben und ein Mädchen, wenn ich recht sehe.

Drei Buben, flüstert Rosa, einer ist getarnt.

Verstehe. Und warum auf diese Weise?

Seine Mutter hat einmal zu mir gesagt, sie habe sich eigentlich ein Mädchen gewünscht.

Die Fürstin lehnt sich wieder zurück. Der schwarze Rock, die schwarze Bluse umspannen den massigen Körper. Die Knie sind der weit ausladenden Schenkel wegen nicht geschlossen, und die etwas aufgequollenen Füße stecken in schwarzen Lederschuhen mit halbhohen Absätzen. Die nackten Oberarme quellen wie prall gefüllte Schläuche aus dem Ärmelloch, und über den vielen kleinen Speckwülsten des Halses wölbt sich ein Kinn, das in eine Beschreibung über Bestimmtheit als Charakterzug passen würde. Das schwarze, von weißen Strähnen durchsetzte Haar ist mehrmals flach um den Kopf geschlungen, und der Knoten, zu dem es festgesteckt ist, wirkt wie der Federbusch zum Helm. Das Gesicht ist von Natur aus rot.

Neben sich hat die Fürstin eine übergroße Handtasche mit künstlicher Petit-point-Stickerei stehen, die trotz der Größe überzuquellen scheint. Der Zipfel eines Taschentuches ist von der Schließe eingezwickt worden und hängt ungebügelt herunter.

Ihr wißt, worum es geht, sagt die Fürstin und macht eine Pause.

Rosa und Pembe schauen einander an, die Herzogin räuspert sich, Herwater beugt sich noch tiefer über den Samowar, und die Kinder unterhalten sich leise unter der Picknickdecke, als befänden sie sich in einer Höhle.

Ich habe es nämlich am eigenen Leib erfahren, fährt die Fürstin fort. Und was man am eigenen Leib erfahren hat, darauf kann man sich verlassen.

Die Herzogin nickt. Es geht nichts übers Persönliche.

Als ich vor vielen, vielen Jahren mit meinen Eltern hierherkam, war ich eine junge Butterblume, fest im Fleisch und rund in den Formen. Und dann lernte ich den Fürsten kennen.

Den Fiaker-Fürst? fragt die Herzogin.

Den, sagt die Fürstin. Er war Herr über fünf Zeugeln, und drei andere Kutscher haben für ihn gearbeitet.

Ihr hättet ihn hören sollen, wie er gewinselt hat, solange ich noch so tat, als würde er mich nicht interessieren. Meine Eltern waren Fahrende, und die sahen es gar nicht gern, nämlich die ganze Geschichte mit dem Fürsten. Aber meine Brüder sagten, jetzt ist es schon zu spät, jetzt muß sie ihn heiraten. Und meine Mutter sagte, wenigstens kennt er sich mit Pferden aus und fährt, wenn er auch nicht weit fährt.

So kamen wir also zusammen, der Fürst und ich, nachdem wir groß Hochzeit gehalten hatten. Das ist vielleicht ein Zug gewesen. Mindestens dreißig Fiaker und alle in einer Reihe, dicht hintereinander. Da konnten die Autofahrer hupen, was sie wollten. Und in der Gegenrichtung verstopften die Fußgänger die Straße, denn alle Tage sieht man keine Fiakerhochzeit.

Mein Vater hatte allein für sich und die Brüder und deren Frauen und Kinder sieben Kutschen bestellt, und als wir dann endlich in der Au waren und an den Tischen zum großen Mahl saßen, waren wir an die hundertfünfzig Leute. Zum Glück war das Wetter schön, und man konnte an den langen Tischen im Freien sitzen. Drinnen hätten wir gar nicht alle Platz gehabt.

Der Fürst hatte sich ein neues Flinserl ins Ohr stechen lassen, und sein Anzug stammte vom Silbernagel. Er hatte eine weiße Chrysantheme angesteckt, und die Messingteile der Pferdegeschirre blitzten und funkelten, daß man die Augen zumachen mußte, wenn einen der Strahl traf.

Ich glaube mich an diese Hochzeit erinnern zu können, sagt die Herzogin nachdenklich. Ist es dabei nicht zu einigen Unfällen gekommen? Sie räuspert sich, ich meine zu Zusammenstößen zwischen dem Anhang des Bräutigams und dem Anhang der Braut? Ich meine, etwas in der Art gelesen zu haben.

Die Fürstin zieht verächtlich die Mundwinkel herunter. Ach was, sagt sie barsch, die üblichen Raufereien bei einer großen Hochzeit. Man hätte sich wundern müssen, wenn es nicht dazu gekommen wäre. Obendrein, wo meine Brüder – und ihr Gesicht strahlt auf – wahre Baumstämme waren. Einer stärker als der andere. Ich will damit nicht sagen, daß die Leute vom Fürsten Schwächlinge waren, aber ihre Kräfte waren so unterschiedlich, während meine Brüder sich gegenseitig kaum übertreffen konnten.

Es soll eine Reihe von Verletzten gegeben haben, beharrt die Herzogin. Sogar Schwerverletzte, die man ins Krankenhaus hat bringen müssen.

Selber schuld, sagt die Fürstin und zuckt die Achseln. Jedenfalls sind der Fürst und ich zusammengezogen. Schwanger war ich ja auch schon, und so kam ich ins Familienleben. Daß der Fürst sich bedienen ließ, kam mir nicht so absonderlich vor. Auch mein Vater und meine Brüder waren anspruchsvoll. Daß ihm aber so gar nichts paßte, das machte mich wütend. Die Schuhe waren ihm zu wenig blank, die Hemden zu wenig gestärkt, der Kaffee schmeckte ihm zu bitter, und von der Butter sagte er, sie sei ranzig, weil ich sie schon wieder zu lange in der warmen Küche hätte herumstehen lassen. So war es auch mit dem Bier, das zu wenig kalt, und mit dem Zimmer, das zu wenig aufgeräumt war. Als das Kind auf die Welt kam, war der Fürst eine Woche lang stockbesoffen, und wenn mir nicht eine Nachbarin geholfen hätte, hätte ich mich noch erwürgen können.

Es lebe der junge Fürst, brüllte der Fürst jedesmal, wenn er sich gegen Morgen ins Bett fallen ließ. Aber ebenso schnell wie seine Räusche verflüchtigte sich auch sein Gefühl für meine Schonzeit. Und bald fing er wieder an, sich über alles aufzuhalten. Einmal war im Essen zuviel Knoblauch, dann wieder stanken ihm die Windeln zu stark, die ich in einem Kübel eingeweicht hatte. Selbst an mir hatte er immer wieder was auszustallieren. Der Lippenstift war ihm zu rot, und der Büstenhalter schnitt mich angeblich zu stark ein. An meinem Rock sollte hinten eine Naht geplatzt sein, und schließlich waren ihm auch die Betten nicht mehr recht, so wie ich sie machte.

Eines Nachts geschah es dann, daß er sich zu mir sagen traute, du dreckiges Zigeunermensch! Er muß sehr besoffen gewesen sein, denn er ist ins Bett gefallen, ohne sich auch nur die Schuhe auszuziehen.

Ich nahm das Kind, packte alles, was wir brauchten, in eine Kiste und verschwand.

Noch konnte ich die Zeichen lesen. Es dauerte eine Weile, aber ich fand, was noch da war, von meiner alten Familie. Nehmt ihn, sagte ich, er ist nach mir geraten. Und alle freuten sich über meinen schönen Sohn. Ich konnte und wollte nicht mehr zurück. Mein Kind war ein Sohn, er würde es gut haben bei meiner alten Familie, sehr gut sogar.

Ich bin viel herumgekommen. Zuerst habe ich getanzt, dann serviert und dann gehandelt. Und irgendwann bin ich wieder hierhergekommen. Ich hatte ein bißchen was im Beutel, kleidete mich ein und ging viel spazieren. Und auf einmal stand der Fürst vor mir. Ein bißchen angegraut und mit roter Nase, aber ansonsten noch ganz passabel.

Anna, rief er und breitete die Arme aus. Und da habe ich mich hineinfallen lassen.

Du bist zurückgekommen, sagte er gerührt.

Noch nicht. Da wäre vorher noch einiges zu klären.

Ja, sagte er, und wo ist der junge Fürst?

Den kannst du einstweilen noch vergessen. Der ist einer von den Meinigen geworden. Erst in deinem Testament kannst du wieder an ihn denken. Davor aber komme ich noch in den Mitbesitz, verstehst du?

Es muß nichts Gutes nachgekommen sein hinter mir, denn der Fürst hat zu allem ja gesagt, in seiner ersten Freude, und so ein, zwei Jahre haben wir auch ganz gut miteinander gelebt in unserer zweiten Ehe.

Dann hat er wieder zu saufen angefangen, und wieder war ihm nichts mehr recht, und er sagte, inzwischen müßte ich es doch endlich gelernt haben.

Ich ließ mich nicht aus der Ruhe bringen. Der ist halt so, dachte ich, der geht nicht mehr zu ändern, schließlich hat er auch seine guten Seiten.

Bis er dann eines Nachts, als er besoffen heimkam, wieder damit anfing. Du dreckiges Zigeunermensch, sagte er, sei froh, daß sie dich nicht vergast haben, seinerzeit.

Da habe ich ihn mir vorgenommen. Kräftig, wie ich bin – die Fürstin läßt kurz die Muskeln ihrer nackten Oberarme spielen –, habe ich ihn mir vorgenommen. Dabei hat er noch alles angekotzt, aber das hat mir nichts ausgemacht.

Und als ich endlich dachte, daß es genug sei, ließ ich ihn zurück ins Bett fallen. Da jammerte er auch schon nicht mehr. Diesmal war ich nämlich nicht so blöd, einfach davonzugehen und ihm alles dazulassen.

Vielleicht habe ich ihn dumm am Kopf getroffen, jedenfalls

hat er sich nicht daran erinnern können, wie ich ihn in der Mangel hatte. Und als er bald darauf starb, war ich seine einzige Erbin.

Eine Zeitlang habe ich versucht, das Fiakergeschäft selbst zu betreiben. Aber wozu? Wozu, fragte ich mich, wenn ich auch so leben kann, ohne mich mit den Kutschern herumzustreiten. Da habe ich es übergeben und mich auszahlen lassen.

Und das reicht? fragt die Herzogin.

Für die nächsten zehn Jahre, wenn keine Inflation kommt. Und Pension kriege ich auch eine nach dem Fürsten. Da hat er die ganze Zeit schön eingezahlt.

Wenigstens das klappt bei den meisten, sagt die Herzogin.

Das ist kein Verdienst. Herwater hat endlich die paar Kohlestücke zur Weißglut gebracht. In den meisten Fällen zwingt der Staat den Menschen dazu, vorzusorgen.

Ach so? meint die Fürstin. Also dann war auch das kein gutes Haar, das man an ihm lassen könnte.

Die Herzogin seufzt. Wir neigen allzusehr zu Verklärungen.

Das ist es. Darum habe ich mich in den letzten Jahren richtig umgeschaut. Wie es denn bei den anderen Leuten so geht. Und wißt ihr, was ich herausgefunden habe? Die Fürstin hat die Spannung noch erhöht, indem sie von einem zum anderen schaut und ihren Blick etwas verweilen läßt.

Daß es anderswo auch nicht besser geht? Rosa ist ganz zappelig, als sie den Mund aufmacht.

Die Herzogin nickt erschüttert.

Wir sitzen alle auf dem falschen Kutschbock, sagt die Fürstin. Es ist einfach nichts mehr los mit diesen Familiensachen.

Rosa nickt, aber Pembe fährt hoch. So was darf man nicht sagen.

Die Fürstin schaut sie zuerst irritiert, dann immer wohlwollender an. Bei euch ist es noch anders, aber nicht mehr soviel anders. Warte nur noch ein paar Jahre und laß deine

Mutter draufkommen, wie ihr Leben wirklich war. Wenn ihr zurückgeht, wirst du dich nicht mehr unterordnen können, und wenn ihr dableibt, ist der Strom unterbrochen. Schon deine Brüder werden sich nicht mehr um ihre Eltern kümmern, wenn sie soweit sind, um selbst Familiensachen zu machen.

Gar nicht wahr, rufen Erol und Oktay unter der Picknickdecke hervor.

Also gut, dann soll es die Ausnahme sein. Aber eins steht fest, so geht es nicht weiter.

Was? fragt Herwater.

Alles.

Das ist eine Menge. Herwater schaut nach, ob genügend Wasser in der Samowar-Kanne ist.

Und darum habe ich an eine Organisation gedacht, die ganz anders sein muß als alles, was wir schon kennen.

Die Herzogin wiegt unschlüssig den Kopf. Ja und nein, sagt sie. Auf gewisse Erfahrungen können wir nicht verzichten.

Das versteht sich. Von den Erfahrungen gehen wir aus. Aber wir müssen woanders hinkommen.

Sollen wir wissen, wo wir hinwollen? fragt die Herzogin. Oder bleibt es eine Überraschung? Herwater schenkt die ersten Teegläser voll.

Was für eine Überraschung? Kai hat sich aus der Picknickdecke befreit. Ich möchte schon lange eine Überraschung.

Beides, sagt die Fürstin. Wir sollen wissen, was wir wollen, und uns dann überraschen lassen.

Und was wollen wir? fragt Pembe.

Aufmerksam machen.

Und worauf? fragt Rosa.

Auf uns. Wir gehen nicht mit irgendwelchen Sprüchen hausieren, verkaufen weder Zeitungen noch Broschüren, noch werben wir Mitglieder.

Also eine radikal persönliche Organisation, meint die Herzogin.

Du hast es, sagt die Fürstin, und wir verschonen niemanden, der sich uns stellt.

Gewalt? fragt Herwater.

Unsere Blicke werden jeden ansprechen. Die Kinder fangen damit an, hier im Park. Einfach davorstellen oder sich dazusetzen. Nur Leute, die lesen, sind ausgenommen, das müßt ihr euch merken.

Also, dazusetzen, anschauen, und wenn das nicht hilft, etwas fragen. Wenn jemand eine Schokolade rauszieht, um seine Ruhe zu haben, die Schokolade nehmen, sich bedanken, aber keine Ruhe geben.

Es gibt so viele Menschen auf der Welt. Vielleicht kennt man nur zu wenige davon, sagt die Herzogin. Wenn ich mir vorstelle, ich hätte auch damals schon so viele Menschen gekannt, wer weiß, ob ich mich nicht ganz anders entschieden hätte.

Auf die Menge kommt es vorderhand nicht an. Die Fürstin greift mit den Armen aus, die holen wir uns später heran. Vergeßt nicht, daß es um uns geht. Um uns alle. Wir wollen etwas voneinander.

Und was? fragt Herwater.

Was wollen wir? fragen Pembe und Rosa.

Die Fürstin hält ihren Kopf und überlegt. Das Teuflische ist, daß man das gar nicht mit einem Wort sagen kann. Ich, zum Beispiel, habe manchmal so viel Gefühl in mir, und dann möchte ich mich zu jemandem setzen und mit ihm reden. Zu einem jungen Mann vielleicht, der sich mit seinen Gefühlen noch nicht so auskennt. Wir könnten uns an den Händen halten, und ich würde ihm sagen, was für Gefühle das sind. Ich würde ihn fragen, ob er auch solche Gefühle hat und ob sie ihn auch so überwältigen, und das alles, ohne mich schämen zu müssen. Denn was nützt es mir, mir zu sagen, daß ich in einem Alter bin, in dem diese Gefühle nicht mehr vorkommen sollen, wenn sie trotzdem vorkommen.

Das leuchtet mir ein, sagt die Herzogin. Ich frage mich schon lange, warum die Herren immer allein an ihren Kartentischen dort unter den Bäumen sitzen müssen. Man ist im selben Alter und hätte sich eine Menge zu sagen. Man ist zwar älter geworden, aber ich meine, daß man sich eine gewisse Frische und Appetitlichkeit bewahrt hat.

Ich könnte ja zu einigen Leuten hingehen und ihnen sagen, daß ich sie entsetzlich finde. Und sie könnten sich verteidigen, und vielleicht stellt sich heraus, daß sie gar nicht so entsetzlich sind, sagt Rosa.

Und wenn sie wirklich so entsetzlich sind, kann man mit ihnen streiten, sagt Erol. Und wenn das zu langweilig wird, dann kämpfen, sagt Oktay.

Vielleicht dürft ihr das gar nicht, meint Pembe.

Warum nicht, sagt die Fürstin großzügig. Wir sind weder von der Heilsarmee noch von der Caritas. Wir wollen etwas von den Leuten und schämen uns nicht, das zuzugeben.

Und wenn etwas draus wird, können die anderen auch was von uns haben, sagt die Herzogin. Wir haben persönlich ja was zu bieten.

Mir ist das alles nicht ganz klar, wendet Herwater ein.

Klar, klar ..., versucht die Herzogin zu spotten. So klar soll uns das gar nicht sein, sonst ist es nicht spannend.

Man muß doch von gewissen Grundsätzen ausgehen. Was man will, hängt sehr davon ab, wie man die Welt sieht.

Das sehen Sie falsch, junger Mann, sagt die Fürstin. Wir wollen alle nur etwas, was wir nicht haben.

Genau das meine ich. Es geht immer um das, was man nicht hat, Frieden, Brot, Arbeit, Achtung, Macht, Wohlbefinden. Die Liste der Wünsche läßt sich unendlich weiterschreiben.

Lieber Herwater, schaltet sich die Herzogin ein. Sie haben

das Wichtigste vergessen, Liebe. Schon die Tatsache, daß wir es uns leisten können, hier den ganzen Tag rumzusitzen, macht doch deutlich, was wir haben wollen. Und sagen Sie nicht, das wäre weiter nicht schlimm.

Herwater lächelt, und Rosa senkt den Blick. Auch Pembe ist rot geworden. Aber nicht das, was Sie meinen, sagt sie zu Herwater, sondern überhaupt.

Das erschwert die Sache, meint Herwater. Brot, Arbeit, Macht ... das kann man erkämpfen. Aber Liebe?

Sie komplizieren alles unnütz, sagt die Fürstin. Es geht ja gar nicht darum, daß wir jeden Menschen dazu bringen wollen, ausgerechnet uns zu mögen. Wir versuchen nur, an mehrere ranzukommen, um die in Frage kommenden herauszufinden.

Wir gehen einfach los, sagt Kai. Dann werden wir schon sehen. Ich könnte zum Beispiel gleich zu dir hingehen und mit dir spielen.

Aber was ist, wenn ich gerade allein sein möchte?

Dann brauchst du ja nicht in den Park zu kommen.

Wenn man in den Park kommt, sagt Oktay, so heißt das, daß man Zeit hat.

Und wenn man Zeit hat, sagt Pembe, kann man sich mit jemandem unterhalten. Und wenn man sich mit jemandem unterhält, kann man ihn auch mögen.

Jetzt kommen wir schon so lange in den Park und wissen noch immer nicht, wer unter den Leuten für uns in Frage kommt, sagt die Herzogin.

Einfach hingehen und anreden, sagt die Fürstin. Das ist es.

Man wird Sie für verrückt halten und die Kinder als Belästigung empfinden, meint Herwater.

Das muß erst versucht werden. Die Praxis schaut oft ganz anders aus.

Ich kann Ihnen ziemlich genau sagen, wie sie ausschauen

wird. Aber bitte! Die Welt ist nicht so, als daß man das einfach tun könnte.

Die Welt, die Welt, lacht die Fürstin. Die Welt sind wir. Wir gehören doch auch zur Welt. Also machen wir sie uns so, wie sie uns paßt.

Noch gibt Herwater nicht auf. Was Sie und die Kinder sich wünschen, wird erst möglich sein, wenn die Bedingungen sich geändert haben. Wenn nicht alle abgedrängt werden, die nicht unmittelbar von Nutzen sind.

Wir nützen uns gegenseitig, sagt die Fürstin. Auf was sollen wir denn noch warten?

Ich mag auch nicht mehr warten, sagt Kai. Auf was warten wir denn? Und sie fängt an, sich mit Erol und Oktay um die Picknickdecke zu balgen, so daß alle drei erst einmal von der hölzernen Sitzbank, die im Pavillon an der Wand entlangsteht, fallen und in einem wilden Kuddelmuddel über- und untereinander zu liegen kommen. Und als Herwater auch noch das zuoberst liegende Kind kitzelt, ist das Durcheinander vollkommen.

Der Regen ist schütter geworden, als hätte er sich in der Gewalt der ersten Attacke erschöpft und bereite alles zum langsamen Rückzug vor. Von den Kuppelrändern des Pavillons stürzen große gestaute Tropfen, die auf der offenen Brüstung zerstäuben und als feine Nässe gegen die Rücken der Sitzenden fallen.

Schon sieht man die ersten den Park durchquerenden Passanten wieder, die, den Regenschirm gegen die Windrichtung gestemmt, die Taschen unter den Arm gedrückt, den gewohnten Abkürzer entlanghasten.

Alle Holperlöcher der Kies- und Sandwege haben sich zu Pfützen aufgefüllt, während die Blätter der Bäume sich selbst an der Frische des wiedergewonnenen Grüns zu freuen scheinen. Aufgeplusterte Vögel schütteln die paar Tropfen aus dem gesträubten Gefieder, und durch die reingewaschene Luft kann man sogar das Schnattern der Enten vom Teich herüberhören.

Wenn ich es recht verstehe, sagt Rosa, hat die Organisation einen gefühlsmäßigen Zusammenhalt.

Wir wollen niemandem etwas anderes als uns selbst klarmachen, sagt die Herzogin.

Und wenn wir genügend Menschen kennen, müssen andere Menschen eine andere Organisation gründen.

Wir gehen ganz von uns aus, sagt die Fürstin, radikal.

Ich fürchte, daß ich da nicht mithalten kann. Herwater sammelt Teegläser ein.

Du gehörst sowieso nicht wirklich zu uns, sagt Rosa. Du kommst nur hin und wieder, wenn es dir Spaß macht, und nicht, wann wir wollen, daß du kommst. Du hast gar keine Zeit für das, was wir nicht haben und haben wollen.

Du kommst auch nur her, wenn keine Schule ist und du sonst nichts vorhast!

Aber wir haben ziemlich oft keine Schule. Zum Beispiel den ganzen Sommer lang.

Und sollte es jemandem nicht passen, daß wir uns mit ihm hinstellen wollen, fährt die Fürstin fort ...

Oder sollte es jemand als ungehörig empfinden, wenn wir versuchen, freundlich mit ihm umzugehen, meint die Herzogin ...

Und sollte jemand was Schlechtes von uns denken, wenn wir mit einem Mann zu reden anfangen, flüstert Pembe ...

Und sollte jemand sich widersetzen wollen, wenn wir ihm eine Zeitlang die Kinder anvertrauen, schnaubt Rosa ...

Beißen wir ihn in die Nase, schreit Kai, die vergnügt auf den noch immer in die Picknickdecke gewickelten beiden anderen Kindern sitzt.

Wir schimpfen, sagt Oktay unter der Decke.

Und hauen zurück, sagt Erol.

Ganz meine Meinung, sagt die Fürstin. So finden wir am ehesten heraus, mit wem wir wirklich rechnen können.

Es ist nichts Kostspieliges, was wir wollen, sagt die Herzogin.

Nichts Widernatürliches oder Abartiges, sagt die Fürstin.

Nichts Verbotenes, flüstert Pembe.

Nichts Bösartiges, sagt Rosa.

Wir lassen es uns nur nicht mehr gefallen, links oder rechts liegengelassen zu werden. Wir wollen das Leben noch nützen, bevor es aufhört, sagt die Herzogin.

Und wir wollen das Leben noch nützen, bevor wir ins Leben hinausgestoßen werden, sagt Rosa.

Ich staune. Herwater richtet sich auf. Euch ist doch einiges klar.

Alles klar? ruft die Fürstin. Dann kommt. Wir fangen gleich an.

Ich muß mich also damit abfinden, daß jemand sich zu etwas entschlossen hat und mich dadurch zwingt, eine Entscheidung zu treffen, die nicht nur mich, sondern auch Kai angeht. Selbst wenn ich nicht die geringste Lust hätte, mich für oder gegen etwas zu entscheiden, würde ich eine Entscheidung treffen. Auch wenn ich alles so weitergehen ließe, indem ich mir sagte, ich hätte es weder nötig, noch wollte ich es überhaupt, nämlich mein Leben ändern, würde mein Leben sich ändern, und ich hätte eine Entscheidung gegen Klemens getroffen, deren Auswirkungen auf Kai ich nicht absehen kann.

Zum soundsovielten Mal spiele ich alles durch. Es fängt mit einer Unmöglichkeit an: wenn Klemens nur vorher mit mir darüber geredet hätte, wenn er überhaupt mit mir geredet hätte. Aber das hat er nicht. Was er fordert, ist mein Verständnis, und was er sich dadurch ersparen will, sind meine Argumente.

Ich möchte nicht weg von hier. Die Welt besteht nicht nur aus Klemens und mir. Kai und ich haben hier unsere Freunde. Es war mühsam genug, mir etwas aufzubauen. Ich weiß, daß ich hier beim Funk Arbeit bekomme, nicht viel, aber es reicht. Und das, weil man mich dort kennt, weil man von mir und meinem Leben weiß und mir von Zeit zu Zeit etwas zukommen läßt, das ich gerade noch machen kann, ohne das Schreiben aufgeben zu müssen.

Ich sehe nicht ein, warum ich von hier weg soll. Der Grund wäre einzig und allein Klemens. Meine, unsere Liebe zu ihm. Und dort, wo er jetzt ist, hätten wir nur ihn.

Wenn ich klug wäre, hat Maya einmal zu mir gesagt, klug im Sinne der Kunst und im Sinne vieler Künstler, würde ich Klemens dazu bringen, für Kai und mich zu sorgen. Dann brauchte ich gar nicht für den Rundfunk zu arbeiten und könnte nur schreiben. Aber das ist eine Illusion. Nicht weil Klemens sich wie ein Pascha benehmen würde, sondern weil er es sich gar nicht anders leisten könnte, als daß ich dann all das auf mich nähme, wofür er jetzt ein Restaurant, eine Wäscherei und eine Aufräumefrau in Anspruch nimmt. Ich frage mich, wie viele Stunden am Tag ich dann *nur schreiben* könnte, denn dann würde sicher auch Kai zu Hause bleiben. Und die nächste Unmöglichkeit besteht einfach darin, daß ich es nicht fertigbringe, mich Umständen so anzupassen, die gar nicht meine Umstände sein müssen.

Aber wenn ich daran denke, daß Klemens dann schon beim nächsten Mal nur mehr zu Besuch kommt, habe ich ein Gefühl wie von Sandpapier auf meinen Schleimhäuten. Ich versuche mich zu beschwichtigen, indem ich mir sage, ich wolle es einfach darauf ankommen lassen. Nichts ist endgültig. Vielleicht kommt Klemens einfach zurück. Das würde bedeuten – und schon fühle ich mich bei dem Gedanken gedemütigt –, daß es ihm nicht gelungen ist, sich bei der großen Zeitung zu halten, daß ihm beruflich etwas mißglückt ist und er sich auf uns besinnt. Oder daß er seine beruflichen Chancen doch nicht wahrgenommen hat, weil er zu sehr an uns hängt. Würde er uns das je verzeihen können? Es würde außerdem bedeuten, daß sein Platz freigeblieben ist. Daß wir ihm seinen Platz freigehalten haben, damit er kommen und gehen kann, wann er dazu Lust hat. Sobald sich aber für ihn eine ähnlich gute Gelegenheit ergäbe, würde er dasselbe noch einmal versuchen.

Inzwischen wird Kai größer und größer und muß von Tag zu Tag vertröstet werden, mit kleinen Freunden vorliebnehmen, wo er sich einen erwachsenen Mann als Kumpel Vorbild und Widerpart wünscht. Klemens' Art, mit uns zu leben oder nicht zu leben, würde sich ihm unauslöschlich einprägen. Er würde mir noch öfter sagen, was er mir neulich gesagt hat, nämlich, Mama, ich hab dich so lieb, aber meinen Papa hab ich noch lieber. Als ich fragte warum, meinte er, weil der so selten da ist. Einleuchtend, auf den zweiten Blick zumindest. Und ich glaube abschätzen zu können, zu welch aufgeblasener Idealisierung die Figur von Klemens in Kais Phantasie anwachsen wird, wenn er sie gegen mich und meine Versuche, ihn zu erziehen, einsetzt.

Wie lange würden sich meine Gefühle für Klemens überhaupt halten, wenn ich mir immer sagen müßte, daß sein Beruf, seine Karriere ihm ohnehin wichtiger seien?

Wer weiß, ob nicht auch dir plötzlich etwas anderes wichtiger ist, hat Helene gesagt. Man ändert sich. Vielleicht lernst du jemanden kennen, und mit einemmal sieht alles anders aus.

Ach du, sagte ich, und wenn schon. Aber bis dahin muß ich dahinwursteln. Und insgesamt kann ich mich nur auf den Zufall verlassen. Ich soll so leben, als gäbe es Klemens gar nicht, ohne vergessen zu dürfen, daß es ihn gibt. Wenn er zu Besuch kommt, muß ich freundlich sein, weil ich mittlerweile auch weiß, daß es keinen Sinn hat, gerade dann loszulegen, wenn er sich endlich hat Zeit nehmen können. Ähnlich wie bei Hunden, wenn sie etwas angestellt haben und einem vor schlechtem Gewissen nur mit Mühe zugehen, darf man sie nicht schlagen, sonst kommen sie einem das nächste Mal gar nicht mehr. Ich darf also, wenn Klemens kommt, nichts von all den Dingen sagen, die mich tagtäglich Satz für Satz peinigen, solange ich sie ihm nicht gesagt habe. Aber diese Art von Weisheit ist nichts für mich, daran kann ich höchstens ersticken.

Ich glaub dir das schon, hat Helene gesagt, aber er wird es nicht aushalten.

Wenn meine Wut sich wieder gelegt hat, halte ich es selbst für unsinnig, auf diese Weise zu rechten.

Liebe, hat Maya einmal gesagt, ist kein fairer Kampf. Liebe ist nicht zivilisierbar.

Aber sie kann aufhören, wenn man sich in ihrem Namen um sie betrogen fühlt. Sie kann aufhören, wenn sie nicht durch Nähe genährt wird.

Vielleicht würde sich unsere Liebe besser halten, wenn sie durch Krieg, Gefängnis, Krankheit, Politik bedroht wäre. Es gibt ergreifende Berichte zu diesem Thema.

Aber ob Liebe sich an einer mehr oder weniger freiwilligen Trennung wärmen kann? Oder gehe ich überhaupt von der falschen Voraussetzung aus, wenn ich mich mit diesem Begriff noch so gemein mache?

Es darauf ankommen lassen. Herausfinden, wie das Alleinleben ist. Und was Kai betrifft, so tun, als wäre unsere Situation keine außergewöhnliche, nur eine, mit der man fertig werden muß.

Ich darf weder für Kai noch für mich zu rechnen beginnen. Zumindest in unserem Fall dürfen die Gefühle füreinander nicht welk werden, nur weil ich eines Tages herausfinde, daß zuviel auf meine Kosten geht. Aber wie viele solcher Beziehungen kann man verkraften, ohne sich in die Rolle von Bedürfnislosen hineinzusteigern, in ein Märtyrertum der Leistung, das die Gaben an die Schwächeren verteilt? So stark will ich gar nicht sein. Mein Groll über die Art, in der Klemens sich dem Vatersein entzieht, wird immer wieder hervorbrechen. Und das nicht einmal aus Verlangen nach Gerechtigkeit, sondern weil auch ich den Mangel spüre.

Du müßtest einen Freund haben, der mit Kai umgehen kann, hat Pola gesagt. Es gibt so etwas wie Naturbegabungen unter den Männern.

Wenn du einen weißt, dann schick ihn mir vorbei, habe ich geantwortet.

Und dann sagte sie, warum ziehst du nicht mit Leuten zusammen, die ähnliche Probleme haben?

Weil ich nicht mit irgend jemandem zusammen wohnen will, sondern mit Leuten, die ich mag, ob sie dieselben Probleme haben oder nicht.

Manchmal denke ich wirklich daran, die kleine Wohnung aufzugeben und mit anderen zusammen in eine große zu ziehen. Was aber, wenn man es nicht miteinander aushält? Umgekehrt, wie soll man über die ersten Schwierigkeiten wegkommen, wenn man die eigene Wohnung im Rücken hat und jederzeit dahin zurück kann? Aber es würde zu teuer sein, die eine Wohnung zu behalten und an der anderen den Anteil zu bezahlen.

Wenn ich mir überlege, mit wem ich mir so eine Hausgemeinschaft überhaupt vorstellen kann, fallen mir nur Rosa, Pembe und die Kinder ein, und vielleicht Herwater. Schon Helene würde mich irritieren, und das nicht nur, weil sie begutachten soll, was ich schreibe, sondern weil ich das Gefühl habe, daß jeder von uns einen bestimmten Umkreis braucht. Da kann ich mir eher noch Sophie Silber als Hausgenossin vorstellen. Mit der Zeit würde sie sich an die Kinder schon gewöhnen.

Es ist gewiß schwieriger, mit Leuten derselben Art und desselben Alters zusammen zu wohnen. Man würde immer zu sehr darauf bedacht sein, alles genau aufzuteilen. Die Rechte, die Pflichten, das Geld und die Zeit.

Wenn aber Alte und Junge, Frauen, Männer und Kinder miteinander leben, kann man die Richtlinien nicht so genau ziehen; vielleicht ist das besser.

Damit versuche ich mich selbst ad absurdum zu führen. Um wider besseres Wissen die besseren Gefühle zu haben? Aber was hilft mir das Wissen, wie es zwischen Klemens, Kai und mir zugehen müßte, wenn der Gedanke daran, daß es nicht so ist, mir auch noch die Gefühle vergiftet?

Wenn ich bitter und bitterer werde im Gedanken an all die möglichen Lebensmuster, bei denen bloß niemand mitspielt auf die von dem Muster geforderte Art?

Es an mich herankommen lassen. Es einfach an mich herankommen lassen. Nicht angreifen, höchstens zurückschlagen. Ungefähr wissen, in welche Richtung man will, es genau wissen zu wollen, ist schon vermessen. Auf alles achten. Am Leben bleiben mit Hilfe all der kleinen nicht unterdrückten und nicht überspielten Empfindungen. Sich von den großen Gefühlen überwältigen lassen, und doch nicht auf all ihre Erpressungen eingehen. Nicht immer widerstehen wollen, langsam pfeife ich auf all die heroischen Verhaltensweisen.

Und ich werde Klemens alles mögliche sagen, wenn er wiederkommt, entgegen allen Warnungen, aber es ist meine Kehle, die unter dem Druck der anstürmenden Worte an krampfartigen Zuständen leidet.

Und dann fiel ich aus den Wolken. Ich fiel und fiel, und mit einemmal verdichtete sich die Atmosphäre, und ich glitt schräg durch eine Wasseroberfläche, so daß ich den Aufprall gar nicht merkte. Noch schob mich der Fall. Aber auch als ich langsamer wurde, brauchte ich mich weder mit den Armen noch mit den Beinen zu bemühen, um vom Fleck zu kommen. Ich wagte es nicht, an mir entlangzusehen.

Das Licht fiel in einem solchen Winkel ein, daß es mir nur gedämpft nachkam, und das Wasser selbst mußte meine eigene Körpertemperatur haben. Noch war trotz des Lichts nicht viel zu erkennen. Grau und grünlich zogen die verschiedenen Strömungen gitterförmig übereinander weg, als sei das Wasser ein Geflecht aus verschiedenen beweglichen Strängen.

Ich sank.

Langsam begann ich zwischen den verschiedenen Formen des im Schatten liegenden Grundes zu unterscheiden. Es war nicht, was ich erwartet hatte. Weder Korallenbänke noch Wasserschlingpflanzen, auch nicht Sand oder Steine. Schwammartige, blasenförmige Gebilde in verschiedenen Farben fächelten in einer leisen Strömung, stiegen in der Art eines Ballons etwas hoch, waren aber offensichtlich dem Grund verhaftet. Fische und Muscheln schien es ebensowenig zu geben wie Quallen oder Krabben.

Ich trieb ein wenig ab, als ginge von jenen seltsamen Gebilden ein leiser Druck aus, der mich daran hinderte, auf Grund zu gehen.

Hatte ich ursprünglich nur die Farbe als Gesamtwirkung erkennen können, gewöhnte sich mein Blick immer mehr, und ich glaubte so etwas wie Augenflecken wahrzunehmen, die in die Richtung wanderten, in der ich schwamm. Und je länger ich hinschaute, desto deutlicher erkannte ich, daß es sich dabei nicht nur um primitive Augenflecken, sondern um komplizierte Gebilde mit Glaskörper, Regenbogenhaut und Pupille handelte. Und da durchzuckte es mich auch schon – eines hatte mir zugezwinkert.

Ich war so erschrocken, daß ich mich eine Weile blindlings dahintreiben ließ.

Als ich die Augen wieder öffnete, merkte ich, daß ich dennoch näher gekommen war. Ich konnte sehen, daß auch die zu erwartenden Organe vorhanden waren, wenn auch alles von einer dünnen, farbigen Oberflächenhaut umfangen schien, die die Wesen in einer Blasenform festhielt. Ich konnte Körper erkennen, die ineinandergekrümmt dahockten und im Wasser hin und her schwankten, nämlich so, daß die Blasen an einer Art Schnur befestigt waren, die im Grund verankert war. Immer mehr Gesichter wandten sich mir zu. Anfangs versuchte ich, ihnen auszuweichen, aber das Wasser drückte auf meinen Kopf, und ich konnte ihn nicht heben. Als ich es dann wagte, die Gesichter anzuschauen, kam es mir so vor, als wollten sie mir etwas bedeuten. Das Spiel ihrer Blicke wurde noch unterstrichen vom Zucken der Augenlider, von einem Beben der Nasenflügel und verschiedenem Verziehen und Verzerren des Mundes. Selbst die Hände schienen mir, eingeengt von der durchsichtigen Blasenhaut, Zeichen zu machen, deren Bedeutung ich noch nicht verstehen konnte.

Die Strömung, die von den Bewegungen in den Blasen ausging, verhinderte noch immer, daß ich ganz absank oder mit den Blasen in Berührung kam. Soweit ich sehen konnte, war da nichts anderes als diese menschenähnlichen Gewächse, und die Zeichen setzten sich von Blase zu Blase fort.

Plötzlich entstand Ruhe. Die Blasen schienen sich absichtlich gegen ihr Hin- und Herschwanken zu stemmen, und je besser ihnen das gelang, je ruhiger sie also wurden, desto mehr sank ich ab, bis ich mich mitten unter ihnen befand.

Da merkte ich, wie ihre Körper mir immer dringlichere Zeichen machten, und einer momentanen Eingebung gehorchend, versuchte ich, die Blasen zu öffnen. Sie fühlten sich glatt und zäh an und von ihrem inneren Druck gespannt, so daß keine Handhabe möglich war. Dann deutete eines der Wesen mit der Hand gegen die Zähne. Jetzt, wo ich unter ihnen lag, konnte ich das deutlich sehen, und ich begriff, was ich sollte. Also versuchte ich es, zuerst nur zögernd, aber als die gespannte Oberfläche nicht nachgeben wollte, schlug ich meine Zähne in die pralle Trennwand. Und siehe da, es gelang.

Kaum hatte das erste Wesen die Freiheit erlangt, als es seinerseits die nächste Blase aufbiß, und das ging unendlich so fort. Ich selbst befand mich mitten unter all den Leibern, ihren Berührungen ausgesetzt, von der frei werdenden Wärme umgeben, von ihren Bewegungen mitgerissen.

Das Glücksgefühl, das dabei entstand, wurde von Augenblick zu Augenblick größer. Schon konnte ich meinen eigenen Leib kaum mehr unterscheiden in der Menge der befreiten, die wild durcheinanderströmten. Meine Arme und Beine schienen verwachsen mit anderen Armen und Beinen, besser gesagt, sie schienen ineinanderzuwachsen. Mein Hals umhalste andere Hälse und mein Haar vermischte sich mit dem der anderen. Mein ganzes Ich empfand diese vielen Berührungen, und ich sah das Lächeln, das sich auf die Münder legte.

Als ich aufwache, spüre ich, wie Kai es sich gerade in meinem Bett bequem macht.

Hallo, sage ich, was soll das, aber er hört anscheinend nichts, drückt sich nur ein bißchen gegen mich und streckt die Hände unter den Kopfpolster, auf dem ich ihm offensichtlich noch im Halbschlaf Platz gemacht habe. Ich weiß, daß er mir morgen, wenn ich ihn zur Rede stelle, indem ich ihn frage, wer ihm denn erlaubt habe, in meinem Bett zu schlafen, antworten wird, aber du bist doch zur Seite gerückt. Ich weiß aber auch, daß es eine Nacht wird, in der ich nicht mehr besonders gut schlafe, weil Kai sich immer mehr ausbreiten wird, vielleicht schlägt er auch aus oder spricht im Schlaf, jedenfalls wird er mich mehrmals wecken. Aber ich bin einfach zu müde, zu bequem und zu müde, um aufzustehen und Kai in sein Zimmer zu tragen. Gewiß würde er sofort wieder einschlafen, und ich hätte für den Rest der Nacht meine Ruhe.

Bevor ich einschlafe, geht es mir wieder durch den Kopf, daß wir beide sosehr aufeinander angewiesen sind und daß wir noch vieles werden ausprobieren müssen. Vielleicht sind doch unter all den Möglichkeiten, sich durchzufretten, besonders erträgliche im Gegensatz zu den anderen, von denen sich ohnehin rasch herausstellt, daß sie unerträglich sind. Es würde uns kaum erspart bleiben, uns immer wieder zu ändern, auf eine Lebensweise hin, die wir erst erfinden müssen, und ich hoffe nur, daß wir durchhalten und nicht aufgeben, bevor wir sie gefunden haben.

Da hat das Telefon geläutet, sage ich zu Helene, und wie immer habe ich zuerst daran gedacht, daß es Klemens sein könnte, obwohl das Prickeln bei diesem Gedanken immer mehr nachläßt. Es war Herwater. Frag mich nicht, wo er meine Telefonnummer herhatte, ich hab sie ihm jedenfalls nicht gegeben.

Wahrscheinlich aus dem Telefonbuch, sagt Helene und schaut mich über ihren Schreibtisch hinweg an.

Auch wahr, sage ich, darauf bin ich nur nicht gekommen. Aber hör weiter. Zuerst tat er fast so, als hätte er sich verwählt, und dann redete er von der sommerlichen Hitze im September und wie schade es sei, zu Hause herumzusitzen, der Winter sei lang und käme bestimmt. Ich mußte ihm zustimmen, und es endete damit, daß wir verabredeten, uns zu treffen, sobald Kai im Bett sei.

Ich geh heute abend noch mit Herwater weg, habe ich so unbefangen wie möglich zu Kai gesagt, als ich ihn badete.

Mit Herwater? Ich will auch mitkommen, sagte Kai.

Das geht nicht. Es ist zu spät für dich.

Ich will aber ..., doch vor Müdigkeit fehlte seiner Stimme der Nachdruck.

Du hast gesagt, es braucht niemand mehr bei dir zu sein, wenn du schläfst. Ich bleib auch nicht allzu lange weg.

Ja, sagte Kai, aber ich will Herwater sehen.

Wir können ihn einmal am Wochenende einladen, sagte ich.

Kai raunzte noch eine Weile vor sich hin. Das sagst du immer, und wenn dann das Wochenende kommt, hast du einen anderen Plan.

Ich verspreche es dir ... Und dann schlief er wirklich schon, als ich wegging.

Herwater und ich schlenderten in die Innenstadt. Vom Asphalt stieg die Wärme auf, und auf beinah schmerzliche Weise war der Sommer noch da.

Wir gingen am Park vorüber, ohne der Versuchung nachzugeben. Dann kamen wir an dem Café vorbei, in dem ich vor mehr als fünf Jahren gearbeitet hatte, aber wir gingen nicht hinein. Und dann kamen wir auch noch an dem Haus vorbei, in dem Klemens' Mutter wohnt. Ich schaute, ob in den Fenstern Licht sei, obwohl ich wußte, daß sie an diesem Abend spielte. Wir gingen über den neuen Platz vor dem Dom, und dann entschieden wir uns für eines der Straßencafes. Es war so mild, daß man nicht einmal eine Jacke brauchte.

Eigentlich hatte ich Herwater anders in Erinnerung. Oder machen die paar Jahre doch soviel aus. Er redete von Kai und daß es ihm manchmal fast leid tue, keine eigenen Kinder zu haben. Aber was da alles so dranhängt ..., er mußte selbst lachen. Dann sagte er, er würde viel zu viel Rücksicht nehmen müssen, wenn er eine Familie hätte, und das möchte er sich bei all seinen politischen Tätigkeiten nicht antun. Das würde ihn nur behindern und zu Kompromissen zwingen, die der Sache nicht dienen könnten. Obwohl natürlich das, was er und seine Freunde anstrebten, allen Kindern nützen würde.

Und dann habe ich ihn gefragt, was er denn von der jetzigen Lage hielte. Eine naive Frage, das gebe ich gerne zu, aber ich habe mich in den letzten Jahren so sehr um Kai und mich gekümmert, daß mir ein Teil meiner Weltsicht abhanden gekommen ist.

Wenn verschiedenen Dingen nicht in der nächsten Zeit Einhalt geboten werden könnte, würden wir bald nichts mehr zu lachen haben, sagte er. Daß das Kraftwerk nun doch nicht gebaut werde, sei nur als ein momentaner Erfolg zu werten, der eine kurze Atempause ermögliche. Vor allem seit da eine neue Linie durch die Fronten gehe und es zu ganz neuen Gruppierungen komme, müsse man besonders achthaben auf die wirklichen Ziele, damit man sie nicht vor lauter Organisation aus dem Aug verliere. Das Gift sei schon viel zu weit vorgedrungen, im Wasser und in der Luft, im Boden und in allem, was aus ihm kommt. Man dürfe aber den Teufel nicht mit dem Beelzebub austreiben wollen. Die Einsicht von oben könne nur dann in vernünftiges Handeln umschlagen, wenn das Einverständnis von unten groß genug sei. Es ginge also wieder einmal um die Aufklärung.

Ich fragte ihn, ob er es nicht manchmal leid sei, anderen Leuten, mich eingeschlossen, zu erklären, worum es letztlich gehe und worauf alles hinauslaufe. Er faßte es als Koketterie auf und meinte, mir würde er die Welt gerne immer aufs neue erklären wollen, wenn ich nur bereit wäre, mir seine Erklärungen anzuhören.

Wir hatten Eisbecher bestellt, und während wir aßen, war ich fast so etwas wie glücklich. Eine Art Wohlbehagen überkam mich, und ich dachte an all die Abende, die ich allein zu Hause gesessen war und mich zu irgend etwas zu zwingen versucht hatte.

Es kam mir so vor, als würde ich Herwater schon viel länger kennen als Klemens. Und wie er so neben mir saß, konnte ich mir sehr viel unter seiner Freundschaft vorstellen. Dann aber schrillte eine Art Alarmglocke. Ich glaubte zu wissen, was diese neue Freundschaft mit Herwater bedeuten konnte. Er wird mich missionieren und mir einreden, daß selbst die Gedanken, die ich schon längst gedacht habe, durch seine Vermittlung in mich gedrungen seien.

Wäre das so schlimm für dich, fragt Helene, selbst wenn du die Gedanken gut findest und für richtig hältst, wofür dieser Herwater steht?

Das weiß ich nicht. Das kann ich einfach noch nicht sagen. Ich weiß nur, daß all meine Sinne mir Warnungen zukommen lassen.

Du bist jetzt anfällig dafür, dich zu verlieben, sagt Helene, das ist normal.

Da reißt mir die Geduld. Ach du, sage ich, du mit deinen ewigen Weisheiten. Warum erzähle ich dir nur das alles?

Helene lacht. Weil dir der Abend gefallen hat. Und jetzt fürchtest du, daß dir die Wut abhanden kommt.

Welche Wut?

Sag bloß, du bist nicht mehr wütend auf Klemens, auf deine Situation und auf die Rolle, die ihr beide spielen müßt.

Das schon. Es könnte mir zu wohl tun, jetzt jemanden an mich heranzulassen. Davor habe ich Angst. Schmerz erhöht zumindest die Aufmerksamkeit.

Seid ihr lange aus gewesen? Helene sitzt über mein Manuskript gebeugt.

Ziemlich. Wir sind noch spazierengegangen. Und Herwater hat erzählt und erzählt.

Er hat dich beeindruckt.

Nicht so, wie du glaubst. Dazu kenne ich ihn zu lange.

Wie auch immer, sagt Helene, eigentlich wollte ich dir etwas zu deinem Manuskript sagen.

Von Liebe und anderen unheimlichen Begebenheiten

BRET LOTT
Das Gewicht der Liebe
Jewel, eine einfache Frau aus dem amerikanischen Süden, läßt sich auf ein Duell mit Gott und der Schöpfung ein. Als sie ihr sechstes Kind zur Welt bringt, prophezeit ihr ein farbiges Dienstmädchen ein großes Unglück. Ein Sensationserfolg in den USA – der Roman über eine Frau, die für ihr Kind und für ein Wunder kämpft.
Roman. Aus dem Amerikanischen von Michael Kubiak. 405 Seiten. AtV 1807

LANA MCGRAW-BOLDT
Hexensommer
Die beiden Freundinnen Polly und Jo halten sich am liebsten auf verbotenem Terrain auf: am Haus, wo der Rhabarber wächst. Denn die Bewohnerin Miss Congreve gilt als Hexe und ihr Neffe Albert als gefährlicher Sonderling. Als in der Nähe des Hexenhauses ein Mädchen ermordet aufgefunden wird, ist Albert der erste Verdächtige. Die Mädchen aber haben eine ganz andere Vermutung.
Roman. Aus dem Amerikanischen von Alexandra Witjes. 296 Seiten. AtV 1473

JOANNA HERSHON
Mondschwimmen
Zum ersten Mal in seinem Leben ist Aaron wirklich verliebt – in Suzanne, eine ebenso schönes wie ungewöhnliches Mädchen aus New York. Doch als er mit ihr zu seinen Eltern fährt, beginnt seine Freundin ein Spiel mit dem Feuer. In einer lauen Mondnacht beschließt sie, seinen Bruder zu verführen.
»Joanna Hershon hat ein Auge für Orte, ein Ohr für fein gesponnene Dialoge und ein wahres Gefühl, Charaktere zu zeichnen. Dieser Roman zeugt von großer Schönheit.« LIBRARY JOURNAL
Roman. Aus dem Amerikanischen von Jörn Ingwersen. 301 Seiten. AtV 1348

JOSEPH PITTMAN
Sanft wie der Wind
Brian Duncan ist ein genialer Werbefachmann, als sein Leben plötzlich aus den Fugen gerät. Die Geschichte eines Mannes, der die große Liebe findet – und erkennen muß, wie zart und zerbrechlich sie ist.
Roman. Aus dem Amerikanischen von Ursula Walther. 323 Seiten. AtV 1750